지금 감은 두 눈이
다시는 떠지지 않기를

지금 감은 두 눈이 다시는 떠지지 않기를

초판 1쇄 인쇄 _ 2020년 11월 10일
초판 1쇄 발행 _ 2020년 11월 15일

지은이 _ 김명훈
펴낸곳 _ 바이북스
펴낸이 _ 윤옥초
책임 편집 _ 김태윤
책임 디자인 _ 이민영

ISBN _ 979-11-5877-207-9 03810

등록 _ 2005. 7. 12 | 제 313-2005-000148호

서울시 영등포구 선유로49길 23 아이에스비즈타워2차 1005호
편집 02)333-0812 | 마케팅 02)333-9918 | 팩스 02)333-9960
이메일 postmaster@bybooks.co.kr
홈페이지 www.bybooks.co.kr

책값은 뒤표지에 있습니다.
책으로 아름다운 세상을 만듭니다. — 바이북스

미래를 함께 꿈꿀 작가님의 참신한 아이디어나 원고를 기다립니다.
이메일로 접수한 원고는 검토 후 연락드리겠습니다.

스물두 살 문학청년의 충격적 데뷔작

지금 감은 두 눈이 다시는 떠지지 않기를

김명훈 지음

지금도 어디선가 혼자 울고 있을 당신께 이 글을 바칩니다.

작가의 말

아직 제 자신이 작가라고 생각되지 않기에 '작가의 말'을 쓰는 지금 어색함이 제 몸을 휘감습니다. 저 같은 부족한 사람의 '작가의 말' 따위 누구도 신경 쓰지 않을 테지만 짧게나마 몇 자 적어보겠습니다.

제 글은 어떤 메시지를 전하기 위해 쓰이지 않았습니다. 혼자 울고 있을 누군가를 위해 썼지만, 제 글이 감히 누군가에게 작은 위로가 되었을지도 확언할 수 없네요. 얕은 지식과 불안정한 신념이 합쳐진 '어리광'에 가까운 이 글을 읽어주셔서 정말 고맙습니다. 눈살이 찌푸려지는 푸념으로 가득 찬 제 책을 끝까지 읽어주셨다는 것만으로 저는 그 하루, 행복할 것 같습니다. 빠른 시일 내 더 나은 책을 써서 찾아뵙겠습니다.

제 글의 돛은 너무나 뻔하게도 '행복'을 향해 있습니다. 저는 삶 속 행복을 찾는 것이 서투른 편입니다. 그래서 사는 게 이리도 아픈지 모르겠습니다. 제게 세상은 아직도 끝없이 우울하고 차갑기만 하네요. 하지만 제 진짜 바람은 세상 사람 모두를 통틀어 제가 가장 행복했으면 합니다. 제 삶의 주인공은 저이고 제가 바라보는 세상은 제 세상이니까요. 여러분들 역시 자신의 세상이 주인공, 주체가 되어 여러분들의 행복을 바랐으면 좋겠습니다. 혹여 제 글이 여러분들의 행복한 나날 속 몇 시간을 함께한다면 저는 이미 제 세상에서 가장 행복한 사람일 것입니다.

뻔한 감사 인사는 피하고 싶었지만 감사해야 할 분들이 너무 많네요. 우선 책이 출간될 수 있도록 도와주신 바이북스 대표님과 회사의 모든 분들 진심으로 감사드립니다. 까다롭게 굴어서 죄송합니다. 일본에 대한 지식을 채워준 친구, 제 귀찮은 질문들을 성심성의껏 답해준 모든 이들 역시 고맙습니다. 맛있는 밥 사겠습니다. 저로 인해 늘 아파하는 저희 가족들, 특히 엄마, 아빠, 할머니 많이 많이 죄송하고, 많이 많이 고맙습니다. 저로 인해 아파하며 놓쳤던 세월을 전부 되돌려 놓겠습니다.

2020년 여름의 끝 즈음, 신경과민에 시달리며,

김명훈

차례

10월

10月 1日 日記 晴れ 名前 :

아아아아아! 학교 가기 싫어!

학기는 시작했지만 신(新)학기의 새로움은 내게 허락되지 않는다. 캠퍼스에는 학생들이 넘쳐나지만 그 속에 나만 혼자다. 사람이 너무 많아 더 외로운지도 모르겠다. 마음 같아서는 학교 따위 폭파해 버렸으면 좋겠다. 그곳에 나는 끝없는 외로움과 일상의 반복에 숨 쉬는 것마저 애처로우니까. 나는 가벼운 웃음을 짓기도 누군가를 좋아하는 척하는 것도 너무 힘들다. 그러면서도 필요한 모든 척은 다 하는 내가 너무 밉다. 나 같은 게 왜 살아야 할까? 왜 굳이 존재할까? 하지만 나도 알고 있다. 이대로 바뀌는 것은 없다는 것을. 오늘도 난 내 삶의 새로움 또는 반전을 꾀하기 위해 움직여야 한다. 죽도록 싫지만 정말 죽을 수는 없으니까.

***

커튼에 스며들어 온기를 잃은 햇살, 적막하기 그지없
는 어두움과 밝음이 공존한다. 옅은 잠에서 깬 나는 습관적
폰을 확인한다. 오후 4시, 부재중 전화 한 통, 문자 한 통.

"시발."

혼자 자책 섞인 욕을 내뱉었다. 한 시간 남짓 잠이 들었던
다. 점심을 먹은 후, 잠시 누워 있으려다 잠이 들어버렸다. 오후
양수업과 전공수업이 하나씩 있지만 전공은 이미 끝났고 교양
금 부리나케 달려가도 출석부에 내 이름이 불리기 전까지 도착할
있을지 알 수 없다. 뭐 그 전에 내가 수업 따위 때문에 달리는 일
없겠지만. '뭐 상관없나' 생각하며 몸을 일으켰고 자면서 흘린 눈물
을 대충 닦았다. 자면서 조금 운 모양이다. 아주 슬픈 꿈을 꾸었기 때
문이다. 부재중 전화는 버릇처럼 내게 전화를 거는 사람에게 와 있었
고 난 귀찮았지만, 전화를 걸었다.

"도윤아, 잘 있어?"

엄마의 밝은 목소리가 들려온다. 어제도 통화했으면서 잘 있는지
를 묻는다. 24시간 동안 뭐 했는지를 듣고 싶은 건지.

"응, 깜빡 잠들었네."

"그래, 수업은 들을 만하고?"

이것도 어제 물어본 질문이다.

"어."

"다행이네, 그래도 너무 열심히 안 해도 돼. 무리는 하지 마."

다행히도 아들은 전혀 무리하고 있지 않다.

"어."

"기분은 좀 괜찮아?"

"응."

정말 듣기 싫은 질문이다. 내 기분은 좋을 일이 없지만 짧게 대답해 짐짓 내 기분을 숨겼다.

"그래, 약 너무 많이 먹지 말고."

"응."

"다음 달에는 집에 왔다 갈 거니?"

"봐서."

"그래, 너 편한 대로 해, 엄만 늘 네 편이야."

엄마는 늘 내 편이지만 내 표정은 일그러진다.

"알았어, 나 과제해야 해."

"많이 바쁘구나. 밥은 먹었니?"

늘 똑같은 패턴이다. 잘 있니, 기분은 괜찮니, 밥은 먹었니, 노이로제에 걸릴 것 같다.

"어, 먹었어, 끊을게."

난 차가운 목소리로 2분 남짓 짧은 통화를 끝냈다. 엄마는 오늘도 타지에서 공부 중인 아들이 걱정되는 듯하다. 하지만 이 망할 놈의

아들은 언제나 엄마에게 형편없는 목소리밖에 들려주지 못한다. 꺼진 휴대폰 화면으로 내 의견은 하나도 묻지 않은 얼굴이 흑백사진처럼 비쳤다. 참으로 하염없는 얼굴이다. 갈증이 나 물을 찾아봤지만, 냉장고는 텅텅 비어 있었고 나는 얼굴을 반쯤 가려주는 벙거지 모자를 눌러쓰고 밖으로 향했다.

집 앞 풍경은 늘 똑같다. 내가 사는 맨션 앞에는 비교적 큰 규모의 회사가 있어 매일 집 밖을 나오면 회사 뒤편에서 담배를 피우는 넥타이 부대와 마주친다. 고개를 돌리면 보이는 작은 공원에는 하교 중인 아이들이 가방을 한 곳에 쌓아두고 뛰놀고 있다. 그 공원 한 켠에서는 할아버지, 할머니들이 형광 조끼를 입고 쓰레기를 줍고 있다. 강의를 끝마친 듯 두꺼운 전공 책을 끌어안고 있는 대학생들도 더러 보인다. 지극히도 평범해 보이는 이 세상은 사실 그렇지 않다. 한국 남자는 군대에 가야 한다는 것처럼 당연하지 않은 것들이 수긍과 합리화를 거쳐 당연해 보이는 것뿐이다. 이 세상에는 당연한 것들의 결핍이 존재한다.

"어서 오세요."

로우슨 편의점 점원의 밝은 인사에 가볍게 고개를 숙여 인사한 후 2리터 물 두 병을 들고 계산대로 향했다.

"212엔입니다."

"저 98번 하나 주실래요?"

난 엷게 웃음을 지어 보이며 말했다. 일본 편의점은 담배마다 번호를 붙여 주문하기 쉽게 해놓았다.

"네, 잠시만요."

점원은 담배와 물을 봉투에 담아 내게 건넸다.

"안녕히 가세요."

"감사합니다."

참 이상하다. 이름도 모를 저 편의점 점원에게는 친절한 말투도, 자연스러운 웃음도 참 쉬운데 엄마에게는 이런 것들이 어렵기만 하다. 태생이 불효자인 건가.

집에 돌아온 나는 병째 물을 들이켠 후 베란다로 향했다. 베란다에서는 아이들이 뛰노는 공원이 흐릿하게 내려다보였고 나는 아이들 눈에 띄지 않게 쭈그려 앉아 담배를 피웠다.

나는 22살의 도쿄에서 대학을 다니는 유학생이다. 나는 신주쿠구에 있는 이름을 대면 알 만한 사립대에서 문학을 공부하고 있다. 공동생활을 질색하는 편이라 입학 때부터 기숙사가 아닌 자취방을 얻어 살고 있다. 도쿄도 분쿄구 세키구치 잇쵸메. 학교까지 걸어서 10분 거리의 내가 사는 맨션은 주소지는 분쿄구이지만 신호등 하나만 건너면 신주쿠구, 모퉁이 하나만 돌면 토시마구인 아주 묘한 곳에 위치해 있다. 일본 사립대의 학비는 한국에 비해 두 배 가까이 비싸고 지금 사는 이 아파트도 관리비까지 달에 십만 엔이 넘게 나오지만 난 수업을 열심히 듣지도 학교에 애착이 있지도 않다. 뭐 정확히는 세상의 어떤 것에도 애착은 없지만. 원래 대학은 합격만 하고 가지 않을 계획이었다. 하지만 어머니의 눈물 어린 부탁에 이 계획은 틀어졌다.

어려서부터 학교생활에 적응하지 못했던 나는 자주 학교를 옮겨 다녔다. 중학생 때부터 한국, 중국, 일본을 전전하며 국제학교에 다닌 나는 그 어느 곳에서도 졸업장을 따는 데 실패했다. 대외적인 반항을 일삼지는 않았지만(뭐 어느 정도 일삼기도 했다.) 나는 학교를 잘 다니다가도 몇 날 며칠 학교에 가지 않았고 이유를 묻는 이들에게는 "날씨가 너무 좋아서" 아니면 "날씨가 너무 나빠서"라고 옅은 미소를 띠며 답할 뿐이었다. 다들 내가 대단한 이유라도 숨기는가 했지만 정말 그게 다였다. 공부하기에는 날씨가 너무 좋던가, 또 너무 나쁜 날이 내게는 많았다. 이런 알 수 없는 감정이 쌓여 지친 내가 뭔가 놓고 싶을 때마다 학교를 놓은 것뿐이다.

사람들이 이런 내게 대단한 이유를 기대했던 것은 아마 내가 자주 학교를 옮기는데도 높은 성적을 유지했기 때문일 것이다. 하지만 이것 역시 거창하지 않다. 학교에 가지 않은 나를 보고 당연히 비행을 즐겼을 거로 생각하지만 나는 혼자 공부했다. 그냥 열심히 했지만, 혼자였기에 아무도 노력하는 내 모습을 못 본 것뿐이다. 호수 위 백조였다고나 할까. 물론 내가 백조처럼 우아했다는 말은 아니다. 애착 없는 세상에서 열심히 공부한다는 것이 우습지만, 나만의 반항이었고 딱히 할 일이 없기도 했다. 한동안 학교에 가지 않다가 시험 날 풀어헤친 교복을 입고 학교에 가 시험에서 높은 성적을 받았을 때 선생님들의 의아한 표정은 아주 볼 만했다. 또, 공부를 잘하는 편이 세상이 나를 미워하기보다 내가 세상을 미워한다는 느낌을 줘서 좋기도 했다. 19살 때 한국에 있던 국제학교를 자퇴한 후 새로운 학교에 가기에는 나이가 많았던 나는 검정고시와 대학입학시험을 치렀고 검정고시 졸업자로는 유일하게 이 대학에 입학했다. 입학시험이 생각보다 쉬웠고 여러 나라를 전전하며 느낀 것이 많은 체하는 에세이를 쓰는 것 역시 내게 어려운 일이 아니었다.

하지만 이건 확실히 내가 원하던 게 아니었다. 삶이란 내게 고통이며 늘 채워지지 않는 것이다. 사람 관계는 의미가 없고 아프기만 했으며 내 역겨운 존재는 나를 무너뜨린다. 대학진학보다는 혼자 시골에 내려가 세상과 단절된 채 농사를 짓다가, 끔찍하게 늙어 치매에 걸려 모든 것을 잊고 순수한 아이로 돌아가는 것이 내가 굳이 원한다면 원하는 미래이다(물론 내게 미래가 존재한다는 희박한 확률의 전제 하이지만). 하지만 부모님과 세상의 시선에 못 이긴 나는 결국 대학에 진학했다. 대학에 와서 내 삶이 바뀔 거라고 기대한 것은 아니었지만(아니 어쩌면 조금은 기대했는지도 모르겠다), 내 삶은 여전히 비극이었다. 삶의 무의미함을 이겨낼 것은 어디에도 보이지 않았고 나 역시 그걸 굳이 찾으려 하지 않았다. 세상에서 내게 구미가 당기는 것은 유럽에서 안락사가 합법화되고 있다는 뉴스뿐이었다.

***

담배를 연거푸 네 개비 피운 후 방으로 돌아와 휴대폰을 집었다. 한 통의 문자는 과 동기 서준이에게 온 것이었다.

도윤, 뭐 하냐? 밤에 술?

내 자취방에서 도보로 10분 거리의 학교 기숙사에 사는 서준이는 이렇게 곧잘 내게 술을 먹자고 문법이 하나도 맞지 않는 문자를 보내댄다. 서준이는 대학에서 만난 몇 안 되는 사람이다. 학교 한인 모임이나 전체 과 모임 같은 곳은 일절 참석하지 않는 나이지만 자주 가는 집 앞 작은 이자카야 '킨타로'에서의 오유와리(일본식 정종) 한 잔은 마다치 않는다.

11시, 킨타로

나도 서준이에 맞춰 문법을 무시한 채 답했다. 시간은 아직 5시도 되지 않았지만 난 잠시 시간이 필요했다. 가면을 쓴 채 웃을 준비를 해야 한다. 휴대폰 알람을 10시 50분으로 맞춘 후 책상에서 약 봉지를 꺼냈다. 가장 강한 항우울제 세 알과 진정제 한 알을 꺼냈다. 유리컵을 뒤집고 그 위에 약을 올린 후 숟가락으로 으깼다. 여러 가지를 써 봤는데 홈이 파여 있는 유리컵과 숟가락이 가장 용이하다. 나는 곧 짧게 자른 빨대를 코에 맞추고 빠르게 약을 들이마셨다. 이 방법은 일본 국제학교에서 만난 미국 유학 경험이 있는 친구에게 배운 것인데 강한 정신과 약을 으깨서 코로 들이마시면 그 효과가 훨씬 좋다. 이것은 분명 환자를 믿고 약을 처방해준 의사의 믿음에 반하는 행동이지만 이미 오랫동안 약을 섭취해 면역이 생긴 내게 이제 그냥 약으로는 이 아픈 세상을 견딜 수가 없다.

아까 말하지 않은 것이 있는데 나는 정신병자다. 이렇게 말하니 어감이 별로지만 이 표현이 정확하다. 나는 아버지 말투로 '사람 바보 만드는 약'을 햇수로 10년 넘게 복용 중이다. 이유나 계기가 있을까. 어렸을 때는 그저 눈물이 많은 아이였다. 시장에 쭈그려 앉아 나물을 파는 할머니들을 보고도, 지하철역에서 돈을 구걸하는 노숙자들을 보고도 난 혼자 베개를 적셔댔다. 하지만 내가 모아둔 얼마 안 되는 세뱃돈으로는 할머니들과 지하철역 노숙자들을 행복하게 해줄 수 없다는 걸 깨달았다. 이렇게 슬퍼하는 나를 보며 엄마는 "엄마도 어렸을 때는 그랬어"라며 위로했지만 그 말은 나를 더욱 비참하게 만들었다. 엄마의 말은 나이가 들면 그런 생각쯤은 자연스레 사라진다고 들렸기 때문이다. 어른들은 너무 차갑다고 나는 생각했다. 그래서 그때는 '엄마처럼 당연하다는 듯 아름다운 마음을 잃지 않으리라' 하고 다짐했었다. 하지만 이런 다짐을 지키며 살아가기에는 세상은 너무나 아픈 곳이었고 난 그런 아픈 사실을 마주할 때마다 뼈가 시린 좌절을 피할 수 없었다. 반복되는 좌절 속 힘이 없는 나는 눈물을 흘릴 뿐 할 수 있는 일이 없었고, 그 눈물은 어느 순간부터 나를 집어삼켜 아무것도 하지 못하는 바보로 만들었다. 자꾸만 울어대는 내게 문제가 있다고 판단한 부모님은 나를 정신과 의사와 만나게 했고 난 약을 먹으며 눈물을 줄이고 손을 떨지 않으며 남들처럼 생활할 수 있었다. 그때 내 나이 12살이었다. 약은 점점 늘어 지금은 한 번 먹을 때 다양한 종류의 아홉 알 정도를 먹는다. 아침, 저녁, 또 비상시에 복용한다.

조현병, 정동장애, 대인기피, 불안장애, 등등 진단을 받았지만 멍청한 의사들이 정한 거창한 병명은 중요하지 않다고 생각한다. 난 미쳤다. 세상이 먼저 미쳤기 때문이다.

사람은 왜 사는 걸까? 왜 굳이 살아야 할까? 이런 고민도 하지 않을 무(無)의 상태였다면 훨씬 나았을 텐데. 그럼에도 우린 살아 있기에 이 질문에 답할 수밖에 없다. 많은 이들은 '행복'이라고 답하곤 한다. 그래, 우린 '행복'하기 위해 사는 것이다. 그렇다면 행복은 무엇일까. 시대마다, 또 사람마다 다르겠지만 지금의 우리에게는 애석히도 '돈'인 것 같다. 나는 지금 세네카가 말한 정신의 건전성이나 19세기 영국에서나 중요시했을 법한 숭고함 따위를 이야기하자는 것이 아니다. 그런 것은 내게 너무 어렵고 또 이런 전쟁 같은 세상에서 그딴 복잡한 행복을 원하는 이가 많지 않으리라 생각한다. 나 같은 그 어떤 특별함도 허락되지 않은 평범한 인간에게 보이는 행복은 돈뿐이고 화목한 가정 같은 진부한 행복의 기준은 시시해 보이기만 한다. 물론 경제적인 편안함이 마음의 편안함을 가져다주기에 이 돈은 '행복'이라기에 그리 부족한 것도 아니다. 하지만 이 세상이 이 지경까지 온 근본적인 문제는 이 돈에 있다.

플라톤과 아리스토텔레스의 말이 맞다면 지금 시대 사람들의 궁극적 목표는 한낱 물물교환의 편의를 위해 만들어진 종이 쪼가리가 되어버린 것이다. 하지만 돈은 분명 한정되어 있고 이 세상에는 사람들의 궁극적 목표가 부족할 수밖에 없다. 인간에게 당연해야 하는 행복은 많은 이들에게 결핍된 것이다. 소수가 행복을 차지하고 남은 이들은 한정된 행복을 위해 서로 경쟁하고, 미워하고, 남의 불행에 기쁨을 느껴야 한다. 그로 인해 파생되는 배려와 사랑의 결핍 역시 당연하지 않지만 당연하게 비친다.

아무리 한정되었다고 해도 이 돈이라는 이름의 '행복'이 정확한 노력의 척도라면 누가 노력하지 않을까. 하지만 돈은 늘 노력이라는 피와 땀을 바보로 만든다. 돈은 늘 불공평하다. 연예인들이나 공놀이를 잘하는 이들은 연간 수십억을 벌고 우리 목숨을 지키는 소방관은 수 천만 원을 번다. 간단히 돈의 척도로 본다면 공놀이로 인해 파생된 행복이 소방관의 목숨을 건 노력보다 100배 가까이 의미를 부여받는 것이다.

문화산업에 돈을 쓰는 것이 잘못되었다는 것이 아니라 그 정도가 지나치다는 말이다. 텔레비전에 나오는 이들은 옛말로 광대이다. 즐거움이라는 삶의 요소를 제공하는 사람들이란 말이다. 나는 분명 즐거움보다는 삶의 가치 있는 것들이 많이 있을 것이라 생각한다. 아이돌과 축구선수는 당신이나 당신의 사랑하는 이들이 위험에 빠졌을 때 당신을 구해주지 않는다. 그 멍청이들에게 주는 돈으로 노인들이 폐지를 못 줍게 할 수는 없을까? 돈이 없어 수술비도 못 내는 사회적 약자들을 도와줄 수는 없을까? 내가 세상의 죄책감을 느끼는 성인군자라서 이런 말을 하는 게 아니다. 당연한 옳고 그름의 결핍이 뼈저리게 아프고 이해되지 않을 뿐이다.

조금은 생각의 깊이가 있어야 할 지도층은 이기적이기만 하고 이지적이지는 못하다. 가진 자의 도덕적 의무를 찾아볼 수 없는 그들은 목에 힘을 잔뜩 주고 있다가 자기 이득이 보일 때만 목을 뻗어댄다. 권력욕과 물욕이 잔뜩 묻어 있는 그들의 얼굴은 역겹기 그지없다. 그런 역겨운 얼굴들에서 풍교(風敎)는 이루어진 적이 없고 앞으로도 없을 것이다. 그들의 자녀는 그들과 같이 역겹게 자라 노력하는 자들의 기회를 뺏고 지혜없이 사람들을 다스리며 악순환을 반복한다.

지도층이 옳고 그름을 위해 만들었다는 법은 사람에 따라 그 힘이 달라진다. 언제나 강자에게는 약하고 약자에게는 강하며 가끔은 피해자와 가해자도 구분 못한다. 이 세상에서 법은 그저 지도층의 패악을 위한, 또 복종하지 않는 사람들을 혼내주기 위한 도구에 불과하다.

지금은 꿈의 결핍 역시 당연한 듯 보인다. 다들 어렸을 때는 아름다운 꿈을 가지고 있다. 간단히 말해 '하고 싶은 것' 말이다. 하지만 모두 그 꿈을 당연한 듯 잃는다. 살아남기에 바쁘기 때문이다. 그렇기에 내 집 마련 따위가 많은 이들의 꿈이 되는 것이다. 하지만 분명 내가 아는 꿈은 최소한의 의식주를 채우는 것보다는 훨씬 설레고 또 아름다운 것이다. 이 시대는 많은 이들의 삶의 이유여야 할 아름다운 꿈을 고작 살아남는 것으로 바꿔버렸다.

팽배해 있는 부조리, 당연한 듯 보이는 빈부격차, 외면받는 사회 약자들, 본연의 목적을 잃은 종교, 세상의 한 부분이 되어버린 범죄, 공권력에 취한 어리석은 지도층, 세상에 당연한 것들의 결핍은 셀 수 없이 더 있다. 하지만 모두 모르는 척 살아간다. 인간은 이기적이기 때문이다. 모두가 쓰레기 같은 기계의 한 부품이 되어 톱니바퀴 돌듯 살아간다. 당연해야 하는 타인에 대한 배려와 사랑은 희미해지고 이기심은 당연해진다. 그렇게 사람들의 얼굴에는 역겨움이 가득해지고 난 그 모든 역겨운 존재들을 증오한다.

사람은 모두 옳고 그름을 알고 있다. 선과 악도 구분할 수 있다. 우리에게는 지성이 존재하기 때문이다. 그렇기에 초등학교 도덕 시간은 모두에게 따분할 뿐이다. 도덕 교과서에서 설명해주는 옳고 그름은 태어날 때부터 알고 있을 정도로 당연해 보이기 때문이다. 그런데 어떻게 이 당연한 옳고 그름이 결핍된 세상에서 그렇게 아무렇지 않은 듯 살 수 있는 것인가. 왜 다들 아름다운 마음을 잃고 그것이 그리도 쉽게 수긍되는 것인가. 왜 그리도 이기적인 건가. 지금도 어딘가에서 노인들은 고립되어 있고 어린이들의 순수한 미소는 세상에 더럽혀지고 있는데 어떻게 그렇게 아무렇지 않게 웃으며 살 수 있는 것인가. 이것도 어른이 되면 생각이 바뀌는 건가. 꺼져라. 그딴 게 어른이라면 나는 평생 어린이 아니면 정신병자로 살겠다.

위에 말하는 것을 듣고 내가 세상에 멋들어지게 반항하고 있다고 생각했다면 오해다. 그것은 정말 아니다. 난 한낱 미치광이에 불과하다. 또 내가 오만해 보였다면 사과한다. 정신병자의 푸념이라 생각하고 넘어가주길 바란다. 난 내 생각을 누구에게도 말하지 못한다. 내 이런 미친 소리를 정성껏 들어주던 우리 할아버지도 이젠 없다. 혼자 이렇게 떠드는 겁쟁이일 뿐이다. 거기다 사실 난 이 부조리한 세상에서 이득을 취하는 편에 속해 있다. 내가 아무리 학교를 빠져도 퇴학을 한 번도 당하지 않은 것은 아버지가 있었기 때문이다. 나는 내가 일절 일조한 적이 없는 가족의 힘으로 팽배해 있는 부조리의 이득을 챙겨왔다. 그저 이 더러운 세상의 한 부분으로서 나 역시 더러워져 멋들어진 신념 하나도 챙기지 못한 채 물 흐르듯 살고 있는 것이다.

정말 미안하다. 나도 이런 내가 너무도 역겹다. 이건 사실이다. 정말 죽고 싶지만 죽을 때의 육체적 고통이 너무 무섭다. 정말 아플 것 같다. 시도는 해봤지만 실패했다. 정말 미안하다. 나 같은 게 살아 있어 이 더러운 세상에 일조하고 있으니 정말 미안하다. 하지만 이것만은 믿어줬으면 한다. 내 매일매일은 고통스럽다. 한국에서 안락사가 합법화된다면 내가 가장 먼저 달려가 안락사를 받도록 하겠다. 약속

한다. 내가 가장 싫어하는 어른이 되어버린 내 존재가 역겹고 싫다. 난 세상 모두를 증오하지만 그중에서도 나를 가장 증오한다. 유명한 노랫말처럼 나 역시 이 세상을 그냥 내버려 두면 무너질까 싶었지만 울고 있는 내게 다가와 지혜의 말을 속삭여주는 성모마리아는 없었고 반복되는 좌절 속 나는 내 눈물에 갇혀 미쳐버린 것이다.

그는 약을 들이마신 후 침대에 누워 천장을 바라봤다. 천장에 드리운 그림자는 점차 형상화됐고 그 속에서 호미가 튀어나왔다. 그가 얼마나 아름다운지 아는 유일한 존재인 호미가. 호미를 따라 천장은 무너져 내렸고 그는 질끈 눈을 감았다. 눈을 떴을 때 옆에는 호미가 누워 있었다. 그와 몸집이 거의 비슷해진 호미는 편안한 공기를 내뿜었다. 주변을 둘러보니 그들은 '우리'의 숲에 들어와 있었다. 이곳은 그만의 숲이자 호미의 숲이다. 땅은 어둡고 하늘은 녹색 빛을 띠지만 어디가 밑이고 어디가 위인지 확실히 분간되지 않는다. 보라색 새들이 낮게 비행하고 그 위로는 사람 얼굴의 형상을 한 암울한 구름들이 떠다닌다. 붉은 나무의 잎들은 바람 한 점 없이 제각기 다른 방향으로 흩날리고 사슴이 악기 없이 회색 음악을 연주한다. 아니 사슴이 아닌지도 모르겠다. 그림으로 비유하자면 이 숲은 수채화보다는 파스텔화에 가깝다. 이곳에 살아 숨 쉬는 모든 색에는 파스텔 특유의 투박함과 거칠음이 배어 있다. 하지만 그런 건 하나도 중요하지 않다. 견고한 대지, 맑은 하늘 따위는 이곳에 어울리지도, 필요하지도 않다. '우리'는 나란히 검은 초원에 누워 색깔이 없는 호수에 비친 빨간 나무들을 하나둘 세어보았다. 이번에도 호미는 그가 세상에서 가장 아름답다고 엄지를 치켜세워 주었고 그는 '우리'만의 자연에서 숭고한 행복을 즐겼다.

***

"따르릉."

기분 나쁜 벨 소리가 내 행복을 방해했다.

"야, 왜 안 와."

서준이의 짜증 섞인 목소리가 들려왔다. 시간은 이미 11시 30분이었다.

"아 미안, 잠들었네. 바로 나갈게."

세면대에 차가운 물을 받으며 욕조에 걸터앉아 담배를 피웠다. 예전에는 약 기운이 오래 남아 온종일 흐리멍텅했지만 요즘엔 세면대에 얼굴을 잠시 담그고 있으면 금방 제정신을 찾는다. 매일 이렇게 잘못된 방법으로 약을 복용하는 것은 아니다. 호미를 보고 싶을 때만 이 방법을 쓰고 평소에는 정상적으로 복용한다. 늘 이렇게 복용하다가는 금방 할아버지 뇌가 될 것이다. 뭐 그것도 나쁘지는 않지만.

수건으로 얼굴을 대충 헹군 난 잘 때 입은 츄리닝에 벙거지 모자를 눌러쓴 후 킨타로로 향했다. 킨타로는 내 자취방과 서준이 기숙사의 중간쯤에 위치해 걸어서 5분이면 도착할 수 있다.

"어서 오세요, 아, 윤군 왔어?"

일본인들은 나를 윤군 아니면 윤상이라고 부른다.

"네, 안녕하세요."

50대 초반 정도로 보이는 얼굴에 깊게 팬 상처가 있는 가게 주인은 내가 킨타로를 찾는 가장 큰 이유이다. 이름은 모르지만 모두 쿤상이라 부른다. 사연은 어떤지 듣지 못했지만 혼자 가게 위층에 살고 있는 그는 나 같은 외롭고 귀찮은 손님을 아주 잘 상대한다. 혼자 온 손님에게 무심한 듯 하루를 묻는 그의 질문은 모든 킨타로 손님이 이곳을 찾는 이유이리라.

"야, 넌 어떻게 매일 늦냐? 엄청 기다렸잖아."

나는 서준이의 불평을 무시한 채 옆에 나란히 앉았다. 킨타로는 자리가 5개뿐인데 6평 남짓한 가게에 오픈 키친과 바 형식의 테이블이 주방에 붙어 있는 전형적인 일본 선술집이다,

"이 자식 언제 도착했어요?"

"10분 정도 된 것 같은데?"

쿤상에게 질문하며 서준이의 입을 닫았다. 내게 전화한 게 11시 30분이니 서준이도 늦게 왔을 거라고 어느 정도 예상하고 있었다.

"저는 텐동(튀김 덮밥)이랑 오유와리 부탁드립니다."

서준이는 이미 간단한 튀김에 맥주를 마시고 있었기에 내 것만 주문했다. 텐동은 원래 이 가게의 메뉴에 없지만 쿤상은 단골손님이

부탁하면 밥 위에 안주용 튀김과 독특한 맛의 소스를 올려 특별 텐동을 만들어준다.

"밥 안 먹었어? 11시에 웬 텐동."

"아니, 너랑 술 마시면 술맛 떨어지니까 밥이랑 같이 먹으려고."

나는 서준이에게 농담 섞인 대답을 던지며 익숙하게 팔을 뻗어 재떨이를 가져와 담배에 불을 붙였다(일본의 술집은 대부분 실내흡연이 가능하다).

"개새끼."

서준이는 사람 냄새가 나는 욕을 뱉으며 하얀 이를 드러내고 웃었다. 잠시 의미 없는 이야기를 주고받는 중 내 술이 나왔고 우린 한국인답게 둘뿐이지만 소박하게 잔을 부딪쳤다.

"야, 혜리 누나 얘기 들었어?"

서준이가 곧 새로운 대화 주제를 꺼냈고 나는 귀찮다는 듯 얼굴을 찡그렸다.

"뭐 듣기 싫으면 말고."

여기서 혜리 누나는 우리와 같은 대학에 다니는 한국인 선배이자, 나의 헤어진 여자친구이다. 헤어진 애인 이야기가 듣고 싶지 않은 사람은 이 세상에 없을 것이다.

"뭔데?"

내가 무심한 듯 물었고 서준이는 '듣고 싶었으면서'라는 짜증 나는 표정을 지으며 말을 이었다.

"그 형이랑 헤어졌대. 처음부터 너 잊으려고 급하게 만난 티가 났다니까."

"그래?"

난 정말 별생각이 없었기에 자동적인 추임새만 내뱉었다. 여기서 그 형은 혜리 누나가 나와 헤어진 후 최근 만났다는 취업 준비 중인 선배이다.

"그래? 뭐가 그래야, 너 아직 혜리 누나 못 잊은 거 아냐? 반응이 왜 이래."

"못 잊기는, 벌써 반년이나 지났잖아."

"에이, 그래도 누나랑 헤어지고 많이 힘들어했잖아. 휴학까지 했으면서."

힘들어했나? 분명 힘들어하긴 했다. 한 학기 휴학까지 했으니까. 하지만 온전히 여자친구가 휴학의 이유는 아니었다.

"연락 한 번 해봐, 혜리 누나도 가끔 취해서 너 이야기한대."

혜리 누나와도 나만큼 친한 서준이는 나 같이 모이던 술자리가 그리운 듯하다.

"난 됐다. 학생은 학업에 집중해야지."

"아이고, 어련하시겠냐."

"너야말로, 그 일본 애랑은 잘 돼가?"

더는 전 여자친구 이야기를 하고 싶지 않았던 나는 전혀 궁금하지 않은 질문을 던졌고 큰상은 내게 주문한 요리를 건넸다.

"아, 아키코? 괜찮은 것 같기는 한데 잘 모르겠네. 일본 애들 속은 진짜 알다가도 모르겠다니까……. 쿤상, 일본 여자들은 도통 속을 모르겠어요."

서준이가 쿤상에게 하소연하듯 일본어로 말했다.

"자네가 잘해야 여자들이 속을 드러내지."

"아, 쿤상 진짜, 저는 항상 잘한다니까요."

쿤상은 보던 신문에서 눈을 떼지 않고 말했고 둘은 잠시 쓸데없는 대화를 이어갔다.

흥미 없는 이야기에 추임새도 없이 술만 연거푸 마셔댔다. 나는 술을 좋아하지 않지만 만취했을 때 약 기운이 잘나기에 술을 마시면 꼭 만취할 때까지 마신다. 취기가 올라오니 전 여자친구가 생각났다. 아니, 정확히는 그녀가 아닌 그녀와 사귀던 '때'가 떠올랐다.

혜리 누나는 1년 전 내가 학교에 처음 입학했을 때 한인 신입생 환영회에서 만났다. 그녀는 2학년이었다. 그 당시 한국 나이로 나는 스물, 그녀는 스물한 살이었다. 주민등록증에 잉크도 채 마르지 않았던 나는 모든 것이 서툴렀지만 그녀는 그런 내 모습이 좋다며 다가와 주었다. 그녀는 아주 활기찬 사람이었다. 늘 에너지가 넘쳤고 나이에 맞지 않게 조숙하여 사랑을 온전히 줄 줄도 아는 사람이었다. 이 더러운 세상에서 나와 다르게 한없이 밝은 그녀를 이해하지는 못했지만, 그때 난 이 사람이 내 음울한 삶에 한 줄기 빛이 될 수도 있다는 멍청하기 그지없는 기대를 했었다. 우린 아주 깊은 관계였다. 22살밖에 되지 않은 애송이가 깊은 관계를 운운하는 게 우습게 들릴 수 있겠지만 나는 그녀를 많이 좋아했었다.

하지만 대부분의 우리 나이 때 커플이 그렇듯 우리는 헤어졌고 내 멍청한 기대는 그녀의 눈물과 함께 물거품이 됐다. 한없이 밝은 그녀와 함께여도 난 자주 우울함의 늪에 빠졌다. 난 자주 나 자신도 온전히 이해할 수 없는 이유로 큰 실의에 빠진다. 겹겹이 쌓아 놓았던 마음이 전부 흘러내려 비참한 내 속을 들추고 그 안에 나는 알 수 없는 무의미함에 빠져 한없이 눈물을 흘린다. 그녀는 그런 나를 위해 함께 울어줬지만 그건 내가 원하던 게 아니었다(물론 원하는 게 무엇인지는 알지 못한다). 이럴 때 내 몸에는 가시가 돋는다. 나는 우울함에 예민해지고 그 예민함은 날카로운 행동이나 말이 되어 가시처럼 튀어나온다는 말이다. 그 가시는 사람을 가리지 않고 주변을 찔러댄다. 여자친구와 같이 지낼 때도 내 몸엔 가시가 돋아났고 그녀는 늘 내 옆을 지켰기에 하루에도 몇 번씩 그 가시에 찔려 아파했다. 심할 때 내 가시는 그녀에게 이별을 고하기도 했다. 난 그녀와 사귀면서 몇 번이나 '헤어지자'라는 말을 했고 그때마다 그녀는 아무 잘못 없이 미안하다고 내게 사과를 해야 했다. 애써 상처를 숨기며 버티던 그녀는 점점 미소를 잃어 갔고 나와는 함께 있어도 외롭다고 자주 말했었다. 이런 나를 계속 사랑하기에 스물한 살은 너무 어린 나이였고 일 년의 연애 후 지칠 대로 지친 그녀는 나를 떠나갔다.

사실 내게는 그리움도, 미움도 남지 않았다. 그저 미안한 마음뿐이었다. 혹시나 이런 내게도 남은 복이 있다면 그녀가 모두 가져가기를 빌었다. 내가 그녀 앞에서 사라져주는 것이 그녀를 위한 것이라고 생각한 난 휴학을 결정했다. 이별 후 가끔 들려오는 그녀의 소식은 늘 밝았고 나란 그늘을 치워 다시 에너지를 찾은 듯한 그녀에 나는 만족했다.

당연히 자퇴를 생각했지만, 어머니의 졸업만 해달라는 눈물 어린 부탁을 딱 잘라 거절할 수는 없었다. 졸업까지 3년 정도 남았으니 그 누구와도 깊은 관계를 맺지 않고 죽은 듯 학교만 다니고 돌아오겠다는 다짐을 하고 도쿄에 돌아와 있는 상태였다. 완전히 혼자가 된 도쿄에서의 생활은 나와 썩 잘 어울렸다. 외로움은 사무치게 쓸쓸하고 남아 있는 아름다운 추억은 허전하기만 했지만 혼자인 나는 누구에게도 피해를 주지 않았고 그것에 만족하기로 했다.

잠시 후 자리에서 일어난 나와 서준이는 가게 앞에서 담배를 하나 피우고 헤어졌다. 꽤나 취한 나는 자취방에 들어와 그대로 침대에 쓰러졌다. 몸에 가득 찬 알코올이 속을 뒤틀었다. 역한 고통이 밀려와 기분이 좋지 않았지만 난 이때가 차라리 좋다. 사람은 참 단순해서 몸에 고통이 생기면 마음의 고통은 순간 뒷전이 된다. 오늘 술을 마신 덕에 내일은 숙취가 내 마음을 편하게 해줄 것이다. 난 침대에 붙은 책상에 손을 뻗어 약봉지를 가져와 수면제만 골랐다. 물도 없이 약을 삼킨 나는 불이 꺼지지 않은 밝은 방에서 혼자만 어둡게 잠에 들었다. 항우울제를 먹지 않은 탓일까 나는 또 다시 '그' 꿈을 꾸었다. 미치도록 아리고 끝없이 외로운 그 꿈에 나는 밤새 신음해야 했다.

***

돌아온 학교는 다를 것이 없었다. 거짓 웃음으로 인사를 건네는 이들은 아직도 역겨웠고 일평생을 고통스러운 땀으로 채워 내 집 마련의 꿈을 꾸는 청춘들로 넘쳐나는 캠퍼스는 아름다울 수가 없었다. 모두 당연하다는 듯 거센 강물을 거슬러 올라간다. 캠퍼스에는 비교적 따스한 가을 햇살이 가득 내리쬤지만 그 밝은 빛을 받은 청춘들은 경쟁이라는 그늘에 갇혀 빛나지 못하는 듯했다.

난 반년 만에 낡은 강의실에서 낡은 책상에 앉아 낡은 교수들의 낡은 지식으로 머리를 채웠다. 숨도 못 쉬게 괴롭지만 나 같은 게 할 수 있는 일은 없다. 첫 번째 문학 강의는 90분이라는 시간이 나름 빠르게 흘러갔다. 교수의 머리가 가발이 아닌지 의심이 되었기에 그의 머리에 집중하다 보니 어느새 강의가 끝나 있었다. 하지만 두 번째 강의는 아니었다. 역사 강의였는데 역사는 본래 알면 알수록 짜증만 난다. 또, 일본이 자기 마음대로 해석한 역사에 관한 강의를 듣는 것은 정말 역겨운 일이다. 일본이 학생들에게 가르치는 청일전쟁에 대한 해석은 애국심이 전혀 없는 나도 나이 든 교수의 얼굴에 침을 뱉고 싶게 만든다.

오후에 전공수업이 남아 있었지만 난 지하철역으로 향했다. 그날은 더는 수업을 듣고 싶지 않았다. 이유 같은 건 없다. 굳이 따지자면 강의를 들을 이유가 더욱 부족하다. 대학교의 유일한 좋은 점은 내가 학교에 가지 않아도 나를 찾는 이가 없다는 것이다. 가끔 서준이가 연락해오기는 하지만 이 녀석도 적응이 됐는지 한 번 이상은 전화하지 않는다.

역에서 도자이선을 타고 신주쿠 방향으로 한 정거장을 가면 다카다노바바역이 나온다. 그날은 그곳에서 세이부 신주쿠선으로 갈아탔다. 목적지는 없다. 난 그냥 가끔 이렇게 낯선 지하철에 올라탄다. 지하철에서 바깥 풍경을 보다가 마음에 드는 역이 있으면 내리는 것이다. 특별히 무언가를 하지는 않는다. 그냥 처음 보는 거리를 걷고 처음 보는 동네를 구경하며 앉을 만한 곳을 찾아 앉는다. 책을 읽거나 담배를 피우기도 하지만 거의 그냥 앉아만 있는다. 앉아 있다가 울기도 한다. 혼자 아주 서글프게 울어댄다. 전혀 모르는 동네이기에 누군가를 신경 쓸 필요가 없어 더욱 크게 운다. 이것이 굳이 내 취미라면 취미이다. 여행처럼 새로운 감정을 위해 걷는 것도 아니고 예쁜 풍경을 눈에 담고 싶은 것도 아니다. 그저 걷는 것이다. 걷다가 지치면 앉고, 그러다가 울고, 울다 지치면 또 걷고 그렇게 하루를 보낸다.

이 시간의 지하철은 늘 한가하다. 직장인도 학생도 타기에 애매한 시간, 여유로운 도쿄의 지하철에는 지하 철도가 대부분인 한국의 것과 다르게 가냘픈 햇살이 작은 무지개와 함께 춤춘다. 고요함 속 기차와 철도가 조화를 이루는 투박한 소리는 나를 귀 기울이게 만든다. 어느 장소이든 사람이 없으면 더욱 아름다워지기 마련이다. 유명한 관광 명소도 그렇고 학교도 그렇다. 방과 후의 학교는 제법 아름다운 편이다. 사람들의 존재는 늘 그들의 창조물에 해가 된다. 카라바조도 그랬고 피카소도 그랬다. 아름다움을 창조할 수 있는 사람은 있지만 본인이 그 아름다움 자체가 되는 사람은 없기 때문이다. 뭐 당연한 건가.

그날은 '타나시'라는 역에 내렸다. 지하철에서 보인 철탑이 어릴 적 즐겨보던 만화 〈아따맘마〉에 나오던 것과 비슷해 마음에 들었기에 거기서 내렸다. 그날도 정처 없이 길을 걸었다. 아무 생각이 없었다. 길을 걷다 신호가 걸리면 옆으로 방향을 틀어 걷기를 반복했다. 그러다가 공원에서 아이들이 보였다. 투명한 웃음을 짓는 아이들이. 난 놀이터에서 가장 먼 벤치에 자리를 잡고 앉았다. 너무 가까이 앉으면 아이들이 무서워할 수 있다. 그들의 맑은 눈에는 내가 유괴범이나 폭력배로 보일지 모른다. 정말 싫지만 어쩔 수가 없다. 난 존재만으로 경계심을 품어야 하는 어른이니까.

벤치에 앉아 가만히 아이들을 지켜봤다. 아직 초등학생도 안 되어 보이는 아이들은 자유로이 뛰놀고 있었다. 모두 합의하에 규칙이 있는 놀이를 시작하지만 한 아이가 웃기 시작하면 그다음부터 다 같이 그 놀이는 잊어버린다. 한 아이가 웃고 그 옆에 아이가 웃고 행복이 번진다. 모두 함께 규칙 없이 자유로이 행복해할 뿐이다. 가을 하늘에는 여러 모양의 구름이 서로 방해하지 않은 채 헤엄치고 있었다. 맑고 평화로운 하늘과 행복한 아이들, 완벽히 조화를 이룬다. 이대로 시간이 멈췄으면 좋겠다고 생각했다. 그 어떤 슬픔도 담겨 있지 않은 아이들의 눈망울만이 이 세상의 전부인 듯한 이 시간이, 그대로 멈췄으면 했다. 눈물이 조금 나왔다. 이들을 방해할 것은 아이의 허기를 걱정한 엄마의 사랑뿐이리라. 그것 말고 이 그림 같은 풍경을 방해하려는 이가 나타난다면 달려가서 때려주리라.

사실 역겨운 어른들에 대한 비판은 타당하지 않은지도 모른다. 어찌 보면 모두 피해자인 것이다. 살면서 딱 한 번 마주한 갓난아이의 얼굴은 세상의 아름다움을 모두 가져다 놓은 듯했고 세상의 모든 지식과 논리는 그 순수함 앞에 무릎을 꿇을 것 같았다. 난 그때부터 어린아이들의 미소를, 성선(性善)을 믿기로 했다. 이 더러운 세상이 그런 순수함에 악함을 강요했고 적응력이 뛰어난 인간은 살아남기 위한 그 악함을 금방 손에 쥔 것뿐이다. 사람들은 역겨워질 수밖에 없다. 지금 세상에서는 타인의 눈물로 자기들이 사랑하는 이들의 행복을 지켜야 하기 때문이다. 그들의 혼잡한 이기심 역시 세상에 강요받았다고 나는 믿는다.

어디서부터 잘못된 걸까? 누구의 잘못일까? 선악과를 따 먹은 아담과 이브의 잘못일까? 부처가 말한 지혜가 부족한 무명(無明)의 문제일까? 아님 천주교에서 말하는 칠죄종이 정말 내가 본 갓난아이의 마음속 어딘가에 숨어 있던 걸까? 모두 아니라면 전지전능한 신이 나

이상으로 지독한 정신병자인지도 모르겠다.

그 자리에 아주 오래 앉아 있었다. 해가 뉘엿뉘엿 지기 시작하자 아이들은 하나둘 돌아갔고 모두에게 공평한 어둠이 내려앉은 공원에는 나 혼자만 남겨졌다. 난 아이들이 모두 사라진 후 담배에 불을 붙였다.

"역겹네."

작게 혼잣말을 했다. 담배 맛이 평소보다 더욱 쓰게 느껴졌다. 담배를 서너 개 연달아 피운 뒤 발밑의 꽁초를 주워 쓰레기통에 넣은 후 공원을 빠져나왔다. 집으로 향하는 지하철은 퇴근 시간을 맞아 붐볐다. 지하철 안 사람 하나하나는 제각기 색깔도 향기도 다른 불쾌감을 내뿜었는데 그중에도 내 것의 악취가 가장 뚜렷했다. 다들 어떻게 이런 지하철을 매일 타는 건지.

나는 집으로 곧장 가지 않고 집 뒤편에 '신메이 신사'에 들렀다. 작은 크기의 이 신사는 일본의 몇만 개가 넘는 다른 신사들과 별다를 것이 없지만 신사 앞에 자그마하게 꾸며놓은 자갈돌 정원은 나름 아늑한 분위기를 풍긴다. 여름과 잘 어울릴 법한 자갈돌들이다. 당연히 난 신을 믿지 않는다. 전지전능한 존재가 있다면 이 썩어빠진 세상을 가만 놔두지 않으리라 생각하기 때문이다. 하지만 저녁 시간 아무도 없는 신사에서 기도를 드리면 왠지 누군가와 이야기하는 것 같은 기분이 들어서 좋다. 나는 주머니에서 동전 몇 개를 꺼내 새전에 넣고 합창한 후 기도를 드렸다. 이 신사에 셀 수 없이 와서 기도를 드렸지만, 이 방법이 맞는지는 모른다. 뭐 크게 중요하다고는 생각하지 않는다. 중요한 건 간절함이니까. 신을 믿지 않아도 인간의 간절함은 진실될 때가 많고 나 역시 그렇다. 나는 오늘도 손을 모으고 수없이 반복했다.

'저를 죽여주세요.'

10月 25日 日記 晴れ 名前 :

오늘은 어떤 날이었을까? 평소처럼 수업을 듣고 조용히 학교를 빠져나왔다. 그림 같은 황혼은 내가 지하철에서 빠져나오자마자 그 모습을 감췄다. 해님도 내가 싫은 걸까? 하굣길 공원에서 스치듯 마주한 아이들의 웃음은 빛이 났다. 나는 왜 이럴까, 나는 왜 벌써 어른일까, 하는 생각이 들기에도 전에 그들의 행복이 내게 전염됐다. 이것은 분명 다른 이의 행복이겠지. 하지만 뭐 상관 없는지도 모르겠다. 머리 위로는 흔하지 않은 도쿄의 별들이 작지만 뚜렷이 반짝였고 나는 그덕에 조금 행복해졌다.

***

병원에 다닌 지 얼마 되지 않았을 때였다. 할머니가 나를 교회에 데려갔다. 어머니도 함께였다. 교회는 장로교였는데 웅장한 유럽식 성처럼 생긴 붉은 벽돌 건물이 기억난다. 교회에서는 모르는 사람들이 웃으며 말을 걸어왔고 나는 그때마다 어머니 뒤로 몸을 숨겨야 했다. 그들의 웃음은 섬뜩함을 풍겼다. 이유와 목적이 없는 웃음이 이 세상에서는 정상적이지 않다는 것을 어린 나는 어렴풋이 느끼고 있었는지도 모른다. 40대 중반 정도의 초등부 선교사는 아주 선한 웃음을 짓는 중년 남성이었다. 그는 처음 온 내게 지옥이 얼마나 끔찍한지 설명해주었는데 난 지옥보다 그의 얼굴에 핀 거짓 웃음이 더욱 끔찍했다. 그는 지옥에 가지 않기 위해 하나님을 믿어야 하고 기도해야 한다고 말했다.

처음에 기도를 할 때에는 주변 아이들과 같이 손을 모았지만 어떻게 하는지를 몰라 눈만 감았다. 이 행동의 무의미함이 싫었던 나는 선교사님에게 기도는 어떻게 하는 건지를 물었다. 질문을 받은 그는 내가 기특하다는 듯한 멍청한 미소를 지었다.

"기도는 눈을 감고 친구한테 말하듯이 하나님과 대화하면 돼. 도윤이 친구들은 대부분 감사한 것에 대해 말하거나 원하는 것을 말하지. 소원 말이야."

'소원이라……. 이뤄질 리가 없잖아, 멍청아.' 하고 속으로 생각하며 선교사님에게는 알겠다고 웃음을 지어 보였다.

그 후부터는 기도하는 사람들을 지켜봤다. 주일예배뿐만 아니라 새벽기도에도 가끔 할머니를 따라가 기도하는 사람들을 지켜봤다. 기도하는 이들에 호기심이 생겼었다. 다들 아주 간절해 보였다. 눈물을 흘리는 사람도 더러 보였다. 그들의 간절함은 확실해 보였다. 그래서 참 의아했다. 그들은 덩치 큰 어른인데 왜 말도 안 되는 이야기를 믿고 있나 생각했다. 그들이 정상적으로 자란 어른이라면 나뭇가지 두 개를 포개놓은 듯한 십자가 앞에 손을 모으고 소원을 빈다고 그 소원이 이루어진다고 믿는 것은 불가능하다고 생각했기 때문이다. 다들 아주 멍청하거나 아니면 이유 없이 뭐든 믿을 수 있는 착한 사람인 체한다고 생각했다.

내가 어른이 되어서 '종교'란 행위에 내린 결론은 '마음을 지탱해주는 터무니없는 믿음'이다. 결핍이 가득한 이 세상은 지옥이다. 이 지옥에서 제정신으로 버티기가 힘들기에 미친 척 전지전능한 무언가를 믿어버리는 것이다. 그 믿음은 터무니없으면 터무니없을수록 좋고, 신은 전지전능하면 전지전능할수록 좋다. 말이 안 되니 강한 믿음이 생기고 그 멍청한 믿음이 사람들을 세상이라는 지옥에서 버틸 수 있게 도와주는 것이다. 이렇게 생각하니 종교는 꽤 현명한 어른들의 놀이라고 느껴졌다. 확실히 예수나 부처는 훌륭한 사람들이었던 것 같다. 그들이 생각해낸 규율이나 법칙은 납득할 만한 것들이 많다. 문제는 제멋대로 해석한 멍청한 추종자들로 인해 본연의 목적을 잃었다는 것이지만.

또 기독교인들은 늘 기도를 시작할 때 "하나님 아버지 감사합니다"라고 말하는데 이것은 아무리 생각해도 그때의 나는 이해하지 못했다. '뭐가 감사한 걸까?' '일용할 양식은 자기들이 돈 벌어서 산 거면서 왜 하나님에게 감사해하지…….'라고 생각했다. 그렇게 하지 않으면 하나님이 지옥에 보내나 싶어 '하나님은 깡패인가' 싶기도 했다. 뭐 이 생각은 아직 변하지 않았다. 신은 깡패여야 하는 게 맞다. 교만한 인간들을 공포에 떨게 만들어야 하니까. 큰 틀로 보면 신은 세상이라는 학교의 학생주임 정도이다.

지금 생각해보면 그들의 감사는 비관적인 삶에 조금의 긍정을 더하는 용도가 아닌가 싶다. 확실히 겸손을 더하면 상황이 조금 밝아 보이게 되어 있다. 물이 반만 고인 컵을 보며 '물이 반씩이나 찼네!' 라고 생각하듯이 '아니, 내 지옥 같은 삶에 고등어구이라니! 정말 감사하잖아!' 하는 것이다. 뭐 어차피 종교란 마음을 지탱해줄 믿음의 도구에 불과하니 그런 게 크게 중요하지는 않다.

초등학생이었던 나는 몇 날 며칠 고민을 거듭한 끝에 마음을 지탱해줄 내 소원을 정했다.

'저를 빨리 죽여주세요. 기왕이면 안 아팠으면 좋겠고 아무도 저 때문에 슬퍼하지 않았으면 좋겠어요. 특히 우리 엄마, 아빠, 할아버지, 할머니가 그냥 저를 잊어줬으면 해요.' 난 이 말을 매주 일요일 또 가끔은 평일 새벽에 되뇌었다. 가끔은 자다가 갑자기 죽는다든지 큰 트럭에 치어 죽여달라고 세세히 또 예의 바르게 부탁했다.

고통 없고 또 빠르게 이 삶을 끝낼 수 있다는 믿음은 터무니 없었지만, 확실히 나를 조금 버티게 해주었다. 일요일도 모자라 새벽에도 따라나서는 손주를 보며 할머니는 대견하다는 눈빛을 보냈다. 할머니는 아마 내가 나중에 목사나 선교사가 되지 않을까 기대했을 것이다. 할머니의 밝은 표정을 보면 죄책감이 마구 밀려왔지만, 기도 내용을 바꾸지는 않았다. 그 기도는 내 것이니까.

유학을 다니면서 교회에는 가지 않았지만, 마음이 허할 때마다 기도를 드린다. 대상은 중요하지 않다. 중요한 것은 간절함이다. 맑은 하늘의 햇님에게, 밝게 빛나는 별님에게, 황색 빛이 동그랗게 차 있는 달님에게 나는 닥치는 대로 빌었다. 죽여달라고. 나를 이 지옥에서 구해달라고.

11월

***

겨울이 아직 오지 않았었지만, 가을의 바람은 매서웠고 규칙 없이 찾아오는 우울함은 아슬아슬 버티는 내 삶을 엉망으로 만들었다. 그날도 그런 날이었다. 높은 하늘 아래 외줄타기를 하다 추락한 것이다.

5교시 강의를 듣고 오후 6시나 되어서 강의실을 나왔다. 도쿄 가을의 해는 애석히도 짧아, 어두움에 그 허전함이 배가 된 듯한 캠퍼스만이 피곤함에 지친 나의 하굣길을 동행했다. 그날도 내 삶의 허무함이, 무의미함이 내가 알지 못하는 이유로 밀려와 나를 아프게 했다. 그저 마음이 전부 녹아내려 남는 것이 하나도 없을 것 같았다. 몸에서는 하나둘 가시가 튀어나왔고 난 주변인들에게 피해를 줄까 발걸음을 재촉할 수밖에 없었다. 집에 빨리 가야 했다. 누군가에게 또 상처를 줄 수도 있고, 또 누군가에게 기대게 될 수도 있다. 하지만 그날은 이상하게, 정말 이상하게 이기적인 마음이 들었다. 자취방에 들어가 혼자 보내야 하는 밤이 너무 싫었다. 그 아픔이 무섭고 혼자 버틸 내가 가여웠다. 재촉하던 발걸음은 느려졌고 공포가 내 몸을 휘감았다.

눈물이 왈칵 날 것 같아 비틀거리던 발걸음을 멈춘 채 눈을 감았다. 누가 볼까 손으로 눈을 가리며 바람에 어쩔 수 없이 눈을 감은 체했다. 손을 내리고 잠시 감았던 눈을 떴을 때 내 앞에 그 아이가 시 있었다. 그 아이에게는 좋은 향기가 났다. 봄의 벚꽃 같은 향기가. 내 어깨 정도 오는 키, 큰 눈에 높은 코, 작은 얼굴, 단아하게 묶은 머리, 이 아이는 일본인이라 보기 힘든 동서양이 적절히 조화를 이룬 얼굴을 가지고 있었다. 같은 학과에 있는 아이라 얼굴은 알지만 공통된 친구가 없어 서로 인사 한 번 해본 적 없는 그런 사이였다.

"오츠카레(수고했어)!"

아이처럼 웃으며 내게 인사했다. 그 목소리는 평생 화 한 번 안 냈을 듯 부드러웠다.

묘한 미소였다. 분명 순수함이 가득 들어 차 있지만 이상히도 아련하고 또 뭔가 허전했다. 그녀의 무언가에 '아름답다'라는 생각이 머리를 스쳤고 내 몸의 가시는 한순간 모두 사라졌다. 그녀의 미소에 화답으로 난 옅게 미소를 지었다. 그녀의 것과 견줄 수 없는 내 것이 창피했지만 나도 인사하고 싶었다.

"오츠카레."

흔들리는 내 목소리가 티 날까, 들릴 듯 말 듯 말했다. 과격히 귀를 스쳐대는 바람 소리에 그녀는 내 목소리를 듣지 못한 것 같았다. 순간 붉어진 내 눈시울이 생각나 얼굴이 붉어졌다. 난 그녀에게 고개를 조금 숙여 인사한 후 발걸음을 재촉했다. 급하게 걷다 넘어질 뻔했지만 티 내지 않고 더욱 빠르게 걸었다. 바쁜 내 발걸음에 여러 색의 단풍잎이 가볍게 부서지는 소리를 내며 흩어졌다.

다음날 전공 수업에 가니 그 아이가 보였다. 인사를 하고 싶었지만, 주변 동기들의 눈이 신경 쓰여 하지 못했다. 그날도 그 아이는 일본 친구들과 앉았고 나는 창가 자리에 혼자 앉았다. 수업 준비를 하며 종종 곁눈질로 그 아이를 쳐다보던 내 옆자리가 채워졌다. 서준이는 자주 내 옆자리에 멋대로 와서 앉는다.

"야, 형이 왔는데 아는 척이라도 좀 해라."

서준이가 말했지만 난 깔끔히 무시했다.

"오하요!(좋은 아침!)"

또 다른 같은 과 동기인 요시다가 나와 서준이에게 밝게 인사를 건넸다. 한국 k-pop을 좋아하는 요시다는 우리 과의 유일한 한국인인 나와 서준이에게 지대한 관심을 가진 친절한 친구이다.

"오하요!"

서준이도 밝게 인사를 건넸고 둘은 쓸데없는 대화를 잠시 이어갔다. 내 눈은 그 아이를 슬며시 따라가고 있었기에 요시다의 인사를 무시한 채 교실 앞쪽에 시선을 두고 있었다. 서준이가 인사를 하기도

했고 난 원래 과 친구들에게 인사를 잘 하지 않는다. 귀찮은 건 아니지만 의미 없는 대화가 이어지는 것이 싫어서라고 해두겠다.

"윤군도 같이 가지 않을래?"

요시다가 갑자기 나를 대화에 끌어들였다.

"응? 어디?"

나는 서준이에게 한국어로 물었다.

"요시다가 다카다노바바에 맛있는 초밥집이 있다고 동기들이랑 오늘 수업 끝나고 같이 가자는데?"

"어, 난 됐어."

난 다시 시선을 앞으로 돌리며 일본어로 대답했다.

"그래? 아쉽네, 준군은 이따가 수업 끝나고 라인 할게. 이거 먹어, 오늘도 화이팅!"

요시다가 조그만 킷캣 초콜릿 두 개를 책상에 올리고 자기 친구들 무리로 돌아갔다. 일본어 킷캣 발음이 일본어 '반드시 이긴다(きっとかつ)'와 비슷해 일본에서 초콜릿은 공부를 잘하라는 의미를 내포한다. 우리나라 엿 같다. 자신들의 기괴한 영어발음을 인정하는 아주 우스운 꼴이라 할 수 있다.

착한 요시다는 자주 이렇게 우리에게 사탕이나 초콜릿을 건넨다. 그러나 난 언제나 그 초콜릿이나 사탕을 주머니에 쑤셔 넣고 잊어버린다. 이것은 몇 차례 내 세탁기에 들어가 나를 괴롭혔다. 뭐 그 덕에 손빨래 솜씨가 조금 늘기는 했다.

"요시다 진짜 착해, 얼굴도 예쁘고."

서준이가 초콜릿 포장을 뜯으며 말했다.

"어, 그렇지."

"너 누구 보냐?"

"어? 아무도 안 보는데."

난 허겁지겁 휴대폰을 꺼내 들고 뭔가 하는 체했다.

시험 대신 작문을 해야 하는 이 세미나 수업은 모든 학생이 자기가 글을 쓸 내용에 대해 돌아가며 발표를 하게 되어 있다. 참고로 나는 저항시에 관한 일본 욕으로 가득 찬 글을 쓰고 발표할 생각이다. 당연히 교수님이 싫어하겠지만 어른들이 싫어하는 일을 하는 것은 늘 즐겁다. 오해는 하지 않았으면 한다. 난 절대 아둔한 애국자가 아니고 그냥 교수가 싫어하는 일을 하고픈 것뿐이다.

"나츠코 키무라."

교수님이 이름을 불렀고 그 아이가 발표를 위해 앞으로 걸어 나왔다. '나츠코 키무라' 나는 속으로 몇 번이나 되새김질했다. 그녀가 발표하는 동안 다시 그 얼굴을 찬찬히 바라봤다. 분명 전날과 같은 예쁜 얼굴이었지만 내가 느낀 묘함은 찾아볼 수 없었다. 나츠코의 발표가 끝난 뒤, 나는 자연스레 서준이에게 나츠코 이야기를 꺼냈다. 서준이는 친화력이 좋아 과에 모르는 사람이 없을 정도인데 물론 그 아이와도 가끔 대화를 나누는 듯 보였다.

"쟤는 엄청 이국적으로 생겼다. 혼혈인가?"

내가 혼자 중얼거리듯 물었다.

"나츠코 아버지가 캐나다분이고 어렸을 때는 캐나다에 있었대."

서준이도 중얼거리듯 대답했다.

"걔, 우리 동기인가?"

"응, 2학년. 넌 어떻게 아직도 동기들 얼굴을 못 외우냐?"

캐나다에 언제까지 살았는지, 영어는 잘하는지, 학교는 어디서 나온 건지, 셀 수 없을 만큼 질문이 떠올랐지만 지금 대화는 여기까지 만이 딱 자연스러워, 더 이상 물어볼 수 없었다. 이성에 대한 생각을 안 한 지 오래되었지만, 이것이 어떤 마음인지 내가 모를 리 없었다. 하지만 나는 섣부른 확신을 피했다. 상처 받는게 싫으니까. 누구에게나 생길 법한 타인에 대한 호기심 정도로 치부했다. 그저 내 의지와 상관없이 어디에 사는지, 어떤 성격인지, 어떤 음악을 좋아하는지, 취미는 무엇인지 알고 싶은 게 마구 생겨 버렸을 뿐이다. 호기심은 언제나 내 편이 아니다. 그즈음 도쿄의 나무들은 그 잎을 남김없이 떨구며 겨울이라는 새 옷을 걸칠 준비를 하는 듯했다.

11月 7日 日記 曇り 名前 :

전날 비가 내려 날씨가 많이 쌀쌀해졌다. 이제 슬슬 겨울 옷을 꺼내야 할 것 같다.

최근 신기한 일이 하나 있었다. 어떤이와 인사를 했는데 묘한 사람이다. 눈빛에 외로움은 어린아이도 알아챌 수 있을 만큼 선명하지만 그러면서도 은은한 빛이 나는 사람이다. 그 사람에 대해 궁금해졌다. 아주 오랜만에 호기심이 생겼다. 이 호기심은 또 나를 아프게 할까? 이런 고민을 하고 계산해 보기에는 호기심은 너무 제멋대로이다. 그냥 일상이라는 내 외로운 성에 호기심이라는 새로움을 초대한 손님 대하듯 하기로 했다.

***

나는 주말을 맞아 한국으로 향했다. 공항의 여느 여행객들과 다르게 내 짐은 단출했다. 저녁 비행기를 타고 돌아올 것이기에 내가 맨 검은 백팩에는 기내에서 읽을 책 한 권 정도뿐이었다. 정신과 내원을 위해 한 달에 한 번은 한국에 간다. 아주 귀찮은 일이지만 정신과 약은 한 달 이상 처방이 불가능하기에 도리가 없다. 토요일 아침 하네

다공항에서 출발해 김포공항에 도착한 난 버스를 타고 곧장 병원으로 향했다.

원래 이 병원은 토요일에는 오후 2시까지만 진료를 하지만 난 몇 년째 매달 마지막 토요일 오후 2시에 예약이 되어있다. 병원에 다닌 지 오래됐기도 하고 원장님은 아버지 지인이기 때문에 편의를 봐주는 게 있다. 병원에 들어가니 간호사가 밝게 웃으며 나를 반겼다.

"원장님 도윤 학생 왔어요."

그녀가 인터폰에 대고 말했다. 이 간호사는 내가 병원에 다닌 후 3번째로 바뀐 간호사인데 인상이 짜증 나게 좋다. 잠시 기다린 후 상담실에 들어가니 원장선생님이 앉아 있었다. 12살 때 처음 만난 원장님은 처음에는 아줌마도 할머니도 아닌 애매한 나이였는데 이제는 확실히 할머니로 보인다.

"도윤이 왔니?"

"안녕하세요."

난 환자지만 원장님은 처음부터 내게 말을 놓았다. 나는 고개를 숙여 인사하고 자리에 앉았다.

"학교 돌아가니까 어때?"

"똑같죠, 뭐. 재미없고, 의미 없고, 보람 없고."

원장님은 어련하시겠냐는 표정을 지어 보였다.

"친구들은? 오랜만에 만나니까 반갑지 않아?"

친구? 우스운 질문이다. 내가 어떤 대답을 할지 알면서 선생님은 매번 이따위 질문을 해댄다.

"반갑지 않죠, 당연히. 곧 죽을 사람들인데."

"아이고, 그러시겠지요. 뭐 좀 마실래? 쿠키 좋은 거 들어왔는데."

"녹차 주세요. 쿠키는 됐고요."

원장님은 아직도 내가 어린애인 줄 아는 모양이다.

난 어려서부터 정신과 상담을 아주 많이 받았다. 그중 가장 처음 받았던 것이 이 권은희 원장님과의 상담이었다. 처음에 이 병원에 왔을 때 권 원장님은 내 상담내용을 아버지께 일일히 전달했다. 그래서 난 그녀를 싫어했고 다른 병원에 이곳저곳 다니며 상담을 받아본 것이다. 그녀는 아는 것이 많고, 지혜로운 편이지만 정신과 의사로서 좋은 상담사는 아니다. 우선 원장님은 말이 너무 많다. 내가 생각하는 이상적인 상담은 상담사가 과묵하게 상담자의 이야기를 들어주는 것이다. 우리 할아버지가 딱 그랬다. 할아버지는 내가 만나본 최고의 고민 상담사이다.

여러 의사를 만나봤지만 모두 좋은 상담사가 아니었고 나를 가장 잘 아는 원장님과 이야기하는 게 편하다는 것을 느낀 후부터는 줄곧 이 병원만 다녔다. 또, 원장님이 내가 고등학생이 되면서부터는 상담내용을 아버지에게 주저리주저리 떠들지는 않는 것 같다.

"전 여자친구는? 학교에서 마주치지 않니?"

"가끔 마주치기는 하는데 별로 신경 안 써요."

부모님에게 절대 하지 못할 여자친구 이야기를 원장님에게는 조잘조잘 잘 말했었다.

"괜찮은 여자친구를 만나면 나를 보러 올 필요가 없을 텐데……."

확실히 혜리 누나와 만날 때에는 병원을 한두 번 걸렀었다.

"또 휴학하라고요? 자꾸 여자친구 만나면 서른은 돼야 졸업하겠네요."

선생님은 내 말에 소리를 내며 웃었다.

"외롭지는 않고?"

"외롭긴요, 다들 외롭죠."

"너 정말 많이 변했다. 알지? 전에는 분명 사랑 많은 꼬맹이였는데."

"언제 적 얘기를……. 선생님이 볼 때 뭐가 많이 변했어요, 제가?"

"많이 차가워졌어, 뭐 어른이 되고 있다고 할 수도 있겠지만."

변했다라…… 분명 많이 변하기는 했다. 사실 예전의 나는 지금과 분위기가 사뭇 달랐다. 그때의 나를 표현하자면 개 같았다. 나쁜 뜻의 개 같았다는 것은 아니고 자세히 이야기하면 한적한 시골 마을의 목줄 없이 키워진 강아지 같았다. 그게 누구든 사람을 만나면 반갑다고 꼬리를 흔들어대는 그런 강아지.

난 늘 사람에 목말라했다. 역겨운 사람들이 싫었지만 외로움이라는 감정은 이런 모순적 갈구를 야기했다. 착한 사람이든 나쁜 사람이든 함께 있으면 좋았다. 그들과 있을 때 나는 더욱 역겨워지지만 슬픔을 잠시 잊을 수 있었다. 그래서 초등학생 때는 친구들이 아주 많았다. 하지만 순수하게 좋아하는 것이 불가능해지는 나이가 되면서 내 이런 성향은 나를 괴롭혔다(뭐 순수하게 좋아하는 게 불가능한 나이라는 말도 웃기지만). 나는 사람들의 작은 행동이나 표정에 절망하고 또 기뻐했다. 이런 나를 이용하려는 사람들도 있었지만 난 나를 잡아먹으려고 품에 칼을 숨긴 사람에게도 꼬리를 흔들어대는 멍청한 강아지였다. 나를 이용하며 옆에 있어 주는 사람보다 더 힘든 것은 내가 준 사랑을 돌려주지 않는 사람들이었다. 난 사랑을 보냈지만, 그 대상이 그것을 받지 않아 갈 곳을 잃은 내 사랑이 부메랑이 되어 돌아오는 것만큼 구차한 것은 없었다. 사랑은 본래 수지 타산이 맞지 않는 것이지만 내게는 그 손해가 왠지 좀 더 가혹했던 것 같다. 내가 사랑했던 모든 것들은 언제나 내게 고통이 되어 돌아왔다.

관계 속 상처가 쌓이고 쌓이며 나는 망가져 갔고 주고 싶은 사랑을 참는 게 나를 위한 일이라는 것을 깨달았다. 남을 쉽게 사랑하지 않는다는 설렘없는 말은 지금 시대에는 많은 이들이 공감할 수 있는 간단한 논리적 귀결에 지나지 않는다는 것 역시 비슷한 시기에 알아차릴 수 있었다. 음침한 저의를 감추는 거짓 웃음에 능한 사람은 많고 그것은 이 사회에서 하나의 능력으로 평가 받기도 한다. 세상에서 가장 많이 팔린 성경이라는 책에는 '서로 사랑하라'라고 쓰여 있지만, 결핍으로 가득한 이 세상에서 그런 말은 따분한 이상론으로 보이기까지 한다.

그런데도 난 사람들이 그리울 때가 많았는데 나는 이 그리운 감정을 해결하는 방법으로 그 사람들을 내 마음속에서 죽이기 시작했다. 내가 위에서 말한 죽은 사람이란 더는 만나지 않을 사람들을 뜻한다. 그 사람들이 이 세상에 더 이상 없다고 생각하기에 쓸모없는 그리움이라는 감정을 없앤 것이다. 조금 유치하게 들릴 수 있지만 이건 효과가 나름 좋다. 난 정말 그들이 죽었다고 믿는다. 길거리에 우연히 마주치면 귀신을 만난 듯 소름이 돋을 정도로.

지금 학교에서 만나는 사람들 역시 그렇다. 남들과 같이 필요에 의해 만나고 헤어짐을 반복한 지 오래되었다. 대학교에서 아는 사람들도 졸업 후에는 만날 이유가 없다. 말했듯이 난 졸업 후에 조용한 시골에 가서 혼자 지낼 생각이다. 아니, 아마 호미가 함께할 것이기는 하다. 더 이상 내 삶에는 진심으로 누군가에게 사랑을 주는 일도 받는 일도 없으리라 생각한 후부터 고독한 평정이 내 마음속에 자연스레 구축되었다. 마음 편히 사랑하는 것도 결핍된 세상이니 뭐 당연하다.

"약은 그대로 주면 되지?"

이런저런 일상적인 대화 후 선생님이 내게 물었고 나는 고개를 끄덕였다.

"밥이라도 먹을래? 요 앞에 새로 생긴 돈까스집 괜찮다는데."

"아뇨, 비행기 타려면 바로 버스 타러 가야 해요."

상담 후 스케줄이 있었지만 원장님께는 거짓말을 했다.

"오늘도 집에 안 가려고? 어머니, 아버지 걱정하신다."

"과제가 바빠서요. 다음 달에 뵐게요."

과제가 많기는 하지만 안 할 것이기에 전혀 바쁘지는 않다. 하지만 집에 안 갈 것이다. 우리 집은 내게…… 아, 생각하기도, 설명하기도 싫다. 그냥, 그냥 집에 가고 싶지 않아진 지 오래되었다.

***

병원을 나와 음식점이 모여 있는 지하철역 주변으로 향했다. 그곳에서 우석이와 만나기로 약속을 해둔 터였다.

"어이, 정신병자."

녀석이 휴대폰과 지갑을 든 손을 흔들었다.

"조용히 해, 폰팔이 새끼야."

우석이는 나와 같은 초등학교를 나온 친구이며 나의 병을 아는 몇 안 되는 사람들 중 하나이다. 그는 고등학교 졸업 직후 군대에 다녀와 일을 하고 있다. 신도림에서 호객행위를 하며 휴대폰을 판다. 입은 직업에 맞게 거칠어 욕이 없으면 문장을 제대로 끝맺지도 못하는 멍청이이다. 등판에는 고등학생 때 새긴 이레즈미 문신이 색 없이 선만 그려져 있다. 돈도 없고 문신하는 것이 너무 아파 그대로 두고 있다고 한다. 클럽을 좋아하고 여자를 밝히는 전형적인 요즘 아이다. 하지만 이 녀석은 내가 세상에서 유일하게 친구라고 생각하는 사람이다. 행동은 거칠고 늘 이성보다 감성이 앞서지만, 이 녀석은 내가 만나본 사람 중 가장 솔직하고 또 착하다. 거짓말도 할 줄을 모르고 남에게 상처 주는 일을 싫어하는 이 녀석은 몸에 정이 덕지덕지 붙어 있는 사람이다. 가끔은 세상 사람들이 모두 우석이 같았으면 하고 생각한다. 남에게 잘 보이려고 가면 따위 쓰지 않는 우석이같이. 한국에 올 때 이따금씩 우석이를 만난다. 이놈과 함께 있으면 마음이 편한 편이다.

"잘 있었냐?"

우석이가 물었다.

"니가 무슨 상관이야, 내가 잘 있든 말든."

우석이와 함께 있으면 나 역시 말이 거칠어진다. 아니, 말이 거칠어진다기보다 마음 편히 말을 하는 것이다.

당구를 치거나 노래방에 가기도 하지만 남자 둘의 대부분은 술이다. 우린 중학생 때부터 함께 술을 마셨다. 해는 아직 중천에 떠있었지만 우린 삼겹살집에 들어가 소주를 시켰다. 녀석이 배가 고프다고 하기도 했고 이 시간에 문을 연 술집이 없었다. 낮술은 늘 즐겁다. 모두가 제정신인 시간에 혼자 취해, 혼자 추해지는 것은 재미있는 일이다.

"이모, 여기 삼겹살 3개랑 후레쉬 주세요."

우석이가 넉살스럽게 주문했다. 이런 넉살은 그의 재능이다.

"아, 처음처럼 시켜."

내가 말했지만 우석이는 내 말을 무시한 채 냉장고에서 직접 참이슬과 잔 두 개를 꺼내왔다. 나도 자리에서 일어나 처음처럼을 가져왔다. 나나 우석이나 딱히 처음처럼과 참이슬의 차이를 구분하는 애주가 타입은 아니지만 그냥 우석이가 참이슬을 마시니 나는 자연스레 처음처럼을 마시게 됐다. 이런 티격태격이 우리만의 애정표현이다.

"일은 잘하고 있냐?"

내가 소주 뚜껑을 따며 물었다.

"그럼, 이 몸이 또 신도림 최고의 폰팔이 아니냐."

"자랑이다."

"너는? 이 시국에 일본에서 잘도 공부하고 있냐?"

우리는 가볍게 술잔을 맞댔다.

"그냥 있는 거지."

난 한숨이 서린 술을 마셨다. 곧 음식이 나왔고 우리는 식사에 집중하며 빠르게 술을 마셨다. 원래 말이 많은 편은 아니지만 우석이와는 옛날 학창 시절 일부터 요즘 동네에 가십거리 등등 카페의 엉덩이가 무거운 아줌마들처럼 수다를 잘 떨어댄다.

"야, 이 사람 봤냐? 완전 웃겨."

우석이가 휴대폰을 들이밀었다. 요즘 유행하는 인터넷 방송 BJ이자 100만 유튜버라고 한다.

"사람들이 시키는 건 뭐든지 한다니까, 진짜 돌 아이야."

난 표정이 일그러졌다.

"그런 벌레 새끼들이 설치니까 세상이 이 모양 아니냐. 그런 걸 하는 사람들이나 좋다고 보는 사람들이나."

우석이에게는 내 생각을 솔직히 말하는 편이다.

"야 그래도 이 사람들 돈 엄청 벌어. 한 달에 몇 억씩 벌걸?"

"그게 문제야. 그 돈 때문에 지들이 뭐라도 된 줄 알잖아. 크리에이터는 무슨. 크리에이터 스펠링은 쓸 줄 아나."

"어휴, 재수없어."

우석이가 촐싹맞게 말했다.

"넌 한 달에 얼마 버냐?"

내가 물었다.

"나? 달마다 다르지만 200 정도?"

"일 안 힘들어?"

"힘들지, 손님들 비위 맞추고, 형들 눈치 보고."

"그치? 다들 힘들어. 근데 저 유튜버라는 밍칭이는 온종일 멍청한 짓만 하는데 네 50배 돈을 벌어. 이상하지 않냐? 저딴 의미 없는 일이 네 고생의 50배야. 사람들 고생을 바보로 만들잖아. 난 그래서 쟤들이 싫은 거야."

"그래도 돈이 되니까 의미 있는 일이지. 돈이 전부인 세상이잖아."

우석이가 또 멍청한 소리를 해댔다.

"그것부터 문제야, 세상이 왜 돈이 전부야. 존나 잘못됐잖아. 그래도 진짜 세상의 '전부'라면 공정은 해야 될 거 아니야, 시발."

난 쓰디쓴 술을 마셨다.

"음…… 그럴 듯 하긴 한데, 그냥 니가 얘기하니까 싫다."

우린 그 자리에서 소주 4병을 해치우고 밖으로 나왔다. 어지간히 취했지만 공항까지 가는 데는 문제가 없을 정도였다. 우석이와는 공항버스를 타는 정류장까지 함께 걸었다.

"야, 잠깐만."

우석이는 역 앞에서 갑자기 발걸음을 멈춰 섰다. 그곳에는 나이 지긋하신 할머니가 쭈그리고 앉아 돗자리를 펴고 여러 종류의 이름 모를 나물을 팔고 있었다.

"아주머니, 저 나물 오만 원 어치만 주세요."

우석이는 해맑게 웃으며 돈을 내밀었다. 삼겹살을 먹을 때에도 쌈 한 번 싸먹지 않는 녀석은 자주 이렇게 예쁜 짓을 한다. 취해서 이러는 것이 아니라 이 녀석은 원래 이런 녀석이고 그에겐 이게 당연한 일이다. 할머니는 당황하며 어쩔 줄을 몰라하셨지만 우석이는 이름 모를 나물을 제멋대로 적당히 주워 담았다.

"감사합니다, 수고하세요."

그의 미소는 햇살 아래 빛이 났다. 우석이는 대게 병신 같지만 가끔 이렇게 멋지다. 물론 열에 아홉은 병신 같다. 우석이는 나를 정류장까지 데려다주고 택시에 올랐다.

“간다, 일본으로 꺼져라. 쪽발이 새끼야.”

우석이가 택시를 세워두고 말했고 난 주먹에 중지만 올려 작별 인사를 했다. 난 곧 도착한 버스를 타고 공항으로 향했고 공항에 도착했을 때는 술이 어느 정도 깨 있었다. 난 능숙하게 수속을 마치고 면세 담배를 산 후 비행기에 올랐다. 좌석에 앉아서는 수면제를 한 알 삼켜 짧지만 깊은 잠에 들었다.

하루에 비행기를 2번 타는 것은 여간 피곤한 일이다. 공항버스를 4번, 비행기를 2번 탄 후 자정이 다 돼서야 자취방에 도착한 나는 간단히 샤워를 마친 후 쓰러지듯 침대에 누웠다. 이렇게 바쁜 하루는 기분이 썩 괜찮은 편이다. 우울함이 파고들 틈이 없으니까.

“따르릉”

엄마의 전화가 또 다시 울렸다. 평소라면 주무실 시간인데 조금 의아했다.

“여보세요.”

“어, 도윤아. 밥 먹었어?”

“응.”

“오늘 한국 왔다 갔니?”

원장님이 오랜만에 아버지와 통화를 하셨나보다.

“응.”

내 이야기를 아버지께 조목조목 떠들었을 원장선생님 생각에 내 목소리는 한 톤 낮아졌다.

"그래도 엄마, 아빠 얼굴 잠깐 보고 가지."

"과제 때문에."

"약은 똑같이 받았어?"

분명 원장선생님에게 물어 알고 있을 질문이지만 엄마는 모르는 척 내게 묻는다.

"응. 나 피곤해."

"그래, 잠깐 아빠가 바꿔 달래."

잠시 후 아버지의 묵직한 목소리가 들려왔다.

"도윤, 잘 있니?"

"네."

"공부는 잘하고 있어?"

"네."

"뭐 불편한 거는 없고?"

"네, 없어요."

부모님의 질문에 내 대답은 늘 간결하다.

"뭐 필요한 거 있으면 연락하고, 돈 떨어져도 연락하고."

내 형편없는 목소리를 알아차린 아버지는 금방 통화를 마쳤다. 도쿄에서 유학 중인 아들은 한 달에 한 번 집에서 10분 거리의 병원을 찾지만 집에는 들르지 않는다. 서운할 만도 하지만 아버지와 엄마는 티를 내지 않는다. 우울할 틈 없이 바빴던 하루의 끝에 어둠이 드리웠다. 나는 이런 불효자도 착하다고 해주는 호미를 만나러 갈 수밖에 없었다.

그는 호미와 함께 '우리'의 숲에 들어왔다. 호미는 중세시대 갑옷을 입고 있는 용맹한 기사이자 그만의 파수꾼이다. 호미는 머리부터 발끝까지 차가운 갑옷을 두르고 있지만 분명 따뜻하다. 모든 아픔이 당연시 되는 이 자연에서 그는 호미 덕에 거칠 것이 없다. 색을 잃은 사자 한 마리가 그의 발 밑에 주저앉았다. 그는 가엾어 보이는 이 녀석을 부드럽게 쓰다듬었다. 앞에 누워 애교를 부리는 이 녀석은 고양이 같아 보였다. '그래 이 녀석은 이제부터 고양이다' 그는 생각했다. 그는 호미의 허리 춤에서 칼을 뽑아 사정없이 녀석을 찔렀다. 끈적끈적한 피가 흘러나왔고 호미는 색 없는 호수에서 피를 씻었다. 시체에서는 가냘픈 복숭아색의 꽃 한 송이가 피어났다. 아마릴리스와 비슷한 생김새의 꽃이었다. 그는 갓난아기를 안듯 조심히 꽃을 받쳐 들어 호미에게 보여줬다. 호미는 웃었고 그도 웃었다. 그래, 그는 분명 이 곳에서 한 점 부끄럼 없이 행복해했다.

***

집, 학교, 집, 학교, 집, 학교.

의미없는 일상의 반복은 나를 죽이지만 독서는 그중 조금의 새로움을 감히 해주는 편이다. 난 수업이 없는 매주 수요일에는 거의 학교 도서관에서 책을 읽는다. 학교 중앙도서관은 지하 2층에서 지상 3

층까지 책이 빼곡히 쌓여 있는 아주 큰 건물인데 그중 지하 1층의 한 선반에는 한국어 서적들이 모여 있다. 한국어 책은 모두 출간된 지 20년이 넘은 케케묵은 책들뿐이지만 쉬는 날 읽는 책은 일본어가 아닌 모국어였으면 한다는 생각이었다. 또, 그 수가 적어 졸업하기 전까지 모두 읽을 수 있을 것 같아 도전 의식을 자극하기도 했다. 그날도 난 한적한 도서관에서 천천히 책을 고르고 있었다.

"윤군."

작은 목소리와 함께 누군가 내 등을 가볍게 두드렸다. 요시다였다.

"안녕."

나는 작은 목소리로 인사한 후 책장에 시선을 돌렸다.

"윤군, 어떤 책 찾아?"

"딱히. 뭘 찾는 건 아니고……. 좋은 느낌의 책을 찾고 있어."

내가 학교 도서관에서 책을 찾는 방법이다. 이미 이름 난 작가의 책은 모두 읽었고 오래된 책들은 저자를 모르는 경우가 많아 나는 내 느낌에 의지해 책을 찾는다. 책의 향기나 제목, 디자인이 느낌을 만드는데 이 느낌은 나름 잘 맞는다.

"풋, 그게 뭐야."

요시다는 몇몇 책을 꺼내 "이 느낌은?" 하며 내게 물었고 그게 귀찮았던 나는 대충 요시다가 의미도 모르고 골라준 책을 한 권 빌렸다.

"윤군, 같이 점심 먹지 않을래?"

함께 열람실을 나오며 요시다가 물었다.

"어…… 그럴까?"

난 귀찮았지만 마침 점심때도 되었고 요시다의 제안을 지금까지 너무 많이 거절한 것 같아 이번에는 같이 밥을 먹기로 했다. 우리는 도서관에서 가까운 소바와 튀김을 파는 식당으로 향했다. 1학년 때는 여자친구와 학교 주변 식당은 모두 가보았지만, 복학 후에는 한 번도 학교 주변에서 식사하지 않았다. 우린 자리에 앉아 세트 A와 B를 각각 주문했다. 평소라면 붐볐을 점심시간이었지만 수요일이라 손님은 우리를 빼고 두 테이블 정도 밖에 없었다(우리 학교는 수요일에 수업이 많지 않다).

"윤군이랑 밥 먹는 거 처음이네."

요시다가 젓가락의 중간 부분을 잡아 내게 건넸다.

"그런가?"

"윤군은 도서관 자주 와?"

"응, 거의 매주 수요일에 와."

"오늘은 수업 없잖아. 집이 가까워?"

"응. 캠퍼스에서 걸어서 10분 정도."

"근데 그렇게 매일 늦는 거야?"

우린 아주 쓸데없는 대화를 나눴다. 난 식사가 빨리 나오기를 기다리면서 어색한 대화를 이어갔다.

"요시다는 왜 온 거야?"

완전히 예의에 의거한 질문이었다.

"난 오전에 조별 과제 미팅 있었어. 온 김에 책 빌린 거야."

하며 요시다는 가방에서 책을 한 권 꺼내어 보였다. 무라카미 하루키의 책이었다.

"아, 무라카미 하루키……."

"무라카미 하루키 책 읽어봤어? 정말 대단해."

"응, 《상실의 시대》 읽어봤어."

자신이 살고 있는 시대를 한 단어로 표현한 것은 무척 오만한 일이지만 멋진 제목임에는 틀림없다.

"맞아. 그거 엄청 유명하잖아. 재밌어? 난 아직 안 읽어봐서."

"응, 재미있게 읽은 편이야."

물론 제목만큼 재미있지는 않았고 그의 섹스 묘사는 그 디테일이 민망하다 못해 공포스러울 정도였다.

곧 공손한 점원이 세트 A, B가 각각 담긴 두 개의 쟁반을 양손에 들고 나타났다.

"우와 대단해. 진짜 맛있겠다!"

요시다는 자동적인 추임새를 뱉었다. 일본인들은 주기적으로 이런 식의 방정맞은 리액션을 해댄다. 단체로 연예인이라도 준비 하는 건지.

"윤군은 어떤 거 좋아해? 취미라든지."

요시다는 식사하면서도 절대로 입에 음식을 머금고 말하지는 않았다. 일본인들의 예절은 정말이지 철저하다.

“취미? 딱히 없는데.”

별로 배가 고프지 않았던 나는 음식을 깨작대며 답했다.

“그럼 평소에 친구들하고 밖에 나가면 뭐 하고 놀아?”

“딱히. 친구가 별로 없어서. 그냥 혼자 산책하는 거 좋아해.”

“산책? 또 안 어울리네. 나도 산책 좋아해. 우리 하나(花)랑 산책하는 거 좋아해.”

“하나?”

“응. 우리 집에서 키우는 시바견이야.”

하며 요시다는 휴대폰 바탕화면인 강아지를 보여줬다.

“귀엽네.”

“윤군은 강아지 안 좋아해?”

“딱히 좋아하지도, 싫어하지도 않아.”

반려동물은 사람들의 쓰레기 같은 본성이 여실히 드러나는 문화이다. 사람들은 강아지나 고양이를 반려동물이라고 또 가족이라고 부른다. 하지만 돼지나 소는 거리낌 없이 먹는다. 강아지나 고양이는 예뻐서 먹지 않는 것이라고 할 수도 있고 강아지는 소나 돼지보다 사람을 잘 따르기에 안 먹는 것일 수도 있다. 어느 쪽이든 최악이다. 돼지나 소는 예쁘지 않거나 사람에게 복종할 지능이 부족하기에 잡아먹혀야 한다. 물론 그 맛도 한몫을 한다. 사람들은 분명 인간 고기도 맛있었다면 못생긴 한 인종을 골라 ‘이들은 먹어도 됩니다’라고 자기들끼리 정했을 것이다. 또, 당연히 흑인은 검다고 먹지 않았을 것이고. 그렇다고 채식주의자들을 옹호하는 것은 아니다. 그들은 더 멍청이들이니까.

"다음에 나랑 요요기공원(도쿄 시부야구에 위치한 공원)에 산책하러 안 갈래? 집 근처라서 자주 가는데 아주 예뻐."

"요요기공원? 난 별로. 사람 많은 곳은 싫어서. 그리고 난 혼자 산책하는 걸 좋아해."

누군가와 함께 걸으면 내 산책의 의미가 사라진다. 뭐 호미라면 괜찮지만.

"그래?"

"서준이라면 좋아할 거야. 요요기공원."

요시다는 약간 실망한 눈치였다.

"그…… 요시다는 나츠코랑 친해?"

"어?"

요시다는 조금 놀란 눈치였다. 자연스럽게 물어보려 했지만 그러지 못한 것 같다.

"우리 과 나츠코? 같은 고등학교 나와서 친하지……."

"아…… 그래?"

나츠코에 대한 질문을 생각한 게 아니라 자연스레 나츠코에 관한 대화를 이끌고 싶었던 나는 예상치 못한 요시다의 날카로운 반응에 할 말이 없었다.

"근데 나츠코는 왜?"

“아니 그냥, 궁금해서.”

적당히 둘러대지도 못할 만큼 내 질문은 뜬금없었다.

“아 맞다, 윤군 인스타그램은 만들었어?”

“아니, 안 만들 거야.”

요시다는 2년 전 내게 처음 말을 걸어올 때 “인스타그램 아이디 뭐야?”라고 말했다. 요즘에는 이게 첫인사인가 보다. 행복하지도 않은 삶을 행복한 척하며 자랑하는 SNS는 거짓된 행복을 타인에게 증명하는 자리이다. 뭐 관심을 약으로 여기는 애정결핍 환자들도 SNS를 아주 좋아하는 편이다. 그들은 선도 모르고 영정사진 따위도 게시하곤 하는데 그 멍청이들의 속이 궁금할 따름이다.

“왜?”

요시다가 물었다.

“그냥 싫어, 그런 거. 남한테 나 뭐 하는지 보여주기도 싫고 남이 뭐 하는지 보는 건 더 소름 끼치게 싫고.”

뭐 정확히는 남이 뭐 하는지 보는 내 모습이 싫은 것이지만.

“아……. 그래?”

요시다가 식사를 끝맞쳤는지 가지런히 젓가락을 내려놓았다.

“이제 갈까?”

나는 물 잔에 가볍게 입을 대며 말했다.

“응. 윤군은 이제 집에 가는 거야?”

“아니, 도서관에서 책 읽으려고.”

원래는 저녁까지 도서관에 있을 예정이었지만 요시다 때문에 밖에 나온 것이었다.

"그럼 나도 같이 가면 안 돼? 나《상실의 시대》읽어 보려고."

마음은 전혀 내키지 않았지만, 굳이 사납게 거절할 것은 없었다. 다시 도서관에 들어온 나는 매일 앉는 도서관 구석 창가 자리에 앉았고 요시다는《노르웨이의 숲》이라는 제목으로 출판된《상실의 시대》를 금방 찾아서 내 옆에 앉았다. 늘 혼자 있던 곳에 둘이 앉으니 내 편안한 시간을 방해받는 것 같았다. 우리 주변에 다른 사람들이 없었기에 요시다는 이따금 작은 목소리로 내게 "이 부분 진짜 좋다" 하며 말을 걸어왔는데 정신이 사나워 책에 집중할 수가 없었다. 거기다 요시다가 골라준 그 책은 내 올해의 워스트에 뽑힐 만큼 아주 재미없었다.

'이번 주 수요일은 최악이군'이라고 생각하며 요시다와 함께 도서관을 나왔다. 붉은 노을이 가을 하늘을 붉게 적시고 있었다. 요시다는 도서관을 나오면서도 글이 너무 좋다고 일본식 과장된 리액션을 남발해댔다. 요시다와 도서관 앞에서 헤어진 나는 집 앞에 도착해 (요시다와 함께 있느라 못 피운) 담배를 하나 물었고 라이터를 찾기 위해 주머니를 뒤적였다. 하지만 내 손에 잡힌 것은 라이터가 아닌 며칠 전 요시다에게 받은 킷캣 초콜릿이었다. 초콜릿은 녹아 뭉개져 있었고 손끝으로 기분 나쁜 감촉이 스며들었다. 집 앞 골목길에는 길고 가는 가을 구름에 가려 잿빛이 명멸해댔고 보일 듯 말 듯한 기분 나쁜 그림자가 너울거렸다.

***

쓸쓸한 가을이 끝나가던 시점 전공 수업 하나가 교내 특별 강의로 대체되면서 학생들은 출석을 위해 참석해야 했다. 환경에 관한 강의였고 강연자는 일본에서 유명한 환경 운동가라고 했다. 강의는 강연자의 요구로 자리 배치가 특이했다. 긴 책상 여러 개를 마주 보게 붙여놓고 그 끝에 강연자가 서서 강의했다. 토론 형식의 자리 배치였다. 수업에 늦은 나는 최대한 소리를 죽이며 끝자리에 앉았다. 전혀 흥미가 없는 강의 내용에 창밖에 시선을 고정하고 있었다. 환경운동가들은 채식주의자들만큼이나 멍청하다. 우리의 존재 자체는 지구에게 암과 같다. 하나의 암세포 주제에 지구를 위한다고 떠들어대다니. 진심으로 지구를 위한다면 자살을 하도록 해라. 그런 의미에서 농담을 반 섞어 말하면 진정한 환경 운동은 흑사병 같은 전염병들뿐이고 히틀러는 역대 최고의 환경운동가이다.

추워진 날씨에 잎이 얼마 남지 않은 벚나무들은 쓸쓸함이 느껴져 그 아름다움이 배가 되는 듯했다. 누군가 화단에 물을 주고 있었지만 그의 모습은 은행나무에 가려져 그 자리에만 비가 오는 듯한 풍경이 그려졌다. 창밖의 풍경에 빠져 있던 나는 비어 있던 내 앞자리가 채워진 것도 모르고 있었다. 잠시 후 휴대폰 알림에 창문에서 눈을 떼고 바로 앉아 휴대폰을 확인했다. 그런데 내 앞에 그 아이가 앉아 있었다. 나츠코 키무라.

마음이 떨려왔다. 티 안 나게 옷매무새를 정리했다. 이렇게 가까이서 이 아이 얼굴을 본 것은 처음 인사 했을 때 빼고는 없었다. 당황했고 긴장했지만, 티 내지 않고 휴대폰에 집중하는 척했다. 인사를 하고 싶었지만, 그 역시 내 마음대로 되지 않았다. 힐끗힐끗 나츠코를 봤지만, 눈이 마주치려 하면 나도 모르게 다른 곳으로 시선이 돌아갔다. 어떻게 말을 걸지, 어떻게 인사를 하지, 계속 고민하며 시간은 하염없이 흘러갔다. 어떤 자연스러운 대화도 떠오르지 않아 계속 휴대폰에 고개를 처박고 앉아 있을 뿐이었다.

"바스락."

앞에서 봉지 뜯는 소리가 자그마하게 들렸고 내 눈은 자연스럽게 소리를 따라갔다. 내 앞의 나츠코는 조용히, 또 조심히 강연자의 눈에 띄지 않게 고개를 돌려 자기 얼굴에 반만 한 크기의 멜론 빵을 두 손으로 들고 먹고 있었다. 큰 눈이며 작은 얼굴이 생선가게에서 몰래 생선을 훔쳐 먹는 길고양이를 떠올리게 했다.

"풋."

그 모습이 너무 귀엽고 또 웃겨 나도 모르게 웃음이 터져 나왔다. 내 웃음을 알아챈 나츠코는 빵에서 입을 떼지 못한 채 동그래진 눈으로 나를 쳐다봤다. 그녀는 이제 생선가게 주인에게 훔쳐먹는 것을 들킨 고양이 얼굴이 되었다. 그녀의 눈은 아주 크고 아름다웠다. 빛나는 결정이 박혀 있는 것 같았다. 곧 그녀는 나를 향해 아름다운 눈웃음을 지어보였다. 나츠코는 장난스러운 표정을 지어 보이며 웃지 말라는 듯한 제스처를 취했다.

강연이 끝난 후 우리는 기다렸다는 듯 서로에게 말을 걸었다.

"너무 지루했어."

나츠코가 말했다.

"그러게. 출석 체크 안 했으면 학생들 반은 도망갔을 거야."

그 아이의 말에 나도 자연스레 맞장구쳤다. 이런저런 대화를 나눠보고 싶었지만 아직은 이유도 계기도 자연스럽지 못했다. 대화는 길어지지 않았고 강의실을 나가면서 자연스럽게 나츠코는 자기 친구에게 돌아갔다. 짧은 대화가 못내 아쉬웠지만 난 그 자연스러움에 만족해야 했다.

그날 이후 나와 나츠코의 인사는 자연스러워졌고 종종 짧은 대화도 나누었다. 서로 얼굴은 알던 사이고 같은 학과로서 공감대가 많아 친해지는데 오래 걸리지 않았다. 그녀는 매우 괜찮은 사람 같았다. 미소에는 아름다운 순수함이 남아 있었으며 말과 행동의 조심스러움은 우아해 보이기까지 했다. 그녀의 미소는 어린 아이들의 것과 비슷했다. 한없이 맑고 아름다웠다. '이유 없이 웃는 이를 조심하라'는 삶의 지혜를 그녀의 미소는 비웃는 듯했다. 하지만 내가 처음 마주친 그 묘한 슬픔은 보이지도, 느껴지지도 않았기에 내 마음과 상관없는 호기심은 채워지지 않은 채 커져만 갔다.

11月 26日 日記 晴れ 名前：

이번주에는 처음으로 그 묘한 아이와 대화를 나눴다. 한 강의에서 우연히 얼굴을 마주 보고 앉았었다. 내 얼굴에 뭐가 묻지는 않았을까 여중생처럼 걱정을 했었다. 그 아이에 대해 아직 잘 모르겠다. 하지만 아주 좋은 사람이라는 느낌이 든다. 표면적으로 드러내는 것이 적고 숨겨 놓은 무언가는 어두운 색깔인 것 같다. 하지만 그의 미소는 확실히 누구나 좋아할 만한 것이다. 꼭 어린아이의 웃음같다. 그리고 사람이 조금 어둡다고 해서 좋은 사람이 아니라는 것은 아니다. 오히려 좋을 때도 있다. 어두움은 자못 주변을 밝게 만드니까.

***

"일본이 미드웨이해전에서 패배한 후 항복이 확실시 됐을 텐데, 미국은 굳이 히로시마와 나가사키에 원자폭탄을 투하할 필요가 있었을까요?"

이 귀를 의심케하는 개소리를 듣게 된 것은 늦은 가을의 오전, 역사 수업이었다.

중간고사를 앞두고 이제는 질릴 정도인 2차 세계대전에 대해 공부하고 있었다. 근데 한 학생이 중간에 손을 들고 저 말도 안 되는 질문을 했다. 저 새끼가 어떻게 우리 학교에 입학한 건지 의심이 들었다. 교수는 일본이 당시 원자폭탄을 맞은 이유를 적절히 설명했지만 난 더 이상 수업을 듣고 싶지 않아졌다. 그런 멍청이와 같이 있고 싶지 않았다. 조용히 가방을 챙겨 빠져나왔다. 대강당 수업이라 빠져나온 것이 티나지는 않았을 것이다.

나는 잠시 늦가을의 캠퍼스를 거닐었다. 차가운 바람과 달리 아침의 햇살은 따스했지만 마음은 허하기만 했다. 나는 자동적으로 지하철역까지 걸어 도자이선에 올라탔다. 평소와는 다르게 신주쿠 반대 방향으로 탔다. 늘 그렇듯 이유는 부재하다. 멍청한 놈의 질문에 수업의 의미를 잃었고 차가운 가을 바람에 조금 우울감이 올라온 것뿐이다. 한적한 지하철에 앉아 잠시 혼자 이런저런 생각에 잠겼다.

'미국이 왜 핵을 터트렸냐고?' 혼자 잠시 아까 들은 개소리를 뇌까렸다.

이렇듯 애국심은 사람을 바보로 만들기도 한다. 말했듯이 난 애국심이 전혀 없는 사람이다. 내게 대한민국은 내가 태어난 장소 그 이상도, 그 이하도 아니다. 아니, 솔직히 조금 싫어하는 편이다. 우선 어리석은 지도층이 가장 큰 이유이다. 분명 다수를 다스리며 나라를 이끄는 일은 세상에서 가장 어려운 일 중 하나이다. 그렇기에 아무리 똑똑한 사람들이 모여 정부를 형성한다 해도 본질적으로 완벽할 수 없는 사람들이 완벽히 나라를 이끌기를 기대할 수는 없다. 그들의 부족함을 이해하고 존중한다. 정치라는 것은 본래 잘할 줄 아는 사람이 존재하지 않는다. 예수나 부처도 정치를 했다면 꽤나 애를 먹었을 것이다. 하지만 그렇게 부족한 모습을 하루하루 티비에 내비치고 있다면 자신의 부족함에 미안해하며 겸손해해야 하는 것 아닐까? 난 그들의 부족함은 한없이 이해해줄 수 있지만 그들의 오만함은 치가 떨리도록 싫다. 그들의 갈대 마냥 흔들려대는 잣대와 오만한 부정부패는 '나라'라는 개념 자체의 필요성에 의구심이 들게 하고 불완전하기만 한 아나키즘에 힘을 실어준다. 그런 정부는 필요할 때만 국민들을 찾고 그들의 민도를 당연한 듯 요구한다.

거기다 이 나라는 그 어떤 보상도 부족할 만한 것도 요구한다. 가장 아름답고 행복해야 할 20대의 5분의 1, 청춘들의 금쪽같은 2년 이라는 시간 말이다. 상응하는 보상이 따르지 않는 이 시간은 젊은이들의 독자성을 무시한다. 물론 국가 안보를 위한 것이라는 것을 알지만 잘못된 것은 잘못된 것이다. 나도 원래 이토록 나라를 싫어하는 편은 아니었다. 나도 남아공 월드컵때 한국을 열심히 응원했고 김연아 선수에 자랑스러워 했던 적도 있다. 하지만 특히 우리나라가 싫어진 것은 그 군대라는 것이 파생시키는 슬픔을 마주했을 때부터이다. 군대는 대한민국이 국민에게 주는 의무라고 포장된 슬픔이다.

나는 살면서 딱 한 번 훈련소 입소식에 누군가를 배웅하러 나간 적이 있다. 우석이는 고등학교를 졸업하자마자 입대를 했다. 대학 입시에 낙방한 충격이 컸던 그 멍청이는 덜컥 해병대에 지원했었다. 당시 대학 입시가 확정됐던 나는 그를 배웅하기 위해 함께 포항행 버스에 올랐다. 입소식 전날 밤 포항에 도착한 우리는 바닷가 앞 호텔을 예약하고 술을 마셨다. 포항 죽도시장에서 값비싼 회에 거하게 소주를 마신 우리는 호텔 앞 해변가에 자리를 잡고 앉았다. 6월의 바닷 바람은 상쾌했고 고요한 해변가는 파도마저 잔잔했다.

"하…… 나 이제 간다."

취한 우석이가 갑자기 목소리를 내리깔았다.

"알아, 병신아."

내가 평소처럼 답했다.

"잘 있어라."

"왜 벌써 지랄이야. 내일 인사해."

헤어짐의 인사가 싫었던 내가 말했다. 이별은 대상을 막론하고 싫다.

"내일 인사 안 할 거야. 그래서 미리 하는 거다."

우석이의 눈빛이 흔들렸다.

"무슨 소리야?"

"내일 인사 안 하고 바로 뛰어들어갈 거야."

우석이가 시커먼 바다를 바라보며 말했다. 금방이라도 울 것 같았다.

"그니까 왜? 이유를 말해, 멍청아."

"내일 엄마 오잖아, 엄마 앞에서 쪽팔리게 울기 싫어. 걱정 끼치기도 싫고. 엄마하고 인사하면 울 것 같으니까 그냥 뛰어 들어가려고."

하며 우석이는 조금 눈물을 보였다. 난 할 말이 없었고 큰 파도가 우리 발밑까지 모래를 적셨다.

"야 입수하자."

우석이가 자리에서 일어나 바지를 털며 말했다.

"미쳤냐? 아직 추워. 그리고 우리 취해서 심장마비 와."

우석이는 나를 보고 씨익 웃으며 신발과 양말을 벗었다.

"아 개새끼."

나는 하는 수 없이 윗옷을 벗었고 우리는 곧 바다에 입수했다.

"와아아아아, 추워!"

내가 울부짖었다. 6월의 바다는 더럽게 차가웠다.

"와아아아! 나 군대 간다! 시발!"

우석이가 미친 듯 외쳤다. 그의 외침은 어딘가 아련했고, 불안이 파도 위에 넘실거렸다. 나는 빨리 밖으로 나가고 싶었지만 그가 물 밖으로 나갈 때까지 같이 있어 주기로 했다. 다행인지, 불행인지 젊은 우리의 심장에는 마비가 오지 않았고 우리는 호텔방에 들어와 치킨과 피자를 시켜 술을 더 마셨다. 배가 터질 듯 빵빵했지만 원래 입대 전에는 먹을 수 있는 건 다 먹어야 하니까.

다음날 밀려오는 숙취와 함께 일어난 우리는 소화를 채 끝마치지 못한 위에 제육볶음과 순대국밥을 밀어 넣었다. 분명 내 평생 가장 성대한 아침식사였다. 우석이는 입소식에 가기 전 마트에 들려 펜,

수첩, 편지지 같은 자잘한 것들을 샀다. 곧 우석이의 어머니, 아버지가 차를 끌고 오셨고 우리는 다함께 입소식 장소로 향했다. 포항 시내에서 한가로운 외곽 도로를 조금 달리자 차들이 많이 밀려 있는 언덕이 보였다. 그 언덕을 넘자 훈련소 입구가 보였고 소름끼치는 빨간 팻말이 정문 위에 걸려 있었다.

'해병대는 이곳에서 시작된다.'

그 안에는 이곳저곳 슬픔이 가득했다. 젊은이들은 포근했던 부모님 품을 벗어날 준비를 해야 했고 어머니들은 애써 눈물을 참았다. 아버지들은 아들을 위해 담담하려 노력하고 있었지만 그 표정에 서린 걱정은 티가 났다. 젊은 여인들은 그 감정을 숨기지 못하고 눈물을 보이기도 했다. 부모의 걱정이나 아이의 걱정이나 초등학생 때 처음 수련회에 갈 때 느꼈던 그것과 비슷하지만 그 무게가 너무도 달랐다. 그래, 우리 모두는 뼈가 시린 이별을 준비하고 있었다. 우리는 그 순간 온 세상을 통틀어 가장 슬펐다. 나라가 보상없이 선물한 슬픔이다.

"나 간다."

우석이는 말한 대로 집합시간이 되기도 전에 우리에게 짧은 인사만 남긴 채 급하게 뛰어 들어갔다. 그의 목소리는 평소와 똑같았다. 어머니에게는 가벼운 포옹만 남겼다. 그 어떤 특별함도 묻어 있지 않은 평소와 같은 포옹이었다. 아버지께는 남자답게 허리를 숙여 인사했다. 어머니는 우석이가 떠나자 금세 눈물을 보이셨다. 자신의 소중한 아이를 나라에 뺏기는 그 허망함이 어머니의 눈물에 담겨 있었다.

난 말없이 어머니 옆에 서서 뒤도 돌아보지 않고 뛰어 들어가는 우석이를 바라봤다. 그 녀석은 아주 늠름했고, 또 세상에서 가장 멋졌다. 나 역시 '이제 누가 내 이야기를 들어줄까……' 속으로 생각하며 조금 눈물을 흘렸다.

잠시 후 딱딱한 목소리의 방송이 흘러나왔고 주변에서는 하나둘 슬픈 이별이 터져나왔다. 어린 미래의 병사들에게도, 그들을 떠나 보내는 소중한 이들에게도 눈물이 일었다. 그곳에는 슬픔이 가득했다. 마치 아픔만이 존재하는 중환자실 같았다. 난 주변의 쓰디쓴 공기에 넋을 잃었고 화장실에 들러 비상용 진정제를 씹어야 했다. 우석이의 부모님은 포항에서 여행을 하고 올라오실 것이라 나는 혼자 귀갓길에 올랐다. 차비는 한사코 거절했지만 우석이 아버지를 이겨낼 수 없었다.

'해병은 이곳에서 시작된다.'

훈련소를 나오며 빨간 팻말이 다시 눈에 들어왔다. '꺼져, 여기서는 비극이 시작돼'라며 속으로 욕했다.

우선 택시를 타고 포항역으로 향했다. 훈련소 앞에는 슬픈 이별을 마주하고 나온 사람들을 기다리는 택시들이 줄 서 있었다. 그들은 자연스럽게 합승이라는 불법을 저질렀고 승객 하나하나 요금을 따로 받았다. 먹고 살려고 그러는 것은 알지만 양아치인 것은 사실이다. 역에 도착한 난 잠깐의 대기시간 후 KTX에 올라탔다. 갈 때는 함께였는데 올 때는 혼자였다.

난 가는 내내 창밖을 바라봤다. KTX의 속도에 창밖 풍경이 빠르게 되감기 되는 듯했다. 그때까지도 잃어버린 넋은 돌아올 생각이 없었다. 우석이가 조금 걱정되기도 했다. 뭐 그래도 그 놈은 분명 군생활을 잘 할 것이라 생각했다. 하지만 그 전에 국가가 한없이 원망스러웠다. 평생 마주하고 싶지 않은 이런 이별을 국가는 당연하다는 듯 국민에게 요구한다. 그들이 미웠다. 이래놓고 자기 자식들은 갖가지 편법을 써 군대에 보내지 않는다. 자기 자식은 소중하고 국민의 자식은 아닌가보다.

이딴 게 내 조국인데 나한테 뭐 어쩌라는 거냐? 내 나라는 나를 우울하게만 만든다. 당연한 세금과 당연한 민도도 모자라 당연한 슬픔까지 요구해댄다. 우리는 분명 자신이 태어난 나라를 미워할 권리가 있으며 그 어떤 이도 누군가에게 애국심을 강요해서는 안 된다고 나는 생각한다.

도쿄의 풍경 역시 지하철 창밖으로 되감기 되고 있었다. 혼자 앉아 아주 오래 생각에 잠겨 있었다. 점심시간을 맞아 승객들도 어느 정도 붐비게 된 지하철은 이미 도요초역까지 와 있었다. 나는 평소처럼 모르는 장소에 내리지 않고 곧바로 반대 방향 지하철을 타고 집으로 돌아왔다.

나는 이날 오전 수업 중 일본 학우의 개소리를 들었고 그것 때문에 수업을 빠져나왔으며 혼자 기차에 올라 이런저런 생각에 잠겼었다. 내 오만한 생각들은 그 어떤 의미도 힘도 없다. 그저 그렇게 생각이 들기에 떠들고 싶어지는 것이다. 하지만 내 미친 소리를 받아줄 사람은 없다. 우석이에게 가끔 이야기하기는 하지만 깊게는 하지 않는다. 그가 이런 소리를 듣기 싫어하는 것도 있고 우린 만나면 서로 욕하기 바쁘기 때문이다. 평소와 다름없이 나는 혼자였다. 이날 있었던 일을 할아버지께 들려줬으면 참 재미있어 하셨을 텐데 하고 생각했다. 할아버지는 내 미친 생각을 유일하게 귀 기울여 들어주시는 분이었다. 그분은 늘 말이 없었고 아늑했다. 갑자기 그가 너무 보고 싶었다.

집 앞 마트에 들러 물과 브로콜리를 샀다. 짜증나는 공복이 일었기 때문이다. 브로콜리를 뜨거운 물에 조금 데쳐 케찹에 찍어 먹었다. 더럽게 맛이 없었지만 그날은 왠지 아주 맛없는 것을 먹고 싶었다. 아주, 아주 맛없고 포만감이 허용되지 않는 음식이어야 했다. 외로움에 우석이에게 전화라도 할까 했지만 그러지 않았다. 외롭다고 남에게 기대면 안 되니까. 설령 우석이라도 기댈 수는 없다. 밥을 먹고 밖이 검게 지자 나는 신사를 찾았다. 주머니를 뒤져보니 10엔짜리 하나와 50엔짜리 하나가 나왔다. 난 세전함에 동전 두 개를 넣고 빌었다. 기도에는 특별한 것 없이 평소와 같은 염원을 담으며 간절함에 집중했다.

새로운 계절은 그리 거창하지 않게 도래했고 갑자기 불어온 겨울 특유의 향기없는 바람에 나는 가을의 끝을 느낄 수 있었다.

12월

***

12월이 찾아오며 캠퍼스에는 약간의 긴장감이 감돌기 시작했다. 중간고사 기간이 시작된 것이다. 스무 개가 넘는 학교 도서관에는 빈자리가 없었고 학교 주변 카페나 패스트푸드점 역시 인산인해를 이뤘다. 학생들에게 시험은 매우 중요하다. 졸업 후 큰 회사에 입사하려면 높은 학점은 필수이기 때문이다.

이 시대 사람들의 꿈은 한정되어 있다. 개천에서 나는 용은 멸종된지 오래되었고 안정적인 직장이 선호된다. 공무원 같은 따분한 일 말이다. 안정적임이 선호되는 이유 역시 돈이라는 행복의 부족 때문이다. 진취적인 일은 무시 받고 도전에 대한 위험은 커졌다. 많은 이들이 큰 회사의 노예가 되는 것을 선호한다. 다들 너무 불쌍하지 않은가. 이렇게 열심히 노력해서 한 해에 5,000만 원을 받는 회사에 취직한다고 치자. 일 년 동안 5,000만 원이라는 행복을 버는 것이다. 하지만 당신의 100년의 노력은 어느 축구선수 한 명의 공놀이 일 년과 같다. 그 불합리한 행복에 감사하며 미치지 않고 사는 당신을 존경한다(아니면 다들 내가 모르는 노예의 쾌락 같은 것을 즐기고 있는지도 모르겠다).

내 주변에도 많은 이들이 학점에 목숨을 걸고 필요 없는 자격증을 따고 쓰지 않을 외국어를 공부한다. 지금은 노예가 되는 것도 어렵기 때문이다. 우리 나이 때는 가장 열심히 해야 하는 시기라고 하는데 개소리하지 마라. 가장 힘이 넘치고 외관적으로 아름다운 20대는 아무리 봐도 가장 행복해야 하는 시기이다. 피와 땀이 섞인 노력과 본능에 따른 행복에 대한 죄책감만으로 채울 시기가 아니다.

하지만 나 역시 시험 기간에는 공부를 한다. 말했듯이 공부를 잘하는 편을 좋아하고 지금 내게 가장 쉬운 효도이기 때문이기도 하다. 내가 아무리 약에 취해 비틀거리는 모습을 봐도 부모님은 내가 시험에 높은 성적을 받아오면 조금은 안심하는 듯했다. 서준이나 요시다가 함께 도서관에 가자고 몇 번 권했지만 난 가지 않았다. 아니 정확히는, 난 가지 못한다.

권 원장님에게 말하지 않은 것이 하나 있는데 난 사실 고등학생 때부터 가파른 기억의 상실을 겪고 있다. 호미를 한 번 만나고 오면 기억이 많이 삭제된다. 약의 부작용인 것 같다. 예전에는 분명 암기력이 뛰어난 편이었다. 남이 정해놓은 지식을 외워 시험을 보는 것은 내게 어려운 일이 아니었다. 어쩌면 그 무엇보다 간단한 일이기도 했다. 하지만 약을 먹으면서 정말 조금씩 바보가 되는가 보다. 지난주에 무엇을 했는지, 어제는 어떻게 지나갔는지 기억이 안 날 때가 많다. 중학생 때 배운 중국어는 어느 순간부터 한마디도 하지 못하게 되었다. 약속을 잡으면 그날 알람을 꼭 맞춰야 하고 가끔은 휴대폰 잠금 비밀번호를 잊어버려 자취방 벽에 패턴을 그려 붙여놨다. 그렇다고 드라마 주인공처럼 주변인에게 "누구세요?"라고 물어봐야 할 정도는 절대 아니고, 그저 기억이라는 사진의 초점이 남들보다 조금 빠르게 흐려지고 그 앨범에는 듬성듬성 빈 페이지가 생겼다고 보면 될 것 같다. 그리 큰일은 아니다. 끔찍히 늙어 치매에 걸릴 내 미래를 앞당기는 것뿐이다. 그렇기에 (변명은 아니지만) 난 수업을 열심히 들을 필요가 없다. 어차피 다 잊어버리니까.

그럼에도 높은 성적을 받아야 하기에 시험 기간에는 약을 먹지 않고 수면제만 복용한다. 약을 안 먹으니 손이 떨리고 난 떨리는 손으로 공부해야 한다. 떨려오는 손으로 펜을 잡고 힘겹게 머리를 굴리는 모습은 내 구차함의 끝을 보여준다. 약을 먹지 않으니 '그' 꿈도 수시로 나를 괴롭힌다. 그로 인한 온전하지 못한 정신 역시 나의 구차함에 한 몫을 한다. 이런 모습을 다른 이에게 보여주지 못하기에 남들과 같이 공부할 수 없는 것이다.

고생하기를 며칠, 난 다행히 이번 시험도 높은 성적으로 끝마칠 수 있었다. 시험이 끝나면 지식은 모두 잊어버리지만 상관없다. 오히려 이 세상의 낡은 지식은 하나도 내 머릿속에 남지 않았으면 한다. 한 시험은 굉장히 어려워 백분율의 71점밖에 받지 못해 놀랐지만 1

등 점수가 75점인 것을 보고 안도했다. 강의에서 배우지 않은 내용이 시험에 나와 모두 어쩔 수 없었다고 한다.

"야, 너는 수업도 잘 안 나오는 놈이 어떻게 시험은 잘 보냐?"

서준이가 교수님 방 앞에 붙어 있는 학생 성적 차트를 보며 말했고 난 머쓱해 그의 말을 무시했다. 대학교는 대부분 다른 학생의 점수를 알려주지 않지만, 이 교수님은 늘 학생증 번호와 시험 점수가 써진 종이를 자기 방 앞에 붙여놓는다. 학생들의 이름은 쓰여 있지 않지만, 서로의 학생증 번호쯤은 친한 사이라면 알아내기 쉽다. 나와 서준이를 포함한 동기 여럿이 수업이 끝나고 그곳에 모여 있었다

"답 풀이도 있네. 너도 줄까?"

서준이가 물었다.

"됐어. 시험 끝났잖아."

종이에 내 학생증번호 아래로 많은 번호들이 보였다. 혐오스러운 상대평가로 나 때문에 조금은 점수가 낮아지고 취업에 방해를 받을 학생들에게 미안하지만 내 유일한 효도는 그 누구에게도 양보할 수가 없다. 난 의미 없는 대화를 시작한 서준이와 동기들을 뒤로하고 집에 가기 위해 혼자 엘리베이터를 타고 내려왔다.

"오츠카레!"

머리를 푼 나츠코가 엘리베이터 앞에 서 있었다. 나츠코는 평소에 머리를 묶고 다니지만, 가끔 머리를 풀기도 한다.

"안녕."

난 밝게 인사했다.

"윤군 시험 점수 확인하고 오는 거야?"

"응."

"잘 봤어?"

"뭐, 그럭저럭. 나츠코는 지금 확인하러 가는 거야?"

"응, 근데 너무 걱정돼. 이번 시험 너무 어려웠잖아."

나츠코는 귀엽게 손짓을 하며 말했다.

"잘 봤을 거야."

"고마워. 어? 윤군 오늘 입은 코트 너무 예쁘다."

나는 그날 브라운 색상에 깃이 크고 허리 끈이 달린 겨울 코트를 입고 있었다.

"어? 그…… 그런가?"

난 순간 말을 더듬었고 얼굴은 단풍처럼 붉어졌다.

"안녕. 내일 봐."

나츠코가 엘리베이터에 올라타며 손을 흔들었다. 찌질한 내가 원망스러웠다. 나츠코의 자연스러운 칭찬에 나도 '고마워'라든가 '네가 입은 옷도 예뻐'하고 대답했으면 좋았을 텐데. 또 나츠코는 머리를 푼 모습이 더 예쁘다고 늘 생각했기에 그것을 말해줄 걸 하고 후회했다. 집에 오는 길에는 평소와 같이 집 앞 회사 뒤편에서 담배를 피우는 넥타이 부대와 마주쳤다. 그들의 얼굴에 덕지덕지 붙어 있는 피곤은 그들의 삶이 녹록치 않다는 것을 고스란히 보여주는 듯했다.

12月 10日 日記 雨 名前 :

오랜만에 일기를 쓴다. 시험기간이라 아주 바빴는데 오늘은 비가 내려 일기가 쓰고 싶어졌다. 이번주에는 이틀에 한 번 꼴로 잔 것 같다. 외국에 오래 산 내게 일본 문학을 읽는 것은 여간 성가신 일이 아니다. 왜 나는 이런 어려운 것을 공부하고 있을까? 동기나 목표 없이 그저 '시험'이라는 단어 하나로 나는 공부하게 된다. 파블로프의 개와 같다. 또, 남들이 다 하기에 하는 것도 있다. 혼자 주변과 달라지는 것은 큰 용기가 필요하고 내겐 그런 용기가 부족하다. 그 아이와는 아무 진전이 없다. 그저 한 명의 과 동기로서 적당히 대화하며 지내고 있다. 가끔 호기심이 빼꼼히 얼굴을 들기는 하나 못 참을 정도는 아니다.

***

"야, 요시다 어떠냐?"

한국과 일본의 축구 친선경기가 있던 날, 나와 서준이는 축구를 보며 킨타로에서 술을 마시고 있었다. 난 원래 축구에 관심이 없지만, 서준이가 졸라대는 통에 어쩔 수 없었다. 옆에는 혼자 온 일본 중년 남성 두 명이 붙어 앉아 있었다.

"뭐가 어때?"

"여자로서 어떠냐고."

한 번도 생각해본 적 없는 질문이었지만 당황스럽지는 않았다.

"싫어."

"왜? 요시다 괜찮잖아? 이제 곧 크리스마스인데 너도 연애 좀 해야지, 외롭게 혼자 있으려고?"

"크리스마스가 뭐 별거냐. 난 괜찮으니까 너나 잘해, 아키코 소식은 왜 이렇게 뜸하냐?"

"어휴, 걔 얘기는 이제 꺼내지도 마."

이번에도 잘 안 된 모양이다. 이렇게 쓸데없는 감정을 낭비해도 남는 것이 있는 서준이가 신기하다고 생각했다.

"근데 왜 뜬금없이 요시다?"

"지난번에 학기 애들하고 다 같이 노미카이(회식)했잖아, 그때 보니까 요시다가 너 얘기도 많이 하고 관심 있어 하는 것 같아서."

별생각이 들지 않았다. 요시다는 내게 주머니 속 잊혀 녹아버린 초콜릿에 지나지 않는 사람이었다. 뭐 말을 이렇게 하니 요시다가 딱한 듯하지만 요시다에게도 녹아버린 초콜릿 같은 사람이 있을 것이고 나 역시 누군가에겐 녹아버린 초콜릿 정도의 사람이기에 미안해할 건 없다. 여기서 동정은 녹아버린 초콜릿을 더욱 비참하게 만들 뿐이다.

"거기 누구누구 갔어?"

난 나츠코에 대해 물어볼 작정으로 평소라면 하지 않았을 질문을 던졌다. 지난번 요시다와의 자연스럽지 못했던 대화를 떠올려 이번에는 조금 머리를 쓰기로 했다.

"많이 왔어, 요시다랑 모에, 나츠미…… 근데 네가 이름 듣는다고 아냐?"

맞는 말이다. 학교에 다닌 지 1년이 넘었지만 난 아직도 동기들 이름을 거의 모른다. 난 원래 이름을 잘 못 외우는데 낯선 일본 이름들은 말할 것도 없다.

"우리 동기 애들 거의 다 왔을걸?"

우리 과는 문학부 특성상 거의 여자들이다.

"그럼 그 염색하고 파마한 애, 걔는 어때? 성격."

"아. 모에? 모에 착하지. 근데 남자친구 얘기를 그렇게 하더라. 술맛 떨어지게."

안 궁금하다. 하지만 몇 명 더 머릿속으로 동기들을 떠올렸다. 나츠코에 대한 질문 앞에 몇 명 정도 더 필요하다고 생각했다.

"그 머리 짧고 안경 쓴 여자애는?"

"시즈미? 시즈미는 완전 여장부야, 시원시원해서 좋긴 한데 술은 잘 못 마시더라. 맥주 두 모금 마시고 힘들어하던데?"

나는 누가 누군지도 잘 몰랐고 궁금하지도 않았지만, 굉장히 흥미롭다는 표정을 유지하며 질문을 이어갔다.

"그럼…… 그 키 작은애."

"키 작은애? 그렇게 얘기하면 어떻게 알아? 히토미? 나나코?"

"어, 걔, 나나코."

사실 나나코가 누군지도, 히토미가 누군지도 모르겠다. 얼굴을 보면 알겠지만 이름을 잘 외우지 못하니까. 그냥 동기가 더는 떠오르지 않아 분명 한 명쯤은 있을 키 작은 애라고 물어본 것이다.

"나나코는 패션에 관심이 엄청 많아. 딱 봐도 옷 잘 입잖아. 집도 엄청 잘사나 봐."

"그럼…… 그 매일 머리 묶고 이국적으로 생긴 애는?"

나츠코 이야기였다. 당연히 나츠코의 이름은 성까지 알고 있지만 나츠코만 이름을 외우면 이상하니 이렇게 물었다. 이렇게까지 머리를 쓰는 내가 우스웠다.

"아, 나츠코? 나츠코는 안 왔어."

난 곧바로 대화에 흥미를 잃었지만 갑자기 그만하면 이상할까 생각나는 대로 몇 명 더 물어보고 질문을 마쳤다.

잠시 침묵이 이어졌고 우린 술을 홀짝댔다. 서준이는 잠시 생각에 잠긴 것 같았다.

"근데…… 나츠코는 좀 안 됐어. 과 애들하고 잘 못 어울리는 것 같아."

"왜?"

나츠코라는 이름에 눈이 번쩍였지만 티 내지 않고 차분히 물었다.

"과 애들이 걔를 별로 안 좋아해. 외국인 같아서 그런가?"

"애들도 아니고, 그런 걸로 싫어하겠냐?"

"내 말이. 근데 애들은 자기하고 다른 거 싫어하잖아. 거기다 일본 애들이고. 뒤돌아서면 다른 사람 된다니까."

"뭐 다른 이유가 있는 거 아니야?"

"아무도 말은 안 하는데. 외모가 일본인 같지 않은 것도 이유겠지만…… 내가 느끼기에는 나츠코가 너무 착해서 그런 것 같아."

"뭐래."

난 피식 웃으며 속으로 동의했다. 내가 아는 한 그녀는 정말 착하다.

"아니 진짜라니까. 여자애들 무서운 거 알잖아. 뒤에서 사람들 욕하는 거로 친해진다니까. 교수님 욕, 아르바이트 동료 욕, 지금 그 자리에 없는 친구 욕."

"그렇지."

"근데 나츠코는 그런 이야기 하면 늘 '난 잘 모르겠어'라든가 '난 그 사람 좋던데' 하고 웃어넘긴다니까. 그러니 애들한테 미운털이 박힌 거지."

"그렇다고 싫어하냐?"

사람을 정말 그딴 이유로 싫어할까 의문이었지만 큰 이유 없이 누군가를 싫어하는 게 이상한 일이 아니라는 것을 알아차린 지도 오래되었다. 서로 미워함은 자연스럽고 집단 속 다른 이를 배척하는 건

성선에 대한 내 믿음도 흔들릴 만큼 인간의 본능 같아 보인다. 이 배척은 다른 인종에게도, 선천적 유전자의 결함을 가진 사회 약자들에게도 적용된다. 뭐 물론 나도 지금 서준이와 남들 이야기를 하고 있기는 하지만. 나츠코는 친구가 많다고 생각했는데 듣고 보니 꾸준히 같이 다니는 친구는 한두 명 정도였던 것 같다.

"거기다 나츠코는 페이스북이나 인스타도 안 해서 애들하고 못 어울리는 것도 있는 듯. 그건 너랑 비슷하네."

"네가 지금 걔에 대해 말하는 거 다 좋은 점밖에 없는 거 알지?"

"좋고 나쁜 게 문제가 아니라 다르다는 게 문제지."

서준이가 오랜만에 맞는 말을 했다.

곧 축구 경기가 시작됐고 가게 안의 쿤상까지 다섯 남자는 주방 한 켠의 작은 소니 텔레비전에 집중했다.

"저기 한국인이죠?"

옆에 앉아 있던 안경을 쓴 중년의 남자가 물었다.

"네, 대학생이에요."

내가 답했다.

"우리 내기할래요? 일본이 이기면 그쪽에서 술을 한잔 사고 한국이 이기면 우리가 한잔 살게요."

나머지 한 아저씨와는 이미 이야기가 끝난 듯했다. 난 모르는 사람의 제안을 잘 거절하지 않는다. 모르는 이에게는 저절로 친절해진다.

"그러지 말고, 반대로 한국이 이기면 저희가 술을 사고 일본이 이기면 그쪽에서 사는 건 어때요? 그편이 더 재미있을 것 같은데."

내가 제안했다. 사실 난 어느 나라가 이기든 상관없다.

"그거 좋네."

아저씨는 테이블을 '탁' 치며 말했고 우리는 원수 같은 서로의 나라를 적당히 응원하며 즐거운 시간을 보냈다. 서로 통성명을 하고 이런저런 이야기를 편히 나눴다. 경기는 한국의 2:0 승리로 끝났고 우린 기분 좋게 처음 보는 아저씨들께 맥주 한 잔씩을 대접했다. 스포츠는 이 정도가 알맞다. 딱 400엔짜리 맥주 내기를 할 만한 볼거리일 뿐이다. 공을 차는 이들에게 100억이나 줘야 하는 신성한 행위는 절대 되지 못한다.

"너 이럴 때 보면 진짜 이상하다."

서준이가 말했다.

"뭐가?"

"아니, 그렇잖아. 과 애들하고는 한마디도 안 하는 애가 어떻게 모르는 사람들하고는 이렇게 잘 노냐."

"당연한 거 아닌가. 한 번 보고 말 사람들은 서로 기대를 안 하잖아. 편할 수밖에 없지. 이런 사람들하고는 완벽한 관계로 끝날 수 있잖아."

"그런가?"

서준이는 의아한 표정으로 술을 마셨고 쿤상은 내기에서 진 우리에게 오징어 튀김을 건넸다.

***

크리스마스가 다가오면서 도쿄의 거리는 형형색색 빛나기 시작했다. 많은 사람들은 크리스마스를 아주 특별히 여긴다. 2000년 전에 태어난, 존재했는지도 불확실한 인물의 탄생일이라며 신앙심도 없는 이들이 크리스마스를 즐기는 모습이 우습지만, 한편으로는 그들의 낭만이 부럽기도 하다. 난 24일에 한국에 일도 있고 해서 23일로 병원 예약을 앞당긴 후, 한국으로 향했다. 집에서 이틀 정도 머문 후 크리스마스 당일 돌아올 계획이었다. 한국은 확실히 일본보다 추워 코트 깃을 여며야 했다. 추운 날씨에도 불과하고 사람들로 붐비는 거리는 불쾌감으로 가득했다. 옆에 친구와 이야기하며 걷는 이들도, 무선 이어폰으로 통화를 하며 걷는 이들도 있었지만 거리는 분명 고요했다. 늘 그렇듯, 모두 무언가에는 침묵하고 있었다.

병원에도 작은 크리스마스 트리가 빛나고 있었다. 다른 정신 병원은 이런 장식을 해놓지 않겠지만 원장선생님은 몇 년 전부터 이게 환자 마음에 좋을 것 같다며 이맘때면 트리를 꺼내놓는다. 벌써 노망이 드신 건지. 크리스마스라 기분이 좋은지 평소와 다르게 친한 척하는 간호사를 뒤로하고 원장선생님을 만났다.

"메리 크리스마스."

나는 선생님의 '메리 크리스마스'라는 인사가 마음에 안 들어 꾸벅 인사하고 자리에 앉았다.

"잘 있었어?"

"네."

평소와 다름없는 대화가 오갔다.

"약은 요즘 어때?"

"똑같아요."

"그래? 너희 아버지가 약을 조금씩 줄여보는 건 어떨까 얘기하시던데."

나는 표정을 찡그렸다.

"안 돼요."

"그래도 아주 천천히 진행하면 다른 점도 못 느낄걸?"

원장님은 조심스럽게 말했다.

"아시잖아요. 안 돼요."

나는 단호하게 말했고 나 다음으로 나를 잘 알고 있는 선생님은 더는 이 말을 꺼내지 않았다. 아버지의 부탁에 최소한의 예의를 다 한 거라고 생각했다. 짧은 침묵이 흘렀다.

"저기, 선생님. 여자애들은 왜 서로 싫어해요?"

"응? 왜 갑자기?"

이번에도 내 질문은 전혀 자연스럽지 못했지만 이 질문은 아무리 머리를 쥐어짜 봐도 자연스러울 수가 없었다.

"아뇨…… 그냥 궁금해서요."

"뭐 이유야 다양할 수 있지만 대부분 자기랑 다른 사람이나 자기

보다 우월한 사람을 싫어하지. 뭐 이건 여자나 남자나 다를 게 없지만. 사람 싫어하는 건 나보다 네 전문 아니니?"

선생님의 말에 조금 웃음이 나왔다.

"전 싫어한다기보다는 관심이 없는 거죠."

"그래, 그렇게 남한테 관심 없는 도윤이가 왜 그런 게 궁금할까? 너 여자 생겼니?"

하. 정말 혀를 내두를 말솜씨이다. 이 선생님은 나쁜 길로 빠졌다면 분명 수완 좋은 사기꾼이 됐을 것이다. 뭐 처음부터 선생님에게 내 마음을 숨길 수 있을 거라고 생각하지는 않았다.

"아뇨…… 여자 생긴 건 아니고…… 그냥 관심이 가는 친구가 하나 있어서요. 아버지한테 얘기하지 마세요."

"어휴 얘는, 말 안 해. 그러는 거 불법이야. 이제 네가 보호자가 필요한 나이도 아니고."

늘 아버지에게 은근슬쩍 이야기하면서 선생님은 이렇게 표정 하나 바뀌지 않고 거짓말을 해댄다. 사기꾼이 확실하다.

"일본 애야?"

"네. 근데 주변에서 들었는데 다른 여자애들이 그 애를 싫어한다고 해서요. 뭐 여자애들이 싫다고 하는데 거창한 이유는 없겠지만."

"그래도 싫다고 피할 정도면 원인제공 정도는 하지 않았을까? 아니면 걔가 너무 예쁜가?"

"그럴지도요."

나는 질문은 잊은 채 선생님과 옛이야기를 하며 나름 즐거운 시간을 보냈다. 나츠코에 대해서도 어지간히 자세하게 말했다. 오랜만에 시간이 빠르게 흘러갔다. 나도 모르게 크리스마스에 들떠 있었나 보다.

"근데 왜 이번 달은 일주일이나 일찍 온 거니?"

"아, 하율이 크리스마스 선물 주려고요."

하율이는 5살 난 내 사촌 동생이고 내가 살면서 딱 한 번 봤다던 그 갓난아기이다. 평소에는 신경도 쓰지 않는 크리스마스이지만 이번은 내게도 특별했다. 며칠 전 삼촌에게 하율이가 파워레인저 애니멀포스 7호, 8호, 9호 장난감을 가지고 싶어 한다는 것을 들은 것이다. 애니멀포스 6호 장난감까지는 한국에서 정식 발매되었지만 7, 8, 9호는 아직이다. 한국에는 아직 들어오지 않았으니 내가 이걸 사다 주면 하율이는 어린이집 인기스타가 될 것이 분명했다. 삼촌네는 이브날 우리 집에서 저녁을 먹으러 올 것이라고 했으니 하율이에게는 비밀로 하고 그날 깜짝 놀래켜 줄 작정이었다. 난 이미 일주일 전에 신주쿠의 백화점에서 장난감을 사서 포장해 놓았었다. 하율이의 해맑은 미소를 볼 생각에 내가 더 들떠 있었다.

"하율이 좋겠네. 그럼 오늘은 집에 가겠네?"

"네, 한 이틀 있으려고요."

"잘 생각했다. 근데 너 오늘 학교는? 내일부터 쉬는 거 아니야?"

나는 수업에 가지 않은 것을 의미심장한 미소로 내비쳤다.

“갈게요. 내년에 봬요.”

“아 잠깐, 도윤아.”

선생님이 문을 열고 나가려던 나를 불렀다.

“그…… 이번에는 아버지랑 어머니한테 좀 잘해드려.”

원장님은 조심스럽게 말했다. 일상적인 문장을 조심스레 꺼내는 그녀가 조금 의아했다.

“네.”

나는 약을 받고 거리로 나왔다. 원장님의 마지막 말이 신경 쓰여 잠시 서 있었다. 왜 원장님은 또 그런 쓸데없는 분위기로 나를 짜증나게 하는지. 담배를 피우고 싶었지만 내일 하율이를 만나니 아침부터 참고 있었다. 난 하율이를 만나기 전에는 꼭 담배를 피우지 않는다. 때 묻지 않은 하율이에 대한 최소한의 예의랄까. 병원 옆 서점에 들러 책을 몇 권 산 나는 택시를 타고 집으로 향했다.

택시는 곧 집 앞에 도착했다. 우리 집은 마당이 딸린 2층짜리 주택으로 우리 가족은 내가 태어날 때부터 여기서 살았다고 한다. 나는 입김이 서린 한숨을 한 번 내쉰 뒤 집으로 발걸음을 옮겼다.

“도윤!”

엄마가 밝게 나를 맞아주었다. 오랜만에 엄마의 얼굴을 보니 죄책감이라는 이름의 CCTV가 돌아가기 시작했다. 아버지는 아직 퇴근하지 않았다고 했다. 엄마는 이것저것 요리를 하고 있었다. 2층의 내 방에 들어온 나는 가장 먼저 하율이 선물을 꺼내 침대 밑에 숨겨두고 방을 둘러봤다. 화장실이 딸린 내 커다란 방은 나의 가장 깊은 수렁이다. 이 공간에는 내 모든 아픈 기억들이 살아 숨쉰다. 어려서부터 쓰던 큼지막한 침대는 여전히 누우면 불편했고 어려서 공부하던 책들과 입던 옷들도 그대로였다. 내 물건들은 모두 역겹다. 하나 바뀐 것이 있다면 처음보는 원반 모양 로봇 청소기가 내 방 이곳저곳을 훑고 있었다. 엄마가 또 쇼핑을 했나 보다. 지금은 로봇이 사람보다 바둑을 잘 두는 참으로 신기한 세상이다.

불편한 침대에 누워 오는 길에 사 온 책을 읽던 나는 차고가 열리는 소리를 듣고 1층으로 내려갔다. 방에서 내 할 일을 하다가 부모님의 귀가에 밖에 나가 인사하는 것은 자식으로서 귀찮은 도리 중 하나이다.

"오셨어요?"

"그래, 도윤아. 잘 있었니?"

아버지가 안 어울리게 목소리를 한 톤 높여 말했다. 아버지는 옛날부터 예민하고 엄한 사람이었지만 언제부턴가 내 기분을 신경 쓰는 듯 억지로라도 밝게 말한다. 아마 원장선생님에게 쓸모없는 충고를 들은 모양이다. 노력하는 아버지가 고마웠지만 자기 자식 때문에 노력하는 그가 안 돼 보이기도 했다. 식사가 준비되는 동안 소파에 앉았다. 오랜만에 보는 거실 풍경은 달라진 것이 없었다. 오래된 회중시계의 째깍 소리와 아버지가 기르는 난 화분, 그리고 늘 그렇듯 테이블 위에는 엄마가 보는 명품 잡지가 널려 있었다. 명품 브랜드의 편집자로 일하던 엄마는 옛날부터 직업 때문에 모든 여성잡지를 정독했다. 일을 그만둔 지도 4년이 다 되어가지만, 아직도 미련이 많이 남는 듯하다.

잠시 후 우리 가족은 오랜만에 식탁에 나란히 앉아 식사를 했다.

"학교는 어때?"

아버지가 말했다.

"뭐 그럭저럭이에요."

"권 원장 보고 왔니?"

"네."

"권 원장은 별일 없고?"

"네."

내 짧고 형편없는 대답에 식탁에는 순간 어색함이 감돌았다.

"아 그렇지, 그렇지. 도윤아 뭐 갖고 싶은 거 없어? 이제 곧 크리스마스인데."

엄마가 정막을 깨려는 듯 큰 목소리로 말했다. 하지만 난 갖고 싶은 게 없어진 지도 오래되었다.

"밥 먹었으면 됐어요."

엄마는 상이 부러지도록 음식을 차렸지만 모든 요리는 맛이 없었다. 우리 엄마는 지독히도 요리를 못하는데 그 맛을 보면 '허허'하고 웃음이 나올 정도이다. 내가 고등학생 때까지는 가정부 아주머니가 와서 요리해주었고 엄마는 일을 그만두며 요리학원에도 다녀봤지만 달라지는 건 없었다.

"그래도 매일 칙칙했는데 도윤이가 오니까 집안에 생기가 도네."

엄마가 웃으며 말했다. 생기는 무슨. 난 적막 속 빠르게 식사를 마쳤다. 엄마, 아버지의 밥그릇은 아직 반 이상 채워져 있었다.

"더 안 먹어? 디저트도 준비했는데……."

젓가락을 놓고 일어난 내게 엄마가 말했다.

"오늘은 비행기를 타서 피곤하네. 일찍 잘게."

"그래? 편하게 쉬어, 우리 아들."

엄마가 웃으며 말했고 난 고개를 돌렸다. 난 방으로 올라와 문을 잠근 뒤 화장실에서 먹은 것을 모두 토해냈다. 엄마의 웃는 얼굴을 마주하니 내 몸에 역함이 올라왔기 때문이다. 그 후, 난 으깨 놓은 약을 꺼냈다. 집에 있는 일 분 일 초가 괴로웠기에 호미를 만나기로 했다. 오랜만에 침대에 누워 천장을 바라보니 옛 생각이 많이 났다.

***

난 청소년기에 지금보다 훨씬 미친놈이었다. 내 불효의 역사라고나 할까. 우선 나란 존재 자체는 부모님께 고통이다. 지독히도 울어대는 나는 부모님을 늘 침통에 빠져 살게 만들었다. 그리고 5학년 때부터 병원에 다녔지만 좋아지지 않는 내 모습 역시 부모님에게는 가슴에 박힌 대못 같았을 것이다. 난 초등학교를 졸업할 때쯤 담배를 피우기 시작했다. 어른들이 하지 말라고 하니 하고 싶었다. 사춘기가 왔던 것이다. 중학교에 입학하며 자연스레 나와 같이 사춘기가 일찍 찾아온 친구들과 어울렸다. 우린 어렸지만, 같이 담배를 피우고 술을 마시고 오토바이를 몰며 어른인 체했다. 뭐 지금 생각해보면 비실비실한 14살짜리들이 어른 흉내를 내는 것이 우습지만, 그때 우리는 우리가 멋지다고 생각했다. 정말 창피하지만, 창피하니까 사춘기이다. 친구들이 중요했고 그 친구들은 내가 지금까지 만난 사람 중 가장 솔직하고 착했다. 물론 대부분이 이미 내 마음속에서 죽었지만, 그중 한 명이 내 유일한 친구인 우석이이다. 우리는 학교에서 소문난 문제아 그룹이었다. 사건 · 사고는 끊이지를 않았고 내 친구 누구가 오늘 학교에서 싸우면 다음날 내 친구 누가 선생님에게 대들고 이런 식이었다. 바람 잘 날 없는 학교생활은 썩 재미있었다고 할 수 있다.

그러던 어느 날 담임선생님이 나를 교무실로 불렀다. 우리 엄마보다 나이가 조금 많아 보이던 그녀는 과학을 담당하는 목소리가 아주 큰 선생님이었다. 이름이 유명 가수와 같아 아직 기억하고 있다. 전날 마지막 수업을 빼먹었기에 나는 그 일로 혼나리라 생각하고 있었다. 하지만 내 예상과 다르게 선생님은 부탁하는 말투였다. 선생님은 내 편이 된 양 내게 내 친구들 욕을 해댔다.

"도윤아, 넌 성적도 좋은데 왜 그런 애들하고 어울리니? 걔네들 대부분 부모님 중 한 분이 안 계셔. 적절한 가정교육을 못 받은 아이들이라고. 넌 다르잖아. 어머니, 아버지도 훌륭하시고. 너 그런 애들

하고 어울리면 너도 똑같아지는 거야."

실제로 내가 어울리던 친구들은 이혼가정이나 홀어머니, 홀아버지 가정에서 자란 이들이 많았다. 이유나 의도가 있었던 것은 아니고 모여보니 그랬다. 나는 선생님의 말을 듣고 화가 났었다. 아주 많이. 나는 곧 의자에 앉은 선생님을 의자 채로 밀어 넘어뜨렸다. 주변 선생님들이 내게 달려들었고 나는 선생님들을 뿌리친 채 학교를 나온 후, 다시는 돌아가지 않았다. 그때 담임선생님은 넘어지며 팔을 책상에 부딪혀 크게 다치셨다고 한다. 중학교까지는 의무교육이라 퇴학은 불가했지만, 난 강제전학을 가야 할 상황이었고 부모님은 기록이 남는 강제전학보다 내게 자퇴 후 유학을 추천했다.

그렇게 내 첫 유학은 중국으로 가게 됐다. 그 국제학교의 교장 선생님은 아버지의 어렸을 적 친구였다. 설립한 지 오래되지는 않았지만, 규모가 큰 기독교 학교였다. 학생들은 중국에 온 성직자나 선교사들의 자제들이 많았다. 국제학교의 특성상 다양한 인종의 학생들이 있었는데 종교의 믿음으로 생겨난 그 작은 사회에서도 인간의 쓰레기 같은 성향은 도드라졌다. 백인 아이들은 다른 인종 모두를 깔봤고 흑인 아이들은 황인을 깔봤으며 황인 아이들은 흑인을 깔봤다. 황인 중에도 그 계급이 있었는데 중동 학생들은 줄곧 가장 무시 받는 축에 속했다. 필리핀 선생님의 수업 때에는 다양한 인종의 아이들이 선생님의 영어 발음을 따라 하며 웃어댔다. 그들의 악함이 괴이했지만 뭐 그들의 성직자 부모가 그렇게 가르쳤나 보다 생각했다.

나 역시 입학 초기에는 영어도 하지 못했기에 어느 정도의 인종차별에 시달렸지만, 그 당시 나는 또래에 비해 키가 컸기에 백인이든 흑인이든 때려주었다. 조롱은 그게 어떤 언어라도 알아듣기 쉽고 난 당시 지금보다 훨씬 멍청했기에 이런 일이 가능했다. 난 아이들을 때리고, 수업에 자주 빠지며 신분증 확인을 하지 않는 중국에서 담배를 사 피웠지만, 교장 선생님은 나를 제지하지 않았다. 가끔은 수업에서 몰래 빠져나온 나를 그의 벤츠에 태워 주변의 시골 마을에 데려가 국수를 사주기도 했다. 그는 아주 가난한 마을을 내려다보며, "이런 곳에 사는 사람들도 이렇게 열심히 살잖니, 도윤아, 넌 하나님이 주신 것에 감사해야 해." 뭐 이런 식의 말을 해댔는데 그런 그를 보며 난 "아이고, 너같은 것도 부끄러운 줄 모르고 사는데……" 하고 생각했다.

내 특별대우의 이유는 아마 그가 나를 조금 좋아했기 때문일 것이다(물론 나는 그를 지독히 싫어했다). 학교는 영어로 수업이 진행되는 탓에 필리핀이나 싱가포르 학생들이 모든 학년마다 최상위권에 이름을 올렸다(백인들은 그 나이 때에 공부를 열심히 하지 않고 매우 멍청하기도 하다). 하지만 난 입학 후 곧 학년 최상위권에 이름을 올렸고 교장 선생님은 같은 한국인이자 자기 친구의 아들로서 나를 어느 정도 자랑스러워했다.

이 학교에서의 문제는 당시 내 친구의 퇴학으로 일어났다. 나와 같이 담배를 피우는 친구가 한 명 있었는데 나보다 학년이 높은 네팔 사람이었다. 이 친구도 드물게 가면을 쓰지 않는 축에 속하는 사람이었다. 그는 가방에서 담배가 발견돼 퇴학을 당했고 학교 게시판에는 '○○○학생은 흡연으로 퇴학이 결정되었습니다'라는 짤막한 글이 올라왔다. 난 뭔가 마음에 들지 않았다. 아주, 아주 화가 났었다. 난 그 글을 보자마자 교장실로 향해 교장 선생님 앞에서 담배에 불을 붙였다. 당시 교장선생님의 황당한 표정은 잊을 수가 없다.

난 퇴학 조치가 아닌 교장선생님과 아버지의 통화 정도로 일이 마무리 됐지만, 곧 학교를 나왔다. 그 장소에 우울감이 가득해졌기 때문이다.

그 후에 다닌 일본의 국제학교에서는 처음으로 약을 으깨서 흡입하는 법을 배워 기숙사에서 한 번 정신을 잃은 적이 있다. 내 적정량을 몰랐던 시절이다. 난 병원에 실려 갔고 수치스러운 마약 검사를 받아야 했다. 아버지에게 들은 바로 엄마는 그때 혼자 많이 우셨다고 한다. 엄마는 이후 일을 그만뒀고 나를 위해 집을 지키셨다. 하지만 난 곧 이곳에서도 자퇴했다. 큐슈는 공부하기에는 날씨가 너무 좋은 편이었다.

마지막으로 잠시 다닌 학교는 집에서 차로 한 시간 거리의 국제학교였는데 일을 그만둔 엄마가 매일 차로 나를 등하교 시켰다. 그때도 공부는 곧잘 했지만 마음은 바닥을 기었다. 끊임없이 우울하고 아팠다. 그러던 중 할아버지가 돌아가셨고 난 무너졌다. 학교를 가고 싶지 않아졌고 오랫동안 내 방에 나를 가두었었다.

후회로 점철돼 있는 인생이다. 내가 그 일들로 인해 손해 본 것 때문에 후회하는 것이 아닌 그 일로 인해 부모님들이 마음 아파했을 것 때문에 후회가 된다. 이런 일들에 대해 내가 아무리 내 입장을 떠들어봐야 변명에 불과할 것이다. 하지만 모르겠다. 학교와 선생님이라는 문화 자체가 내겐 언제나 절대 악과도 같았고 난 그들과 싸워야 했다.

나는 우리 부모님의 하나뿐인 자식이다. 분명 그들은 내게 그 어떤 후원도 마다하지 않는다. 늘 나를 서포트하고 내 편에 서준다. 부모님은 내가 학원에 다니고 싶다 하면 다니게 해주고 내가 변덕을 부려 하루 만에 학원을 그만둬도 싫은 소리 한마디 하지 않는 그런 사람들이다. 그게 설령 타국의 한 학기 등록금이 1,000만 원이 넘는 국제학교여도 다를 것은 없었다. 그 흔한 부모의 허영심마저 우리 부모님께는 해당되는 이야기가 아니었다. 하지만 내 존재 자체가 그 한없이 주기만 하는 부모님을 바보로 만든다. 그들의 소중한 아들은 자기의 존재 자체를 부정하고 있으며 살아 있음에 한탄하고 있다. 매일매일 죽게 해달라고 존재하는지도 모르는 신에게 빌어댄다. 정말 미안하지만 난 내가 고아이기를 바란 적도 많이 있었다. 그렇다면 내 우울함이 조금 더 타당할 것이고 나를 사랑해주는 이들을 바보로 만드는 아픈 일도 피할 수 있을 테니까.

분명히 부모님이 내게 주는 것에 감사해야 하며 그들의 선물인 내 삶을 소중히 해야 할 의무가 내겐 있을 것이다. 하지만 그러기에는 그들의 선물이 너무나 아프다. 너무 쓰리고, 또 고통스럽다. 이것이 내가 타국에서 걱정스레 전화한 부모님의 전화를 형편없이 받을 수밖에 없는 이유이고 또 집에 점점 가고 싶지 않아지는 이유이다. 뭐 이유와 변명은 한끝의 차이 밖에 안 날 때가 많지만.

깊은 수렁에서 탈출해 찾은 '우리'의 숲은 미로와 같았다. 붉은 나무들이 옆을 가로 막아 그의 행동에 제한을 두었다. 높은 나무들 위로는 저 멀리 희고 둥근 달이 보였다. 아니, 토끼인지도 모르겠다. 그는 그 달에게 가야 한다고 생각한다. 하지만 미로의 끝없음에 그는 주저앉는다. 아무리 걸어도 답답함과 제자리만이 있을 것 같았다. 그 때, 호미가 숲의 나무를 치며 나타났다. 그의 칼 질 한 번 한 번에 커다란 벽 같았던 나무들이 이지러졌다. 호미는 그에게 다가갔다. 호미의 손에는 달이 들려 있었다. 그는 토끼를 받아안았다. 호미는 그가 세상에서 가장 아름답다고 속삭였고 그는 또 한 번 행복이라는 미소를 탐욕스럽게 지을 수 있었다.

12月24日 日記 曇り 名前 :

불행한 크리스마스 이브!

오늘은 크리스마스 이브이지만 자욱이 구름이 낀 하늘은 우중충하기만 하다. 2000년 전 태어난 이 사람은 정말 대단한 인물인가 보다. 자기가 태어난 날도 모자라 그 전날까지 기념일로 만들다니. 허나 크리스마스는 정말 이상한 날이다. 흐려 마땅한 날이라고 해도 될 듯싶다. 생일은 태어난 본인이 주변 사람들에게 축복 받는 날인데 왜 모두들 자기가 축하 받고 축복 받으려 하는지 모르겠다. 뭐 이런 부정적인 생각도 내 어리광에 불과하겠지. 자격지심이라는 말은 억지로라도 쓰고 싶지 않다.

***

다음날 정오가 조금 넘은 시간에 잠에서 깬 나는 물을 마시기 위해 거실로 내려왔다.

"도윤아, 잘 잤어? 밥 먹어야지."

엄마는 점심을 차리고 있었고 아버지는 크리스마스 이브에도 출근하신 것 같았다.

"아니야, 밤까지 더 잘 거야. 피곤이 안 풀리네."

"그래?"

엄마의 실망한 눈은 늘 보기 힘들지만 나는 아직 약에 취해 밥을 먹을 수 있는 상태가 아니었다. 집에서는 오늘도 외면만이 내 편이다.

"저녁에 하율이 오는 거 알지? 엄마가 케이크도 주문해놨어. 선물은 사 왔니?"

엄마는 어린 소녀처럼 들뜬 모습이었다.

"응, 방에 있어."

나는 방에 들어와 잠이 오지 않아 수면제를 한 알 더 먹은 후 잠을 잤다. 애매하게 수면제만 먹은 탓일까. 난 또 다시 '그' 꿈을 꾸었다. 그 속에 나는 하염없이 울기만 한다. 호미가 이 꿈에도 존재하기는 한다. 하지만 이곳의 호미는 나만의 파수꾼도, 용맹한 기사도 아니다. 그는 이 속에서 작은 '무언가'에 불과하다. 그때 누군가 나를 두드렸다. 꿈이 아닌 현실의 손길인 듯했다.

"형아."

하율이가 내 침대에 올라와 내 코를 두드리며 나를 깨우고 있었다. 나는 슬며시 눈을 떴고 안도감에 하율이를 꼭 끌어안았다. 조금 눈물을 흘렸지만 하율이에게는 보이지 않았다.

"잘 있었냐, 꼬맹이."

이윽고 정신을 차린 나는 옆에 누운 하율이의 볼을 꼬집으며 말했다. 아이들의 볼따구는 세계 제일의 촉감을 자랑한다.

“나 어제 어린이집에서 종이학 접는 거 배웠다.”

“오, 대단한데. 다섯 살 주제에 종이학이라니.”

“나 이제 곧 여섯 살이야. 신기하지?”

“신기하네.”

하율이와의 대화는 의미가 없지만, 대학 친구들과의 의미 없는 대화와는 격이 다르다.

“형아, 이모가 나오래.”

“그래, 가자.”

난 겉옷을 입고 하율이를 안아 든 채 계단을 내려왔다. 하율이와 좀 더 있고 싶었지만 다들 기다리고 있을 터이니.

식탁에는 퇴근하신 아버지와 삼촌, 숙모 그리고 외할머니가 앉아 있었다. 나는 하율이와 식탁 끄트머리에 나란히 앉았다.

“김도윤, 빨리빨리 안 나와?”

삼촌의 인사방식이다.

“하율이, 형 와서 좋겠네. 도윤이 잘 있었어?”

“네, 안녕하세요.”

숙모가 하율이 머리를 쓰다듬으며 내게 인사했다.

“도윤아, 잘 있었어? 할머니가 매일매일 새벽기도 나가서 기도해. 우리 도윤이 잘되라고.”

할머니는 우리 집에서 가장 신실한 기독교 신자다. 늘 나를 위해 기도하신다고 하시는데 할머니의 기도는 전혀 효과가 없는 것 같다.

엄마가 케이크 촛불에 불을 붙였고 할머니가 식사 전 기도를 드렸다. 숙모와 할머니 빼고는 모두 예수님을 믿지 않지만, 할머니의 성화에 못 이겨 모두 교회를 다니기는 한다. 뭐 나는 이제 이런저런 핑계를 대며 가지 않지만.

"하나님 오늘도 저희를 위해 일용할 양식을 주셔서 감사합니다.."

할머니의 시시한 기도가 이어졌고 나와 하율이는 슬며시 뜬 눈이 마주쳐 둘다 웃음이 터질 뻔했다. 기도 후 하율이는 자기 생일도 아닌데 촛불을 입으로 불어서 껐다. 힘이 약해 한 번에 꺼지지 않아 여러 번 시도하는 모습이 아주 귀여웠다.

잠시 후 할머니와 엄마, 아버지는 차례로 하율이의 선물을 꺼내 보였다. 전부 종류가 다른 장난감이었다. 하율이는 그 자리에서 모두 뜯어보고는 만족한 듯 세상에서 가장 아름다운 웃음을 지어 보였다.

"형은 이따가 방에 가서 줄게."

나는 하율이 귀에 속삭였고 하율이는 고개를 끄덕였다.

"하율이 또 어린이집에서 친구랑 싸웠대요, 어머니."

숙모가 하소연하듯 할머니에게 말했다. 하율이는 어린이집에서 다툼이 잦은 편이다. 어느 정도 혼이 나야 맞겠지만 난 싸우고 돌아온 아이에게 "이겼냐?"라고 묻는 어른에 속한다.

"하율아, 친구들을 소중히 해야지."

할머니가 타이르듯 말했지만 하율이는 들은 체 만 체했다.

"이하율, 이 사고망치."

내가 음식으로 불룩해진 하율이의 볼을 꼬집으며 말했다. 사고뭉치가 맞는 표현이지만 난 이 편을 더 좋아한다. 내가 애정하는 이에게만 하는 나만의 표현이다. 딱히 이유는 없고 그냥 어감이 좋다.

"도윤이 너 내일 비행기 몇 시니?"

아버지가 물었다.

"아침 10시요."

"아빠가 공항까지 태워다줄까?"

"괜찮아요. 버스가 편해요."

아버지와 한 시간 동안 좁은 차 안에 있고 싶은 생각은 추호도 없다.

"형, 내일 또 가?"

하율이가 물었다.

"응, 형 학교 가야지."

"안 가면 안 돼……?"

하율이는 금세 풀이 죽었다.

"또 올 거야."

"그럼 오늘은 형이랑 같이 자도 돼?"

하며 하율이는 숙모를 보고 동의를 구했다. 삼촌과 숙모 역시 맞벌이를 하는 탓에 휴학했을 당시에는 내가 하율이를 자주 돌봤고 가끔 내 방에서 재우기도 했다. 숙모는 내게 미안하다는 표정을 지어 보이며 허락했고 하율이는 기쁨에 '앗싸' 하고 뛰다가 의자에서 떨어질 뻔했다. 하율이 하나로 확실히 우리 집 분위기는 밝았고 내가 이제는 하지 못하는 역할을 해주는 하율이에게 고마웠다.

식사가 끝난 후 어른들이 식탁에서 이야기를 나눌 동안, 나와 하율이는 거실에 앉아 텔레비전을 봤다. 텔레비전을 켜니 연예인 자녀들의 일상을 카메라에 담아내는 프로그램이 방영되고 있었다.

하, 이런 프로그램이 처음 나왔을 때 나는 정말 크게 좌절했다. 순수한 아이들의 공간에 상업적인 카메라를 설치해 그 순수함을 팔아 돈을 버는 것이다. 순수한 아이들에게 카메라를 들이미는 것은 하얀 도화지에 먹물을 쏟는 짓이다. 그런 프로그램을 만드는 이들이나 그걸 좋다고 보는 이들이나 다 죽었으면 좋겠다.

텔레비전은 정말 바보상자다. 이 채널, 저 채널 바보들만 나오기 때문이다. 젊은이들은 대중예술이라는 쓰레기 같은 문화를 선도한답시고 텔레비전에 나와 멍청한 소리를 해대고 폼을 잡는다. 그들은 역겨운 춤을 추고, 역겨운 노래를 부르고, 역겨운 연기를 해대지만 자기가 뭐라도 된 양 행동한다. 그들이 이리도 경솔히 행동하는 이유는 분명 그들이 버는 돈 때문이다. 그 돈으로 인해 그 멍청이들은 자신이 쏟은 노력이 보상받았다고 믿지만 그렇지 않다. 그들은 그저 공부가 하기 싫어 예체능이라는 복권에 손을 댔고 운 좋게 성공한 것뿐이다. 온종일 춤이나 추고 노래 연습을 하는 노력 따위 우리나라 수험생들의 노력과도 비교 할 수 없다.

"나 뽀로로!"

하율이가 말했다. 저녁 시간이라 어린이 채널에는 뽀로로 말고 〈짱구는 못말려〉나 〈네모바지 스폰지밥〉이 방영되고 있었지만, 요즘에는 VOD로 아무 때나 원하는 것을 볼 수 있다. VOD는 분명 편리하지만 낭만이 없는 것은 사실이다. 난 금방 뽀로로를 틀어 주었고 하율이는 내 무릎에 앉아 텔레비전에 집중했다.

잠시 후 숙모는 싫다는 하율이를 집에 데려가 씻기고 잠옷을 갈아입힌 후 다시 데려왔다. 삼촌네 집은 우리 집에서 도보로 5분 거리이다. 나도 샤워를 하고 하율이와 같이 방으로 들어왔다. 하율이가 안 보는 틈에 난 침대 밑에서 선물을 꺼냈다. 하율이는 무지막지하게 내 정성이 담긴 포장을 뜯었고 안의 장난감을 보고 펄쩍 뛰었다.

"애니멀포스! 이거 아무도 안 가지고 있는 건데!"

"형이 이 정도지."

난 으쓱해 했지만 하율이는 내게 눈길도 주지 않았다. 난 그저 하율이의 웃는 얼굴이 예뻐 한동안 바라보았다. 산타 할아버지 선물이라고 자는 사이에 머리맡에 놓아두면 더 좋았겠지만 난 이미 작년에 4살짜리 하율이에게 산타가 없다고 말했었다. 딱히 이유는 없지만 원래 꼬맹이들은 골려주는 맛이 있다.

"동물들이 로보트로 변신해서 합체하는 거야. 완전 멋있지!"

"누가 동물들을 로봇으로 만든 건데?"

"그건 흰머리 박사!"

"하율아, 그건 동물 학대 아니야? 박사가 나쁜 놈이네."

난 일부러 하율이가 못 알아들을 말을 해대는데 그때 하율이의 어리둥절한 표정이 아주 볼 만하다. 뭐 하율이도 요즘엔 거의 이런 내 말을 무시하지만.

"형아 나 동물원 가고 싶어."

"동물원?"

"응. 가서 하마 아저씨랑 기린 아저씨 만나고 싶어."

내 얼굴에는 자동적으로 미소가 일었다.

"그럼 가야지. 가서 하마 아저씨랑 기린 아저씨 보고 오자."

하율이는 이따금 내게 어느 곳에 가보고 싶다고 말하는데 나는 거절하지 못한다.

"진짜? 언제?"

"다음번에 형 오면 가자."

"언제 며칠? 몇 시 몇 분?"

"음…… 하율이 애니멀포스 새로운 편 4번 보면 형이랑 동물원 가는 거야."

"진짜지? 약속."

하율이는 작은 손가락을 내밀었고 나는 약속 후 손가락으로 도장을 찍고 손바닥으로 복사까지 해주었다.

"약속."

한동안 장난감을 가지고 놀던 하율이는 쌔근쌔근 잠이 들었고 난 그날 수면제 없이 잠을 잘 수 있었다. 왠지 모르겠지만 하율이와 함께 있으면 그 누구에게도 느낄 수 없는 편안함을 느낀다. 난 호미의 숲도, '그' 꿈도, 약도 없이 잠자는 데 집중할 뿐이다.

크리스마스 당일 아침 6시도 안 돼서 일어난 나는 하율이가 깨지 않게 조심조심 침대를 빠져나왔다. 내가 가는 것을 보면 한참을 울기 때문에 숙모가 곧 와서 데리고 가기로 약속을 해놓은 상태였다. 옷도 조심조심 입은 나는 문을 살며시 닫고 나왔다. 슬퍼할 하율이 생각에 마음이 아팠지만 어쩔 수가 없다. 나도 어른이 되어보니 가슴 아픈 어쩔 수 없는 일이 많아졌다. 나는 엄마가 차려준 맛없는 아침을 먹으며 버스 시간을 확인하고 있었다.

"아빠가 태워줄게. 회사에도 늦는다고 말해놨고."

아버지가 또 말했고 나는 두 번 거절하지 못했다. 엄마는 오늘도 나를 꽉 안으며 작별 인사를 했다. 오랜만에 탄 아버지의 낡은 체어맨은 금방 실내 세차를 한 듯 깨끗했다. 난 조수석에 앉아 책을 읽었고 아버지는 말없이 출발했다.

"도윤이 네가 이제 22살 됐나?"

"네."

난 책에서 눈을 떼지 않고 말했다.

"너도 벌써 어른이구나……."

내가 20대가 되며 아버지는 50대가 되었고 눈가의 주름은 전보다 깊어졌다.

"저기 도윤아, 약은 차근차근 줄여보는 게 어떠니?"

난 대답하지 않았고 책을 덮지는 않았지만 읽기를 멈췄다. 아버지의 말을 듣자니 평소 안 하던 멀미를 할 것 같았다.

"네가 힘든 건 아빠가 잘 알아 하지만……."

아니, 아버지는 알지 못한다. 그 누구도 내가 얼마나 힘든지 알지 못한다. 호미 빼고는.

"그 정신과 약이라는 게 사람 바보 만드는 약이야. 그리고 정신과 계속 다니면 나중에 사회생활 할 때도 힘들 거야. 기록이 남잖니."

하고 싶은 말은 많았지만 하지 못했다. 아버지 앞에서는 늘 이렇게 꿀 먹은 벙어리가 되고 만다.

"권 원장하고 이야기해봤는데 약을 조금 줄이면서 명상이나 요가라든지 심리치료를 병행하는 쪽으로 한번 생각해보자. 지금처럼 한 달에 한 번씩 한국 오면 엄마랑 아빠가 너 마음 편하게 다 준비해놓을게."

"안 돼요……."

난 더는 아버지가 침묵을 동의로 알아듣는 것을 참고 있을 수 없었다. 단호하게 말하고 싶었지만 내 목소리는 떨리고 있었다.

"도윤아."

"죄송해요…… 아직 약은 필요해요."

"우울증은 마음먹기 달린 거야. 심리치료하면서 네 마음가짐을 바꿔보자. 엄마랑 아빠가 같이 노력할게."

"제 문제니까 엄마, 아버지는 신경 쓰지 마세요. 두 분이 노력하는 거 짜증 나요.”

아버지에게 던진 날이 선 말은 아버지의 가슴에도 내 가슴에도 날아와 꽂혔다.

“뭘 크게 바꾸자는 게 아니야. 그냥 한 달에 한 번씩 병원 다니고 그때마다 집에 와서 엄마랑 같이 심리치료 받아보자.”

“그딴 걸로 하나도 안 달라져요. 학교 때문에 바쁘고 집에 올 시간도 없어요.”

난 약간의 거짓말을 보탰다. 매달 힘 없는 엄마 얼굴을 볼 자신이 없다. 아버지는 잠시 말을 멈췄고 그의 눈동자는 흔들리고 있었다.

“도윤아, 이번에는 아빠 말대로 해.”

아버지의 말투가 단호해졌다. 내가 싫어하는 단호함이다.

“싫다고 말했어요.”

“그럼 네 엄마는? 네 걱정에 평생 일한 직장까지 그만뒀잖아. 근데 이게 뭐니? 한 달에 한 번씩 집주변 병원에 다니는 녀석이 집에도 안 들르고. 엄마가 너 때문에 포기한 게 있는데 너를 위해 줄 기회 정도는 줘야지. 너희 엄마 안 불쌍해?”

아버지가 언성을 높이며 말했고 난 입을 다물었다.

우리 엄마는 정말 불쌍한 사람이다. 엄마는 일에 애착이 많은 사람이었다. 그녀는 성공한 커리어우먼이었고 업계에서 모르는 이가 없을 정도였다고 한다. 내가 태어난 후로 일을 줄였지만 엄마는 커리어를 이어갔다. 하지만 4년 전, 그러니까 내가 일본에서 약을 먹고 쓰러졌던 그 날 이후 엄마는 일을 그만두고 집을 지키셨다. "일을 그만 둬서 너무 좋다", "출근 안 하니 너무 편하다"고 자주 말했지만, 엄마의 거짓말은 티가 났다. 얼굴에는 생기가 없고 아무리 밝게 말해도 에너지가 느껴지지 않았다. 내 눈에 엄마의 시간은 4년 전 멈춰버렸다. 엄마는 분명 삶의 이유를 잃고 방황하고 있는 것이다. 아마 내가 그것을 빼앗아간 것 같다. 시대에 맞서 싸우며 여성으로서 힘겹게 커리어를 쌓은 엄마는 자신 삶의 이유를 형편없는 아들로 바꿀 수밖에 없었던 것이다. 그러던 중 할아버지가 돌아가셨고 사실 그때 나보다 엄마가 먼저 무너졌다. 장례식장에서 마주한 엄마의 그지없는 눈물은 말 그대로 나를 죽였다. 죄책감에 엄마 얼굴을 보기가 쉽지 않아졌다. 그렇게 난 또 유학이라는 도망 길에 올랐고 나를 위해 집을 지키기로 한 엄마는 완전히 혼자가 되어 버린 것이다.

끝나지 않을 것만 같은 묵직한 침묵이 흐르던 차는 공항에 도착했다.

"저기 도윤아."

난 아버지의 말을 무시한 채 허겁지겁 차에서 내렸다. 그리고 공항 화장실의 한 켠에 앉아 비상용 진정제를 들이켰다.

오후 4시가 넘어 도쿄의 자취방에 도착한 내게 엄마의 전화가 왔지만 받지 않았다. 앞으로 한동안은 그 누구의 전화도 받지 않을 것 같다. 호미가 필요했다. 호미라면 분명 이런 나도 착하다고 말해줄 거니까. 난 약을 들이켰다. 이번에도 내가 할 수 있는 것은 외면뿐이었다.

곧 그와 호미는 자유로이 '우리' 숲의 초록빛 하늘을 날았다. 그들의 비행을 방해하는 검은 구름이 하나둘 나타나기 시작했고 그 구름들은 그의 마음속 죽은 사람들의 얼굴로 형상화됐다. 그는 두려움에 몸을 떨었지만, 호미가 대신 그들을 찔러주었다. 마지막에는 일그러진 그의 얼굴이 나타났고 그는 호미에 칼을 받아 들어 얼굴을 마구 찔러댔다. 첫 번째 칼날에 왼쪽 눈이 잘려 나갔고 두 번째에 입이 잘려 나갔다. 그는 자신의 형상이 완전히 사라지도록 마구마구 찌르고 또 찔렀다. 호미는 그를 칭찬하는 듯했고 '우리'는 이제 푸른 빛을 띠는 하늘 아래의 숲을 함께 거닐었다.

***

다음날 나는 도쿄 토덴선에 올라탔다. 한 칸짜리 이 전차는 늘 한적하다. 드물게 노면전차를 이용하는 토덴선은 도쿄의 번화한 기리를 지나지는 않지만, 조용한 이곳저곳을 천천히 돈다. 그 어떤 아늑함도 용납되지 않을 듯한 이 잠들지 않는 도시에도 듬성듬성 아름다움이 살아 숨쉰다. 낡은 전차와 한가로운 바깥 풍경은 마치 잘 만든 뮤직비디오의 한 장면 같다. 난 그날도 창밖을 바라봤지만 그 어느 풍경도 눈에 담지는 못했다. 익숙한 도쿄의 사진이 소묘처럼 흐릿해 보였다. 모든 것이 너무도 낯설게 느껴졌다.

토덴선의 종착역인 마노와바시역까지 갔다. 평소처럼 걸었지만 머리는 아무리 비우려 해도 비워지지 않았다. 힘없는 어머니 얼굴, 돌아가신 할아버지 얼굴, 중학교 담임선생님 얼굴, 슬퍼하던 전 애인의 얼굴, 아스라히 쌓여 있던 아픈 기억들이 나를 짓눌렀고 나는 '잘못했어요'라는 말을 혼자 반복했다. 그러다 보인 공원에는 추운 날씨에도 씩씩하게 뛰어노는 아이들이 보였지만 공원에 들어갈 수 없었다. 저 완벽한 장면에 나같이 더러운 게 들어갈 수 없다. 날씨는 끔찍할 정도로 추웠지만 걸음을 멈추지 않았다. 그날은 그저 걷고 걸었다. 그러다 비가 내렸다. 그 비는 내게 '너같은 것은 슬퍼하는 것도 사치야'라고 말하는 듯했다. 12월의 비였지만 장마철의 비처럼 바람 없이 무겁게 내려 빠르게 도시를 적셨다. 난 편의점에 들러 우산을 사 받쳐들었다. 이런 역겨운 나도 비를 맞아 젖는 것은 싫은가 보다. 우산을 때리는 빗방울 소리는 너무도 난폭해 내 귀를 찌르는 것 같았다.

저녁이 되어서야 동네로 돌아온 나는 혼자 킨타로를 찾았다. 낡은 미닫이 문이 열림과 동시에 비로 인해 건조한 가게에 축축한 변화가 일었다.

"어서 오세요."

가게에는 쿤상뿐이었다.

"안녕하세요. 오유와리랑 텐동 주세요."

난 자리에 앉으며 힘없는 목소리로 주문했다.

"연말에 왜 혼자 술이야."

쿤상이 선반에서 소화전만 한 술병을 꺼내며 말했다.

"그러게요. 오늘은 손님이 없네요?"

"연말에는 다들 모임을 가니까, 작은 술집은 인기가 없지."

"그렇군요."

난 작게 한숨을 내쉬었다. 곧 요리가 나왔고 나는 따뜻한 음식과 술로 차가운 몸을 데웠다.

"무슨 고민 있어? 얼굴색이 아주 안 좋아."

쿤상이 신문을 펼치며 무심히 물었다.

"고민이라…… 잘 모르겠네요."

고민으로 점철된 내 삶이지만 이렇게 물어보니 딱 잘라 대답할 수가 없었다.

"사장님은 아들 있어요?"

내 뜬금없는 질문에 신문을 보던 쿤상이 나를 힐끗 보고는 다시 신문으로 눈을 돌렸다. 실례되는 질문일 수 있다는 것을 말을 던진 후에야 알아챘다.

"아들은 없고 딸이 하나 있지. 벌써 직장 다닌다고 독립한 지 오래됐지만."

다행히 쿤상은 외로운 독신은 아니었다.

"딸이 좋아요?"

"칫. 당연한 소리를. 살아가는 이유고 원동력이지."

쿤상은 내 질문의 의도는 파악 못 했겠지만 딸 생각에 표정이 밝아졌다.

"그거! 그게 고민이에요."

쿤상은 어리둥절한 표정을 지으며 신문을 접었다.

"참나, 부모님들은 자기 생각만 한다니까……. 내가 누구 삶의 이유라고 생각해보세요. 얼마나 부담스러운지. 제가 무너지면 부모님도 무너지는 것 같잖아요. 짜증 나게."

"다들 그렇게 사는 거지. 반대로 부모님이 삶의 힘이 되고 원동력이 되는 사람도 많지 않나?"

"그건 잘난 사람들 이야기죠, 저 같은 환자가 무슨."

난 아껴두었던 새우튀김을 크게 한입 베어 물었다.

"응?

"아…… 아니에요."

말실수를 깨달은 난 얼버무렸다. 좋아하는 술집 사장이 자기를 환자로 보는 것은 누구든 원치 않는 일일 것이다.

"잘난 자식, 못난 자식이 어디 있나."

"저는 부족한 점이 많아서 무너지는 게 일상인 사람인데, 부모님은 계속 저를 지지하잖아요. 아니, 지지해야 하잖아요. 엄마, 아버지는 무슨 죄입니까, 낳아보니 아들이 이런 놈이니."

난 적당히 식은 오유와리를 벌컥벌컥 마셨다.

"술 더 줄까?"

"하이볼로 주세요."

식사를 마친 나는 담배에 불을 붙였다.

"저는 정말 땅바닥까지 떨어지고 싶은데, 부모님 때문에 그러지를 못하니까 답답하네요……."

"자식된 도리가 복잡해 보이지만 아주 간단해. 자네가 행복하면 되지 않나."

"행복이라……. 더 짜증 나는데요.

알고 있다. 우리 부모님도 내 '행복'만을 바라는 미련한 사람들이다. 하지만 아무리 생각해도 이 부족한 세상에서 부족한 난 행복하기가 불가능하다.

"예를 들어 볼게요. 만약에 쿤상이 지독한 병에 걸렸어요. 쿤상 부모님은 그런 쿤상을 응원해요. 병을 이기고 앞으로 나아가길 바라시는 거죠. 하지만 그 병을 치료하려는 노력에는 큰 고통이 따르고, 또 나을지 어떨지도 몰라요. 솔직히 다 포기하고 싶죠. 그러면 쿤상은 어떻게 할 거예요?"

"자네 병에 걸렸나?"

"아니요, 그냥 예를 든 거예요."

"음……."

쿤상은 잠시 자기 얼굴의 상처를 어루만지며 고민에 빠졌다.

"당연히 노력하겠지. 부모님이 나를 위해 응원하시는데."

"그 노력이 부담스럽지는 않을까요? 치료는 정말 죽도록 아플 거예요. 자신을 응원하는 부모가 원망스러울 정도로."

쿤상은 도자기 물컵에 생맥주를 조금 따라서 마셨다.

"부담스럽겠지만 그런 자기를 응원하는 부모님이 너무 안 돼서 노력할 거야. 부모님께 죽어가는 모습만 보여줄 수는 없지 않나."

"치."

나는 쿤상의 대답이 마음에 들지 않았고 말없이 하이볼을 몇 잔 더 마신 후 자리에서 일어났다.

"잘 가게. 새해 복 많이 받고."

"네, 미리 새해 복 많이 받으세요."

짜증 났다. 쿤상을 나무라는 게 아니라 이해받지 못하는 내 마음이 싫었다. 차라리 내게도 눈에 보이는 큰 병이 있었다면 이렇게 불효자로만 남지는 않았을 텐데. 정말 나는 하나부터 열까지 최악이다.

집까지 길을 걷다 할아버지 생각이 났다. 내가 그의 소중한 딸과 사위를 아프게 하고 있기 때문인지 모르겠다. 게다가 내 불효의 역사는 할아버지에 관한 것도 있다.

내가 만나본 최고의 상담사인 우리 할아버지는 하율이가 태어나는 것을 보고 돌아가셨다. 마치 그것을 삶의 마지막 임무라고 정한 듯이. 내가 사랑했던 모든 이들이 그랬듯 우리 할아버지는 나를 떠나갔다. 당시 일본에 있던 나는 할아버지 부고 소식에 급하게 입국했었다. 세상이 무너질 듯 슬펐지만 이 찢어 죽여 마땅할 손자는 할아버지의 마지막 가는 길을 어지럽혔다.

할아버지의 죽음을 믿을 수 없던 나는 망연자실한 채 자리를 지키고 있었다. 그 누가 찾아와도 한마디 하지 않았다. 그때, 할머니의 교회에서도 단체로 장례식을 찾았다. 내가 잠시 눈을 붙인 사이 찾아온 그들은 자기들 멋대로 시끄러운 예배를 드렸다. 할아버지 역시 교회에 다니셨지만 그가 신에 대한 믿음이 없는 사람이라는 것은 내가 가장 잘 알았다. 할아버지가 원하는 일이 아닐 거라고 생각한 나는 화가 났지만 그냥 입을 다물고 있었다. 화낼 힘도 없었다. 그때 내가 어렸을 적 만난 그 초등부 선교사가 내게 말을 걸어왔다. 어렸을 적 내게 거짓 웃음을 짓던 그 남자였다.

"어, 도윤아? 잘 있었니? 아주 멋있어졌네."

그가 웃으며 말했다. 그가 웃었다. 할아버지가 돌아가신 그 때에 내 앞에서 웃었다.

"……."

난 대답하지 않았다.

"유학 다닌다면서? 방학 때라도 교회 와야지."

그가 또 웃었다. 난 화가 났다. 아주, 아주 많이 화가 났다.

"왜 기도를 드리신 거죠?"

"응? 할아버지 편하게 가시라고 기도 드린 거지."

그는 대답하며 또 다시 웃었다.

"성경에는 하나님을 믿지 않으면 지옥에 간다고 쓰여 있잖아요. 근데 할아버지는 확실히 믿음이 없던 분인데."

그는 적잖이 놀란 듯 보였다.

"그럼 우리 할아버지는 지금 어디 갔죠?"

"어휴, 우리 도윤이 많이 속상했구나."

하며 그가 다시 한 번 웃었고 난 그의 멱살을 잡았다.

"우리 할아버지 어디 갔냐고!"

난 목에 핏대를 세우며 나를 사랑하는 이가 모두 나를 떠나갈 만큼 사납게 소리쳤다. 집안 어른들이 나를 말렸고 나는 우리 할아버지 장례식에서 쫓겨나야 했다.

이게 내가 우리 할아버지께 보여준 마지막 모습이다. 나란 쓰레기는 죽어 마땅하다. 내가 너무 못난 아이라 신이 우리 할아버지를 빨리 데려간 것은 아닐까 의심이 들기도 한다. 사랑하는 이의 죽음은 본인의 것보다 훨씬 큰 벌이니까. 비는 하염없이 내렸고 나는 이번에는 우산을 쓰지 않았다. 빗방울들이 내 숏패딩 위로 미끄럼틀을 탔다. 그들은 분명 투명했지만 내 더러움을 씻겨 내려주지 못했다. 숨도 못 쉴 만큼 춥고 아팠다.

"죄송합니다."

"죄송합니다."

***

'하…… 내가 미쳤지…….'

시작과 끝이 함께하는 한해의 마지막 밤, 시부야의 화려한 밤거리의 중심에서 나는 고뇌에 빠져 있었다.

이틀 전 전공 수업이 끝난 후 서준이를 포함한 동기들은 연말 망년회 이야기를 하고 있었다. 다른 과에 비해 인원이 적은 우리 과는 단합을 중요시하는 편인데 선배까지 모두 모이는 이 모임의 참석 역시 강요하지 않는 듯 강요한다. 물론 난 작년에도 망년회에 빠졌다. 선배들이 외국인에게만 허용하는 특혜, 또는 무관심이다.

"윤군, 이번에는 와야 해!"

요시다가 집에 갈 준비를 하는 내게 말했다.

"난 좀 빼줘. 그런 거 싫어하는 거 알잖아."

"맨날 혼자 빠진다니까."

요시다가 듣기 불편하지 않을 정도로 툴툴댔다.

"야 선배들이 뭐라고 하면 어떡해?"

다른 이들과 열심히 대화하던 서준이가 중간에 끼어들었다.

"그 선배들 나란 사람이 존재하는지도 모를걸? 작년에도 안 갔잖아."

"그땐 1학년이었고 지금은 2학년이잖아. 선배들한테 미움 살걸?"

"미워하라 그래. 제발 아는 척도 좀 하지 말아 달라고 해줘. 그 맨날 운동복 입고 다니는 선배. 자꾸 친한 척하잖아."

"뭐야, 망년회 이야기를 하는 거야?"

그때 이야기하는 무리에 나츠코도 합세했다.

"응, 어제 우리 과 페이스북 페이지에 올라왔어."

서준이가 말했다.

"나는 페이스북 안 해서 몰랐네."

하며 나츠코는 자연스러운 웃음을 지어 보였다. 서준이 옆에 앉아 있던 나는 어색하게 뭔가 잊은 척하며 가방 문을 다시 열어 안을 확인한 후 노트북과 공책을 최대한 천천히 뺐다가 다시 가방에 넣었다. 그런데도 둘은 계속 대화했고 나는 가방 한쪽을 어깨에 멘 채 서 있었다.

"너 뭐 하냐?"

서준이가 물었다.

"어? 너랑 같이 가려고."

평소에 난 강의가 끝나자마자 혼자 쏜살같이 강의실을 빠져나가기에 서준이와 같이 하교하는 일은 드물다.

"얘가 뭘 잘 못 먹었나."

서준이는 잠시 나에게 말한 후 나츠코 쪽으로 시선을 돌렸다.

"나츠코 넌 술 잘 마셔?"

서준이가 물었다.

"아니, 난 술 안 마셔. 나이도 아직 안 됐고."

일본인들은 만으로 나이를 세고 대부분 만 18세에 대학을 입학하기에 성인이 아닌 대학생들이 많다.

"윤군은 망년회 안 올 거야?"

나츠코가 내 쪽으로 고개를 돌렸다.

"어……? 아마 안 갈 것 같아."

요시다와 서준이가 물었을 때는 정확히 안 간다고 말했지만 나츠코의 질문에는 약간의 여지를 남겼다.

"왜? 무슨 일 있어?"

"아니 그건 아닌데, 여럿이서 술 먹는 거 별로 안 좋아해서. 친한 사람도 별로 없어서 가면 어색할 거야."

"가서 친해지면 되지! 나도 시끌벅적한 거 싫어하지만 가끔은 이런 것도 좋잖아."

"음……."

"윤군도 왔으면 좋겠어."

'윤군도 왔으면 좋겠어…….'

이 한마디에 시부야에 한껏 멋을 부린 채 서 있는 멍청이가 바로 나였다.

'아…… 집에 갈까? 엄청 어색할 텐데…… 사람도 많아서 나츠코랑 같이 못 앉을 수도 있고……' 혼잡한 스크램블 교차로를 거닐며 나는 생각했다. 약속 장소는 시부야역에서 5분 거리에 위치해 있어 난 금세 그 앞에 도착했다.

잠시 후 근심 가득한 내 등을 누군가 가볍게 두드렸다.

"너 여기서 뭐 하냐?"

서준이와 익숙한 얼굴 몇몇이 서 있었다.

"어? 아 그게…… 그 시부야에 일 있어서 왔다가 일이 일찍 끝나서…….”

난 이미 오기 전부터 변명을 생각해둔 터였다.

“허, 참. 별일이네. 어쨌든 잘됐네. 들어가자.”

시부야의 이자카야에는 알록달록한 풍선과 함께 커다랗게 학교와 과 이름이 쓰인 현수막이 걸려 있었다. 가게 안은 익숙한 얼굴들로 가득했는데 아마 우리 과에서 가게를 통째로 빌린 것 같았다. 카운터에는 학과 임원 선배가 앉아 있었고 서준이는 그녀에게 반갑게 인사했다. 이놈은 모르는 사람이 없는 듯하다.

우리는 그 선배에게 학생증을 보여준 후 번호가 적힌 알록달록한 종이를 하나씩 건네받았다. 일부러 가져다 놓은 듯한 화이트보드에는 숫자와 자리 배치도가 그려져 있었다. 1학년은 빨간색, 2학년은 파란색, 3학년은 녹색, 4학년은 검은색. 테이블마다 색깔들이 섞여 있었다. 테이블마다 모든 학년이 한두 명씩 있었다. 녹색과 검은색은 3, 4학년 참석자 수가 적어 그리 많이 보이지 않았다.

“파란색 3번…… 3번…… 난 여기네.”

서준이가 화이트보드를 가리키며 말했다.

“난 11번…… 너랑 다른 테이블이네. 엄청 불편하겠는데…….”

후회가 밀려왔다. 이렇게 나눠 놓은 것을 보니 같은 학년인 나츠코와 함께 앉을 확률은 제로에 가까워 보였다.

“가서 친구 좀 만들어.”

서준이가 웃음을 터뜨렸다. 분명 어색해서 어쩔 줄 몰라하는 내 얼굴을 상상하며 웃는 것일 터이다. 얄미운 놈.

"아…… 괜히 왔네…… 지금 나가도 되나?"

"나가긴 뭘 나가, 여기까지 왔는데 부딪혀 봐야지. 정 재미없으면 중간에 둘이 나가서 한잔하자."

나는 어쩔 수 없이 고개를 끄덕였다.

배정된 자리에는 이미 다른 사람들이 앉아 있었다. 모두 얼굴은 눈에 익지만 한 번도 대화해 보지 않은 사람들이었다. 난 어색함에 괜히 휴대폰을 들고 똑같은 어플에 들어갔나 나오기를 반복했다. 이러고 있으니 옛날 사람들은 어색한 시간을 어떻게 견뎠을지 의문이 들었다.

테이블에서 가장 나이가 많아 보이는 남자 선배가 내게 어떤 술을 마실 건지 물었고 난 콜라를 마신다고 했다. 처음부터 술을 안 마실 생각은 아니었지만 이런 어색한 분위기에서 술을 마셔댔다가는 금방 취할 것 같았다. 그때 나츠코가 먼 테이블에 앉아 있는 것이 눈에 들어왔다. 가서 인사를 하고 싶었지만 주문한 술이 나오고 과 대표의 연설이 시작됐다.

올 한해 수고했다는 둥, 내년에도 힘내보자는 둥, 스물다섯도 안 된 녀석이 어른인 체하는 모습이 굉장히 보기 싫었다.

"간-파이(건배)!"

짧은 연설이 끝나고 다 같이 잔을 올렸다. 한 테이블, 한 테이블 어색한 분위기가 깨지며 가게는 금세 시끌벅적해졌다. 내 테이블에서는 아까 말한 나이 많은 선배가 술을 빠르게 들이키더니 광대 역할을 자청했다. 그는 나름 재미있었지만 난 그의 말에 집중하지 못했다. 가끔 몇 가지 질문을 내게 던지면 짧고, 더 이상 대화가 이어지지 않도록 답했다. 틈이 날 때마다 힐끔힐끔 나츠코 테이블 쪽을 쳐다봤다. 티 나지 않고 자연스럽게 눈알을 굴렸다. '마주쳐라, 마주쳐라' 하며.

"자, 자 다들 재미있으시죠?"

과 대표가 다시 마이크를 잡았다. 또 무슨 개소리를 해댈지 궁금했다.

"이제 자리를 바꾸도록 할게요. 파란색 짝수하고 녹색 숫자인 분들은 자리에서 일어나주세요."

순간 그의 뒤로 후광이 비쳤다.

"자자, 눈치껏 비어 있는 곳에 가서 앉아주세요. 1시간마다 이동할게요."

우리 테이블에서는 이름 모를 2학년 하나와 그 말 많던 선배가 자리에서 일어났다. 그가 자리를 떠나는 것은 조금 아쉬웠다. 나츠코도 자리에서 일어나 다른 테이블로 갔고 나와 나츠코의 거리는 조금 좁혀졌다. 우리 테이블에도 새로운 사람들이 왔지만 다들 벌써 취기가 올랐는지 어색함은 없었다. 의미 없는 술자리가 이어졌고 난 집에 가고 싶었다. 담배라도 피울까 하고 서준이를 찾아 고개를 돌려봤지만, 그 멍청이는 자기 테이블에서 광대 역할을 자처한 듯 아주 즐거워 보였다. 저놈은 조금만 더 일찍 태어났다면 분명 일제의 앞잡이 노릇을 했을 것이다.

그 순간 나츠코와 눈이 마주쳤다. 나와 같은 콜라를 마시던 나츠코는 대화에 열심히 참여하는 듯했다. 나츠코는 옆 사람이 안 보이게 살짝 손을 흔들며 웃어 보였다. 나도 손을 작게 흔들며 화답했다. 마치 비밀 사내연애 중인 커플 같았다. 망년회라고 머리를 풀고 검은 목폴라 니트를 입은 나츠코는 평소보다 어른스러워 보였다. 그때 나츠코 테이블에 얼굴이 마흔 살은 되어 보이는 남학생이 일어나 주위를 조용히 시켰다.

"여기 오늘 생일이래, 노래 불러주자!"

하며 나츠코를 가리켰다. 오늘은 나츠코의 생일이었던 것이다. 가게는 순간 조용해졌고 다들 천천히 생일 축하 노래를 불렀다.

"하피-바-스-데이-투-유"

일본인들은 생일 축하 노래를 영어로 부른다. '생일 축하합니다'의 일본어 음절이 노래와 맞지 않기 때문이기는 하나 일본인들의 영어 발음은 참 듣기 거북하다. 나는 음악에 맞춰 천천히 손뼉을 치며 나츠코를 바라봤다. 그 순간, 나는 다시 그녀의 슬픔을 보았다. 처음 만났을 때 마주했던 그 묘한 미소가 슬며시 얼굴에 피어났다. 나츠코는 웃고 있었지만 그녀의 생일 케이크는 뒤집혀 있는 듯했다. 알코올 향이 가득한 축하에 둘러싸인 그녀는 불행해 보일 정도였다. 그 알 수 없는 슬픔에 나는 내 마음 어딘가가 당겨짐을 느꼈다. 내 무언가가 또 다시 그녀의 슬픔에 흡수된 것이다.

잠시 후 이번에는 파란색과 빨간색 홀수 종이를 든 학생들이 자리에서 일어났고 난 쭈뼛쭈뼛 나츠코가 있는 테이블 쪽으로 발걸음을 옮겼다. 그 모습을 눈치챈 나츠코가 내게 오라고 손짓했고 난 씩씩하게 발길을 옮겼다. 하지만 그때 누군가 내 팔을 붙잡았다.

"도윤, 저기 가서 앉자. 저기 요시다도 있고 재밌어."

서준이가 적당히 취기가 오른 얼굴로 나를 보고 있었다.

'이런 개새……'라고 목 끝까지 차올랐지만 참고 서준이를 따라갔다. 거기서 서준이를 뿌리치고 나츠코가 있는 테이블로 가는 것은 너무 부자연스러웠다.

"윤군! 어떻게 왔어?"

요시다가 토끼 눈을 뜬 채 말했다. 요시다도 술을 조금 마신 모양이었다.

"어, 그냥 어쩌다 보니……."

"여기서 보니까 엄청 반갑다. 뭐 마실 거야?"

"나는 물이면 돼."

난 요시다에게 젓가락을 건네 받으며 말했다. 그녀의 손이 조금 흔들렸다.

"윤군은 술 안 마셔?"

"응? 너 오늘 술 안 마셔?"

내게 평생 도움이 안 되는 서준이가 얼굴을 들이밀었다.

"이런 데서 이런 애들이랑 내가 왜 술을 마셔! 괜히 왔어. 좀 이따 나가자."

난 서준이 귀에 대고 작게 한국어로 말했다.

"너도 이런데 좀 와 버릇해야지. 어쨌든 나는 하이볼! 요시다는?"

서준이는 한국어로 말하다가 일본어로 바꿔 말했다.

"나는 생맥주!"

"윤군은 원래 술 안 마셔?"

요시다가 재차 물었다.

"아니, 그건 아닌데. 별로 안 좋아해. 오늘은 컨디션도 좀 안 좋고."

"야, 네가 무슨 술을 안 좋아해, 거짓말 하지 마."

서준이가 일본어로 크게 말했다.

"얘 원래 술 엄청 좋아해. 잘 마시기도 하고."

'입 좀 다물어라, 서준아.' 하는 눈빛을 쏘아봤지만 취한 서준이에게는 전혀 통하지 않았다. 곧 주문한 술이 나왔고 요시다는 내게 새 맥주를 건넸다.

"그럼 오늘은 맥주 조금만 마셔. 건배 같이하자"

"응. 알았어."

나는 잔을 들고 건배를 한 후 아주 조금 술을 마셨다. 서준이 말대로 이 테이블은 아주 즐거운 듯했다. 물론 나를 제외하고. 난 휴대폰만 들여다보며 시간을 보냈다. 이미 자정에 가까운 시간이었고 모두들 취해 가게에 규칙 같은 것은 사라졌다.

화장실에 가니 변기에서는 어떤 학생이 토하고 있는 듯 더러운 소리가 들렸다. '부모님이 그러라고 비싼 등록금 내주는 게 아닐 텐데'라고 생각하며 손만 씻고 화장실을 나왔다. 자리에 가는 길에 나츠코가 앉은 테이블이 보였다. 다들 무질서하게 자리를 옮겨 다니는 통에 나츠코의 앞자리는 비어 있었다. 잠시 고민하던 나는 나츠코 앞에 앉았다. 나츠코는 나를 보고 아주 아름다운 미소를 보였다. 묘한 슬픔은 다시금 사라져 있었다.

"윤군, 재밌게 놀고 있어?"

나츠코가 내게 물었다.

"전혀. 고문당하는 기분이야."

내 축 처진 얼굴에 나츠코는 웃음을 터뜨렸다.

"술은, 많이 마셨어?"

"한 잔 정도."

"원래 술 안 마시는 거야?"

"그런 건 아닌데…… 이런 분위기에서 술 마시면 술에 체할 것 같아서."

"풋, 그게 뭐야."

나츠코는 그날 따라 웃음이 헤펐다. 이유는 모르겠지만 억지로 웃는 듯한 느낌을 받았다.

"나츠코는 오늘 재밌어?"

"응. 가끔 이런 거 좋아. 이런 분위기에서는 늘 에너지를 받고 가는 느낌이야."

"나는 이런 분위기에 내 에너지를 뺏기는 것 같아."

난 말하며 자연스럽게 고개를 숙여보였다.

"옆에 많이 취했네?"

나츠코와 자주 같이 다니는 여자아이가 취한 듯 고개를 숙인 채 앉아 있었다.

"응, 네네는 술도 못 마시면서 꼭 이런다니까. 우리 둘이 집이 가까워서 같이 택시 타고 가려고."

난 고개를 끄덕였다.

"생일 축하해. 전혀 몰랐네, 생일인 줄."

내가 말했다.

"고마워."

나츠코는 웃으며 말했지만 이번에도 알 수 없는 어둠이 느껴졌다. 분명 그 묘함이다.

"나츠코는 생일 싫어해?"

"어? 왜?"

나츠코는 조금 놀란 눈치였다.

"그냥 좀 그런 것 같아서……."

"그래 보여?"

"그래 보이지는 않는데 그런 느낌을 풍긴달까."

나츠코는 쓸쓸한 미소를 띠었다.

"맞아, 나 생일 엄청나게 싫어해. 아까 축하받는 데도 너무 불편했어."

"왜? 나이 드는 게 싫어?"

"나이 드는 게 싫은 건 아니야. 그런 건 아무래도 좋거든. 설명하기 복잡한데…… 그냥 축하 받는 게 싫어."

매우 의아했지만 나츠코가 더는 말하고 싶지 않은 것 같아 질문을 멈췄다.

"아, 윤군."

"응?"

"새해 복 많이 받아."

나츠코는 휴대폰으로 12시가 넘은 시간을 보여주며 말했다.

"나츠코도, 새해 복 많이 받아."

나츠코는 옆에 앉은 네네라는 아이를 흔들어 깨웠다.

"우린 이제 가야겠다. 윤군은?"

"어, 나도 곧 가야지. 서준이랑 같이 가려고."

나는 자리에서 일어나며 말했다.

"수업에서 봐."

나츠코도 네네라는 아이와 일어나며 말했다.

"잘 가."

난 자리에 돌아왔지만 술에 잔뜩 취한 서준이는 내게 눈길도 주지 않았다. 난 잠시 앉아 있다가 혼자 조용히 가게를 나왔다. 새해 첫날을 맞은 시부야 거리는 월드컵 경기장마냥 붐벼 한 발짝 앞으로 나아가기도 힘들었다. 택시를 잡는 것이 여의치 않아, 난 하라주쿠까지 걸어야 했다. 나츠코에게 말한 것처럼 난 분위기에 에너지를 빼앗긴 듯 지쳐 있었다. 겨울의 바람은 모두에게 공평한 듯했지만 혼자 걷고 있는 내게는 왠지 좀 더 매서운 것 같았다. 힘겹게 택시에 올라탄 나는 나츠코의 말이 신경 쓰였다.

'축하 받는 게 싫다라…….'

난 잠시 혼자 답이 없는 고민에 잠겨 있었다. 그때 도쿄타워가 눈에 들어왔다. 멀리서 흐릿하게 보인 도쿄타워 위에는 붉은 빛을 띠는 초승달이 떠 있었다. 나는 그 반짝임에 문득, 뒤늦은 확신이 들었다. 너무도 당연하지만 내게는 쉽지 않았던 내 마음에 대한 꾸밈없는 인정이었다.

'난 그녀를 좋아한다.'

12月31日 日記 晴れ 名前：

올해의 마지막 일기이다. 뭐 12시가 넘었으니 한 해의 첫 일기이기도 하다. 과 망년회는 역시 피곤했다. 아무리 괜찮은 척해봐도 안 괜찮은 것이 많았다. 그래도 오늘 그 아이와 잠시 이야기할 수 있어서 좋았다. 그 아이는 정말 솔직한 사람이다. 무언가를 숨기는 듯 그 모든 것을 보여준다. 숨기는 것마저 솔직하게 드러내는 것이다. 하지만 난 그 대화 속에서 솔직하지 못했다. 나를 위한 것이기는 했지만 그 아이가 내가 거짓말쟁이인 줄 알아채고 도망치면 어쩌나 걱정이 된다. 걱정이 되나? 왜지? 왜 내 곁에도 있지 않은 그 아이가 나를 떠날까 불안감이 일까? 내가 모르는 감정임에는 분명하나 솔직히 기분이 썩 나쁘지는 않다.

1월

***

또 다른 일 년은 준비할 새도 없이 찾아왔다. 새해 연휴를 호미와 함께 조용히 집에서 보낸 나는 피폐해져 있었다. 새로운 일 년을 알리는 일출은 내게 환희와 좌절을 동시에 선사하며 나를 미치게 만들었지만 나는 '호미'의 숲에 몸을 숨기며 버틸 수 있었다. 나츠코에 대한 확신 역시 나를 아프게 했다. 추운 겨울 바람을 뚫고 찾아온 이 감정은 당혹스럽고 창피했다. 누군가를 좋아하는 것은 분명 나를 눈물짓게 할 것이다. 틀림없이 그 아이를 전부터 좋아했지만 인정하지 못했다. 누가 좋다고 혼자 인정하는 것도 힘든 모자란 나이다.

그 사이 부모님에게 전화가 몇 통 왔지만 받지 않았다. 그런데도 내 일본 통장에는 집세와 생활비가 들어왔고 난 이런 내 역겨움에 허덕여야 했다.

그즈음 한국에서 우석이가 도쿄로 나를 볼 겸 여행을 왔다. 연락도 없이 늦은 저녁 시간 겨울 바람처럼 불쑥 찾아온 이놈은 요란하게 내 집 초인종을 눌렀다.

"뭐냐 너?"

난 잠금 체인을 풀지 않고 문을 열어 얼굴만 빼꼼히 내놓고 퉁명스럽게 말했지만, 솔직히 이 멍청이가 무척이나 반가웠다.

"아 빨리 문 열어. 새끼야. 도쿄는 안 춥다더니 바람이 존나 세네."

난 우석이를 집에 들인 후 코타츠(일본식 테이블 난로)의 전원을 켰다.

"왜 왔냐?"

내가 물었다.

"왜긴 아저씨가 부탁해서 왔지. 내가 너 보고 싶어서 비행기 타고 날아왔겠냐?"

우석이는 우리 부모님 전화부의 유일한 내 친구이다. 우석이는 덩치에 안 맞게 비행기 타는 것을 무서워하지만 아버지 부탁으로 작년에도 나를 보러 혼자 도쿄를 찾았었다.

"너 안 재워줄 거야."

"아저씨가 이 앞에 호텔도 예약해 주셨어. 너 또 전화 안 받는다며. 애냐? 어떻게 된 게 질풍노도의 시기가 끝날 기미가 안 보여 너는."

"닥쳐. 아버지가 뭐라는데?"

"평소랑 똑같지 뭐. 너랑 좀 놀다가 오라고."

우석이는 담배를 꺼내며 말했다.

"담배는 베란다 나가서 피워."

"에이, 추운데."

우석이는 투덜대며 내 말을 들었다.

나는 간단히 외투를 걸쳤고 우리는 술을 먹기 위해 택시를 타고 가부키쵸로 향했다.

"연락 좀 해, 새끼야. 생사는 확인해야 될 거 아니야."

우석이가 말했다.

"내가 왜 너한테 연락을 해. 니 그 지긋지긋한 얼굴 안 보고 살면 소원이 없겠구만."

"나도 네 그늘진 얼굴 조금만 덜 봤으면 삶이 훨씬 밝았을 텐데."

우석이가 창 밖으로 도쿄의 풍경을 감상없이 바라보며 말했다. 이 놈은 한마디도 지지를 않지만 이상하게 밉지는 않다.

택시에 내린 후 잠시 신주쿠 거리를 걷는 동안 내 멍청한 친구는 비싼 택시 요금에 궁시렁댔다.

"야, 우리 혐한 당한 거 아니냐? 어떻게 15분 타고 3만 원 가까이 나와. 우리나라에서는 할증 붙어도 이렇게 안 나와."

"아 도쿄는 원래 그래. 그리고 니 못생긴 얼굴 보면 혐오 받을 수도 있지. 뭘 그래."

우리는 가부키쵸 중심부에 있는 이자카야로 들어가 술을 마셨다. 일본 술에 익숙하지 않은 우석이는 연신 술에서 흙 맛이 난다며 얼굴을 찡그렸다.

"아 다리 좀 그만 떨어. 잘라버리기 전에."

우석이는 자주 다리를 떨어댄다.

"시발, 내 다리 내가 떨겠다는데 니가 무슨 상관이야."

우리는 평소처럼 티격태격하며 술을 마셨다.

"이번에는 또 뭔데? 왜 아저씨 전화 안 받아?"

우석이가 자연스럽게 물었다.

"내가 이유가 있겠냐. 그냥 지금은 받기 싫다."

"아저씨가 또 약 이야기하신 거지?"

"됐다. 그냥 술이나 먹자."

난 우석이를 만나 좋아진 기분을 망치고 싶지 않았고 그것을 눈치챈 우석이도 더는 말을 꺼내지 않았다.

"야 마음에 드는 일본인은 없냐? 일본에 왔으면 일본 여자를 사귀어봐야지."

우석이가 대화 주제를 바꾸었다. 다들 왜 이렇게 남의 연애사에 관심이 많은 건지 모르겠지만 우석이에게는 대학 친구들에게는 절대 하지 못할 내 짝사랑 이야기를 술기운에 빌려 말할 수 있었다(물론 우석이가 나츠코를 전혀 모르기에 가능한 일이었지만). 난 내가 좋아하게 된 계기와 얼마나 친해졌고 어떤 대화를 나누었는지 자세히 설명했다. 나츠코가 얼마나 아름다운지도 세세히 말했다.

"이거 아주 변태네."

"미친놈아, 내가 왜 변태야. 얼마나 순수하게 좋아하는데."

나는 발끈하며 말했다.

"그럼 표현을 해. 난 좋아하는데 속으로만 생각하는 애들 변태 같더라. 좋아하면 표현을 해야지. 정 힘들면 같이 술을 먹자고 해."

때리고 싶었지만 참았다.

"너 같은 쓰레기가 내 순수한 마음을 이해할 리가 없지."

"야 그게 아니라 넌 그냥 용기가 부족한 거야. 자퇴는 그렇게 쉽게 하면서 왜 여자 앞에서는 그렇게 심장이 스키니해지냐? 태생이 찌질이야, 넌."

그 후 난 우석이에게 세상의 욕이란 욕은 다 들어가며 비난을 받았다. 나는 늘 그렇게 용기가 없어서 실패만 한다고, 내가 초등학교 시절 짝사랑하던 교생선생님 이름까지 들먹이며 내 용기 없는 삶을 되뇌어주었다. 우석이의 거침없는 비난에 나도 욕을 하며 받아치며 이 멍청이와의 시간을 즐겼다. 그저 한없이 즐거웠다.

그날 나는 술을 진탕 먹고 기억을 잃었다. 닛카이도(큐슈의 일본 전통주) 가장 큰 병을 둘이서 비웠으니 기억을 잃을 만도 했다. 우리는 그날이 평생의 마지막으로 술을 마실 수 있는 날이라는 듯 잔을 비웠다.

***

다음날 잠에서 깬 나는 자취방에 옷들과 함께 널부러져 있었다. 얼굴이 화끈거려 잠에서 깼는데 난 내 얼굴에 뜨거운 가래떡이 붙어 있는 줄 알았다. 힘겹게 몸을 일으켜 화장실에 가서 거울을 보니 내 오른쪽 광대에 오백 원 동전 크기만 한 상처가 나 있었다. 아스팔트 바닥에 쓸린 듯한 상처였다. 처음에는 기억이 전혀 나지 않았지만, 남아 있던 잠의 몽롱함이 사라지고 수치스런 기억이 고통과 함께 밀려왔다.

술에 거하게 취한 나는 비틀대며 우석이를 호텔에 데려다주었다. 만취 후 주변인을 잘 챙기는 편은 아니지만 우석이가 국제 미아가 될까 걱정이 되었다. 택시를 탔는데 택시 기사님과도 말을 많이 한 것 같다. 내용은 기억이 나질 않지만 분명 난 그날의 최고 진상손님이었을 것이다. 우석이를 내려준 후 나는 집 앞 공원에 내렸다. 술을 많이 마시고 차를 타면 토가 쏠려 그 공원 화장실에서 일을 해결할 참이었다. 택시에서 내린 후에 난 목적을 잊고 그네에 앉았다. 밤 공원 속 비어 있는 그네는 늘 사람을 앉게 만드는 힘이 있다. 그네에 잠시 앉아 있던 나는 담배를 몇 대 태운 후 일어났다. 공원을 빠져나오는데 공원 끝 작은 화단에 꽃이 피어 있었다. '1월에도 꽃이 피는구나' 하고 고개를 숙여 꽃을 구경하다가 나자빠진 것이다.

그 후 나는 2주 정도 얼굴에 밴드를 붙이고 다녀야 했다. 술 먹고 넘어져서 얼굴이 갈렸다고 2주 동안 광고하고 다녀야 한다는 소리였다. 벙거지 모자와 마스크를 써 보았지만, 이 애석한 상처는 은행 강도들이 쓸 만한 멀티마스크로만 가려지는 아주 완벽한 곳에 위치해 있었다. 그날은 마침 수업 5개가 몰려 있는 월요일로 나는 분명 많은 이들을 마주칠 것이었다. 최대한 사람들을 멀리하며 하루를 보냈지만, 오지랖이 넓은 사람들에게 얼굴이 왜 이렇게 되었는지 몇 차례 설명해야 했다. 서준이는 내 얼굴을 보고 배를 잡고 쓰러졌다. 여러 번 설명하고 나서야 그냥 누군가에게 맞았다고 하는 게 나았을 것이라는 후회가 들었다. 그 편이 더 남자다워 보이기도 하고 술 먹고 넘어진 건 정말 너무 창피했으니까. 그날의 마지막 수업으로 나츠코와 같이 듣는 전공 수업이 있었지만, 대강당 수업이기에 조용히 가서 앉아 있다가 나오면 그녀를 마주치지 않으리라 생각했다.

대강당에 들어가 요시다에게도 상처에 관해 설명한 후, 교실의 가장 뒤쪽 햇살이 넘실거리는 창가 자리에 혼자 앉았다. 사람들 눈을 피해 그곳에 앉은 것도 있었지만 5교시 중에는 해가 지기 때문에 그 모습을 보기 위해 종종 앉는 자리였다. 잿빛 일몰은 나를 편안하게 해주어 좋아하지만 오늘따라 그 모습이 내 상처와 닮은 것 같아 피식하고 웃음이 나왔다. 조용히 마지막 수업을 마치고 후다닥 강의실을 빠져나가는 내 팔을 누군가 가볍게 붙잡았다. 불길했다.

"뭐야 왜 이렇게 됐어? 누구하고 싸운 거야?"

불길한 예감은 틀리는 법이 없다. 나츠코가 평소보다 몇 배는 커진 눈으로 내게 물었다.

"아니야, 그냥 좀 넘어졌어."

확실히 기억이 나지는 않지만 분명 나는 이때 말을 더듬었을 것이다.

"오사케(술)?"

나츠코는 얼굴에 미소를 띄어 보이며 내게 물었고 나는 말 없이 고개를 끄덕였다.

"정말 곤란한 사람이네~"

하며 나츠코는 웃음을 터뜨렸다.

"어떻게 다친 건데?"

"아스팔트에 쓸린 것 같은데……?"

나는 기어가는 듯한 목소리로 말했지만 나츠코의 관심에 내심 기분이 좋았다.

"같은데? 왜 같은데야? 설마 기억도 안 나는 거야?"

나보다 어린 나츠코지만 누나같이 말을 했다.

"아…… 응. 미안…… 어제 조금 많이 마셨네."

내가 왜 미안하다고 했는지는 모르겠지만 그렇게 말해야 할 것 같았다.

"연고는 발랐어?"

나츠코는 작은 한숨을 내쉬며 말했다.

"연고? 아니, 그냥 밴드만 붙여도 괜찮아."

"괜찮기는? 봐봐."

나츠코는 얼굴을 귀엽게 찡그리며 내 얼굴에 손을 뻗었다. 나츠코의 손 끝이 살짝 내 얼굴에 닿았지만 그 감촉을 느끼기도 전에 고통이 밀려왔다.

"아, 아."

"아파? 미안해."

나츠코는 깜짝 놀라 손을 휙 하고 뒤로 뺐다.

"그래도 연고는 꼭 발라야 해. 안 그러면 흉터 남아."

"응, 집에 가는 길에 살게."

우리는 자연스럽게 함께 걸어 캠퍼스를 빠져나왔다.

"윤군은 술 많이 좋아하나 봐?"

"아냐, 아냐. 그냥 어제는 한국에서 친구가 놀러 와서…… 걔가 술을 엄청 좋아하거든…… 그래서 어쩔 수 없이 먹다 보니……."

나는 화들짝 놀라 구구절절 우석이를 팔았다. 누가 나를 뭐라고 생각해도 상관없지만 나츠코는 그러지 않았으면 했다.

"윤군은 집이 어디야? 기숙사?"

"아니, 난 이 근처에서 자취해. 학교 강당 쪽으로 걸어서 10분 정도."

"근데 그렇게 매일 늦어?"

요시다에게 똑같은 말을 들은 적이 있지만 나츠코에게 들으니 '평소에 좀 일찍 다닐 걸'하고 후회가 됐다.

"약국에 가서 '오로나인H(オロナインH) 주세요' 해. 알았지? 그게 제일 좋은 연고야."

나츠코는 동생에게 말하는 투가 매우 자연스러워 동생이 있나 생각했다.

"알았어, 고마워."

곧 길이 달라 우리는 인사를 하고 헤어졌다. 나츠코는 손을 흔들면서 "오로나인H"하고 한 번 더 소리쳤다. 난 약국에 들러 연고를 사고 자취방에 올 때까지 헤실헤실 웃고 있었다. 어쩌면 얼굴이 다친 게 잘된 일인지 모른다고 생각하면서.

집에 들러 가방을 두고 우석이가 있는 호텔로 향했다. 예상대로 이 녀석도 널브러져 있었는지 벨을 여러 번 누른 후에야 문이 열렸다.

"어, 왔냐?"

어제 옷차림 그대로의 우석이는 헝클어진 머리를 북북 긁으며 문만 열어주고 다시 침대에 쓰러지듯 누웠다. 난 호텔의 작은 테이블에 앉아 담배를 물었다.

"안 돼, 여기 금연실이야."

"뭐? 왜……."

"금연실로 잡았어?"라고 물어보려 하다가 아버지가 예약했을 거라는 게 생각나 멈추었다.

"야, 나가자. 해장해야지."

내가 커튼을 걷으며 말했다.

"아, 머리 아프다고. 짬뽕이나 시켜줘."

"개소리야. 일본에서 짬뽕 배달해주는 데가 어딨냐."

"아이씨 일본……."

하며 우석이는 몸을 일으켰다.

"야, 너 얼굴은 왜 그러냐?"

"일찍도 물어본다. 어제 너 데려다주고 집 앞에서 자빠졌다."

"크큭 병신, 야 밴드 크기 보면 야쿠자랑 싸운 줄 알겠다."

또 때리고 싶었지만 참았다.

"빨리 준비나 해. 라면 먹으러 가자."

"라면?"

우석이는 천천히 일어나 여행 가방에서 요란한 무늬의 양아치스러운 캡 모자 하나를 꺼내썼다.

"야 너 그거 쓰니까 진짜 병신 같다."

내가 말했다.

"얻어맞은 것 같은 니 얼굴보다는 낫지. 이런 게 또 일본 스타일 아니냐."

"응, 아니지. 나랑 떨어져서 걸어. 누가 말 걸면 중국인인 척하고, 나라 망신이니까."

우리는 초등학생 시절처럼 티격태격하며 호텔을 나와 라면집으로 향했다. 머리 위 구름들이 나란히 간격 맞춰 서 있는 푸른 하늘은 재질 좋은 스프라이트 셔츠 같았다.

1月15日 日記 晴れ 名前：

1월은 과제, 발표, 시험 너무너무 바쁘다. 바쁜 일상에 지치기도 하지만 할 일이 있다는 것에 감사해야 하는지도 모르겠다. 엊그제에도 아빠에게 전화가 왔다. 하지만 이번에도 받지 못했다. 설명하기 힘들지만 그냥 지금은 통화할 수 없다. 쏟아지는 죄책감은 바쁜 하루가 우산이 되어 막아준다. 하지만 우산을 쓴다고 완전히 젖지 않는 것은 아니다. 이런 때에 전화라도 할 수 있는 친구가 한 명 있으면 하는 생각이 들기도 한다. 뭐 그것도 나에겐 사치인가…… 아 또 우울해진다. 이건 잊어버리자.
그 아이와는 특별할 것 없는 관계를 이어가고 있다. 적당한 과 친구이고 서로 어느 정도 편해진 것 같다. 최근, (좀 우습지만) 연고로 조금 더 친해진 것 같다. 그때 밥이라도 한 번 먹자고 말해볼 걸 그랬나……?

***

그날은 목요일이었지만 나는 강의를 모두 빼먹고 한국으로 향했다. 기말고사가 얼마 남지 않아 중요한 수업들이었지만 내겐 훨씬 더 중요한 일이 있었다. 하율이와 동물원에 가기로 한 것이다. 지난 주 삼촌과의 통화에서 숙모가 이날 출장을 가고 삼촌도 일이 끝나 밤 늦게 돌아온다고 했기에 내가 이날 하율이와 동물원에서 시간을 보내기로 했다. 아침 비행기로 한국에 가 병원에 들렀다가 정오 전에는 어린이집에 도착해 하율이를 조퇴시키고 함께 동물원에 갔다가 밤 비행기를 타고 돌아올 계획이었다. 촉박한 일정이기에 병원에서는 상담 없이 약만 받을 수 있도록 원장님께 연락해둔 상태였다. 1박 2일로 일정을 잡았으면 훨씬 편했겠지만, 집에 가고 싶지 않았기에 어쩔 수 없었다. 난 평소처럼 가벼운 가방을 메고 비행기에 올랐다. 비행기는 제시간에 출발했고 난 좌석에 앉아 요시모토 바나나님의 책을 폈다. 모든 게 평소와 같았지만, 한국에 거의 도착해 기내는 흔들리기 시작했고 곧 짤막한 안내 방송이 흘러나왔다.

"승객 여러분은 자리에 앉아 안전벨트를 착용해 주시기 바랍니다."

일본은 태풍이 잦은 나라라 기내의 흔들림은 내게 그리 놀랄 일이 아니다. 하지만 그날은 분명 도쿄의 하늘도 맑았고 한국 날씨도 문제가 없음을 여러 번 확인했던 터라 의아했다. 곧 한국에서 갑작스러운 태풍이 불어 착륙이 지연된다는 방송이 흘러나왔고 나는 좌절했다. 왜 하필 이날 이런 일이 생기는지 나는 신을 원망했다. 어린이집은 오후 3시 정도에 끝나기에 그 시간에는 맞춰 갈 수는 있겠지만 태풍이 분다면 동물원은 분명 가기 힘들 것이다. 실망할 하율이 얼굴이 떠올라 마음이 아팠다.

10분, 20분 시간은 하염없이 흘러갔지만, 비행기는 하늘에 머물고 있었다. 착륙 지연이 한 시간을 넘긴 시점에 난 지나가는 스튜어디스에게 말을 걸었다.

"태풍이 심한가 보네요. 언제쯤 착륙할까요?"

"죄송합니다. 아직은 확실히 알 수 없어서요. 조금만 기다려주세요."

'죄송해할 필요는 없는데' 하고 생각했다. 한 시간이 넘어 승객들은 흔들리는 기내에 어지러움을 호소하기 시작했고 스튜어디스들은 아주 바쁘게 움직이며 "죄송합니다"를 연발해야 했다. 많은 이들이 짜증스러운 말투를 정당화시켜 죄없는 이들에게 내뱉었다. 기내에는 자기 화를 주변에 풀어야 하는 어리석은 인간들이 가득한 듯했다. 저런 못 배운 인간들에게 만만한 건 언제나 서비스직 종사자들이다. 우리의 서비스를 위해 노력하는 이들 앞에서는 자기가 왕인 양 떠들지만 자기보다 강한 이들 앞에서는 고개를 숙여대겠지. 저들은 모순적 수치를 느끼지 못할 만큼 멍청하거나 저것을 살아 있음을 느끼기 위한 도구로 사용하는 악마일 것이다. 나는 지갑 속 비상용 진정제를 하나 꺼내 몇 번 씹은 후 삼켰다. 얼굴이 바람 빠진 풍선처럼 일그러질 만큼 썼지만, 그 짜증나는 장면을 온전히 보는 것보다는 나았다. 자기 잘못도 아닌데 죄송하다고 말해야 하는 스튜어디스들이 안쓰러워 나는 더 이상 그들에게 말을 걸지 못했다.

두 시간이 지난 시점, 비행기는 첫 번째 착륙을 시도했지만 실패했고 그 후 세 번의 시도 끝에 비행기는 미끄러운 활주로에 안착할 수 있었다. 난 발걸음을 재촉했지만 붐비는 공항에서 수속을 마치는 데에는 오랜 시간이 걸렸고 공항버스를 기다릴 때는 이미 오후 3시가 넘은 시간이었다. 난 급하게 휴대폰에 한국 유심칩을 끼워 전화를 걸었지만, 삼촌도 숙모도 전화를 받지 않았다. 난 삼촌과 숙모에게 어린이집에 늦는다고 연락해 달라는 문자를 남기고 서둘러 버스에 올라탔다. 하지만 애석한 태풍은 도로를 적셔 차들은 길에 주차한 듯했고 난 머리를 쥐어뜯었다. 혼자 기다릴 하율이 생각에 불안감이 밀려왔다. 기다림은 슬픔이다. 손이 조금씩 떨려왔다. 삼촌과 숙모에게 여러 번 더 전화를 해봤지만 하염없는 연결음만 반복될 뿐이었다.

평소라면 공항에서 우리 동네까지 버스로 한 시간이면 도착할 수 있지만, 이날은 두 시간이 넘게 걸렸다. 버스에서 내린 난 어린이집으로 가기 위해 택시에 올랐다. 난 평소라면 새빨간 태양이 하늘에 떠 있을 있을 시간에 어린이집에 도착했다. 원래 계획보다 여섯 시간은 늦어진 것이다. 난 택시에서 내려 우산도 없이 어린이집으로 뛰어 들어갔다.

어린이집에 들어서니 앙증맞은 책상에 앉아 혼자 동화책을 읽고 있는 하율이의 뒷모습이 눈에 들어왔다. 하율이는 혼자였다.

"하율아."

난 하율이를 불렀고 하율이는 고개를 돌려 나를 바라보았다.

"형아."

하율이는 내게 달려왔고 나는 하율이를 안기 위해 한쪽 무릎을 굽혔다.

"왜…… 왜…… 이렇게 늦었어."

하율이는 내 품에 안겨 울기 시작했다. 너무도 서글프게 울어대 마음이 저며왔다.

"나는…… 나는…… 형아 안 오는 줄 알고……."

딸꾹질이 섞인 울음에 하율이는 또박또박 말하지 못했다. 아이들의 눈물에 섞인 딸꾹질은 매우 서정적이다. 그 딸꾹질에는 아이들의 순수한 슬픔이 고스란히 담겨 있다.

"형이 미안해. 진짜 미안해. 하율이 잘못 아니야. 형이 잘못했어."

난 하율이 등을 토닥이며 말했지만, 등을 토닥일수록 하율이는 더 크게 울었다. 내 토닥임이 하율이를 더욱 울게 한다는 것을 알지만 이럴 때는 마음껏 울게 놔둬야 한다. 그 슬픔을 모두 쏟아내게 해야 한다.

곧 어린이집 선생님이 티슈를 들고 다가왔다.

"우리 하율이, 그래도 울지도 않고 잘 기다렸는데, 형 보니까 울음이 터져 버렸네."

선생님은 부드럽게 하율이 눈물을 닦아주며 말했다. 휴학 기간, 하율이 등하교를 시켜본 적이 있어 선생님은 나를 알고 있다.

"일찍 오려고 했는데 태풍 때문에 차가 많이 막혔어요. 죄송합니다."

"그랬구나. 형이 데리러 오신다고 듣긴 했는데 어머님, 아버님이 전화를 안 받으셔서 걱정했어요."

선생님은 하율이 눈물을 닦아준 뒤 내게도 젖은 몸을 닦을 수건과 우산을 건넸다. 나는 선생님께 감사 인사를 한 뒤 하율이 손을 잡고 어린이집을 나왔다.

"하율아, 오늘 비가 와서 기린 아저씨랑 하마 아저씨가 쉬어야 해서 동물원은 못 갈 것 같아. 그 대신 우리 맛있는 거 먹으러 백화점 갈까? 형이 하율이 갖고 싶은 거 다 사줄게."

하율이는 조용히 고개를 끄덕였고 나는 어린이집 앞으로 택시를 불렀다. 백화점에 도착한 우리는 먼저 장난감 코너로 향했다.

"나 이거."

하율이는 무섭게 생긴 고릴라 인형을 골랐다. 파워레인저와 싸울 악당으로 보인다.

"더 골라. 하율이 갖고 싶은 거 다 사줄게."

하율이에게 한없이 미안해 뭐라도 더 해주고 싶었다.

"아니야, 이거면 돼."

하율이는 내게 미안했는지 장난감을 더 고르지 않았고 나는 그래도 마음이 편치 않아 책 코너에 가서 동화책을 몇 권 사주었다.

"하율이 뭐 먹고 싶어?"

"나는 햄버거."

더 맛있는 것을 사주고 싶었지만 하율에게는 햄버거가 가장 맛있는 것을 알기에 우리는 백화점 위층에 있는 햄버거 가게로 향했다. 맛있게 먹는 하율이 모습에 마음이 한결 놓였다. 그 위층에는 영화관이 있어 우리는 햄버거를 먹은 후 뽀로로 영화를 봤다. 시간이 촉박하긴 했지만, 이날은 가능하다면 하늘의 별이라도 따서 하율이에게 주고 싶었다. 영화관에서 나오자 삼촌에게 전화가 와 있었고 나는 곧 전화를 걸었다.

"어 도윤, 어린이집 선생님하고 통화했다. 하율이랑 잘 놀고 있어?"

"뭐 하는데 전화를 안 받아."

난 조금 격앙된 목소리로 말했다.

"진짜 바빴어. 삼촌 오늘 엄청나게 고생했다, 인마."

한숨이 절로 나왔다. 아빠라는 사람이.

"숙모는? 숙모는 왜 전화 안 받아."

"숙모 호텔에서 전화했더라. 휴대폰 고장 났대. 비 오는데 길에 떨어뜨려서."

"하. 지금 백화점이니까 하율이 데리러 와. 나 바로 공항으로 출발해야 돼."

우리는 백화점 일 층에서 아이스크림을 먹으며 삼촌을 기다렸다. 하늘은 언제 태풍이 왔었냐는 듯 평온했다. 이럴 때 '하늘도 무심하시지'라는 말은 맞지 않다. 그것은 절대 무심하지 않았다. 정확한 시간과 장소에 태풍을 내려 아주 정성스레 나와 하율이를 아프게 했다.

마치 일부러 그러려고 한 것처럼. 이날의 신은 나를 아주 싫어하거나 질이 나쁜 양아치가 틀림없었다.

"형아, 얼굴은 왜 그래?"

하율이가 내 얼굴의 밴드를 가리키며 물었다.

"어, 조금 다쳤어."

"많이 아파?"

"아니야, 이제 다 나았어."

내 걱정을 해주는 하율이가 사랑스러워 볼을 꼬집어 보았다.

"하율아, 오늘 형이 늦어서 정말 미안해."

나는 다시 한 번 사과했다.

"괜찮아, 다음번에는 안 늦을 거잖아."

"응, 절대 안 늦을게, 다음번에는 같이 동물원 가자."

"응!"

곧 삼촌이 도착했고 나를 정류장까지 데려다주었다. 하율이와는 꼭 끌어안으며 인사했다. 난 아슬아슬하게 버스에 올라탔고 비행기 시간에 늦지 않을 수 있었다. 일본에 도착해서는 하네다 공항에서 야간 버스를 타고 신주쿠역으로 가 택시를 타야 했다. 집으로 가는 내내 슬피 울던 하율이가 생각나 마음이 편치 않았다. 죽고 싶을 만큼 미안하고, 또 미안했다. 난 잠을 자며 눈물을 흘렸다. '그' 꿈을 꾸었기 때문이다. 아주, 아주 애달프고, 외롭고, 또 이상하게 그립기도 한 '그' 꿈을.

***

도쿄에 돌아와 난 다시 공부에 집중해야 했다. 혼자 좁은 방에 틀어박혀 펜을 잡았다. 겨울 방 안 난로가 뿜어낸 묵직한 공기가 내 손에 포개졌다. 내 손은 손등에 무거운 무언가를 올려놓은 듯 떨렸다. 이번에도 '그' 꿈은 수시로 나를 괴롭혔지만 온전치 못한 정신에서의 공부도 내겐 어느 정도 적응된 듯싶다. 적응은 대개 짜증날 정도로 빠르다.

기말고사 기간에는 발표도 있어 슬라이드를 준비해야 했다. 위에 말한 세미나 수업에서 발표에는 말했듯이 저항시에 관한 이야기를 할 것이라 프레젠테이션 준비가 나름 즐거웠다. 일본인 교수와 일본인 학생들 앞에서 15분 동안 열심히 일본 욕을 할 생각에 조금 들떠 있었다. 이런 청개구리 같은 들뜸이 지금 내 삶을 지탱해주는지도 모르겠다.

"따르릉"

휴대폰이 울렸다. 엄마인가 하고 받지 않으려 했지만 권 원장님이었다.

"여보세요."

"어, 도윤아. 잘 있지? 너 이번에 왜 병원 안 왔어."

하율이와 만나던 날 병원에 들른다는 것을 까맣게 잊고 있었다.

"아, 맞다. 잊고 있었네요. 그날 일이 있어서."

"너 약 얼마나 남았니?"

난 귀와 어깨 사이에 휴대폰을 끼운 후 책상에서 약봉지를 꺼내 약을 확인했다.

"어…… 일주일치도 안 남았어요."

"큰일이네. 이번 주 토요일에 올 수 있니?"

"저 다음주까지는 시험이라 한국 가기 조금 힘들 것 같은데요…… 어떡하지."

"그럼 진단의뢰서 가지고 주변에 정신과 갔다와. 이번만. 너 약 못 먹으면 손 떨리잖아. 하루라도 안 먹으면 힘들 거야."

난 이미 떨리는 손으로 휴대폰을 들고 있었다. 원장님에게는 시험 기간에 약을 먹지 않는다고도, 기억력이 점점 감퇴한다고도 말하지 않았다.

"진단의뢰서 있니?"

"잠시만요."

난 다시 두 팔을 자유로이 한 후 옷장을 열어 겨울 코트 몇 벌의 안주머니를 확인했다.

"네, 있어요."

"다행이다. 그거 가져가면 어느 정도 너한테 맞는 약 받을 수 있을 거야. 그걸로 조금만 버텨. 시험 끝나면 바로 병원 오고."

"네. 알겠어요."

"그래, 공부 열심히 해."

진단의뢰서는 권 원장님이 쓴 짧은 편지 형식이다. 나는 14살 때부터 이것을 품고 다녔는데 원장님은 내게 자살 충동이 든다면 이것을 들고 응급실이든 어디든 가라고 하셨다. 그 진단의뢰서는 효력이 3개월밖에 되지 않는데 잊을 만하면 원장님은 귀가하는 나의 주머니에 이 흰 봉투를 찔러주셨다.

이 진단의뢰서는 살면서 딱 한 번 쓴 적이 있다. 일본에 처음 온지 얼마 안 됐을 때 약이 부족했던 적이 있었다. 잠 못드는 새벽, 밀려오는 우울감에 담배라도 피우러 밖으로 나온 나는 끝없는 어둠에 주저앉았다. 그때 눈에 어두운 거리의 희미하게 불이 켜진 응급실이 들어왔고 나는 그곳에 들어가 진단의뢰서를 보여줬다. 응급실에서는 정신과 약물이 없기에 그들이 해준 건 진정제를 놔주는 정도였지만 이 진단의뢰서의 용도는 약이 주가 아니다. 진단의뢰서는 영어 필기체로 휘갈겨 쓰여 있었지만 국제학교에서 필기체를 배운 나는 어렴풋이 읽을 수 있었다.

본 환자는 심각한 조현병을 앓고 있습니다.

자살위험이 있고 그 마음은 가히 충동적이라 위험 정도가 높다고 판단됩니다.

환자가 급히 내원한다면 비타민이라든지 가벼운 진정제를 링거로 투여해주십시오.

본 환자는 바늘에서 안정감을 느낄 것입니다.

그리고 가능하시다면 환자에게 오늘 어떤 일이 있었는지 물어봐 주십시오.

○○신경정신과의원 원장 권은희.

직역하면 이 정도인데 처음 간 응급실에서도 간호사 한 명이 링거를 맞고 있는 내게 조용히 다가와 오늘 무슨 일이 있었는지 물어봤었다. 그때 나는 어설픈 일본어로 눈물을 펑펑 흘리며 살고 싶지가 않다고, 내가 좋아하는 이들 모두는 나를 떠나간다고 하소연하였는데 하마터면 그 간호사와 사랑에 빠질 뻔했었다. 자살하려는 사람을 살려야 한다는 옹졸한 정의감을 좋아하지는 않지만, 마음이 밑바닥까지 떨어질 대로 떨어진 내게 어떤 이의 위로는 줄곧 나를 심폐 소생했다. 이렇게 보면 내가 햇수로 10년 가까이 만난 원장님도 의사는 의사인가보다. 그녀는 나를 아주 잘 파악하고 있다.

1月28日 日記 晴れ 名前：

오늘 그에게 문자가 왔다. 3년 만이다. 아무렇지 않을 줄 알았는데 그렇지 않았다.
그의 '잘 지내?' 한마디에 마음이 아픈 소리를 내며 무너졌다. 방에서 혼자 조금, 아니, 많이 울었다. 그와 함께 듣던 노래를 들으며 흐느꼈다. 시험이 얼마 남지 않았지만 공부가 손에 잡히지 않는다. 답장은 하지 않았다. 사납게 무시하고 싶지는 않았지만, 그저 잘 지내고 있지 않기에 '잘 지내?'라는 질문에 답할 수 없었다.
문득 그 아이가 떠올랐다. 그때처럼 그 아이의 미소를 보면 이 우울함이 좀 가시지 않을까. 아, 나 정말 그 사람을 좋아하나 보다.

***

'こころクリニック(코코로 쿠리닉크)'

'마음 클리닉' 집주변 병원 몇 개 중 이곳으로 정했다. 병원 이름이 유치하지만, 마음에 들었기 때문이다. 병원이 문을 여는 10시가 되자마자 병원에 찾아간 나는 예약을 하지 않아 오랜 시간을 기다려야 했다. 정신과에는 한국이든 일본이든 늘 사람이 많다. 세상에는 마음의 병을 달고 사는 사람이 정말 많은가 보다. 마음 클리닉은 많이 낡아 있었지만 그 분위기가 썩 마음에 들었다. 나는 진료실 앞 의자에 앉아 천천히 검사지를 작성했다. 정신과에 처음 가면 대부분 이런 질의응답 종이에 답하여야 하는데 일본어인 것을 제외하면 한국의 것과 다를 것은 없었다. 난 이미 5번도 넘게 이것을 작성했었다. "도서관 사서가 하는 일이 마음에 듭니까?" 이 질문에 예전에는 "아니오"라고 답한 것 같지만 이번에는 "예"라고 답했다. 이것말고도 달라진 대답이 많았다. 나는 여전하지 못했나 보다.

열고 닫히는 진료실 문 사이로 흰머리에 나이 지긋한 의사 선생님이 보였다. 정신과는 상담 시간에 따라 그 수준을 판단할 수 있다. 수많은 병원에 다녀봤지만 상담 시간이 짧은 병원은 사람들에게 도움을 주지 못한다. 분명 환자들은 하고 싶은 이야기가 많고 그 이야기를 함 자체가 치료일 때가 많다. 의사에게 필요한 것은 적절한 공감과 귀를 여는 것이다. 그것이 약과 조화를 이뤄 환자들에게 도움을 준다고 생각한다. 컴퓨터를 두드리며 입으로는 뻔한 리액션을 내뱉고 환자들의 이야기를 5분 만 듣고 약을 처방해서 내보내는 의사들은 로봇이 대신해도 될 정도이다. 우리 부모님께 내가 입원해야 하는 이유에 대해 열변을 토하던 그 의사도 내가 이야기할 때 눈을 깔고 컴퓨터에 집중하고 있었다. 또 내가 가본 어떤 대학 병원에서는 상담실에 학생을 들여보내 그것을 지켜보게 하였는데 그것은 내가 해본 가장 역겨운 상담 중에 하나이다. 내가 이야기하는 동안 두 사람이 목에 모터라도 달린 듯 번갈아 가며 고개를 끄덕여댔다. 난 내가 돈을 지불하고 그들의 공감을 사고 있다는 느낌을 받았다. 그 장면이 얼마나 우스웠는지는 형용할 길이 없다. 그들의 일이고 병원 또한 비즈니스(내가 가장 싫어하는 말 중 하나이다)이기에 어쩔 수 없다 할 수 있겠지만 환자의 예민함을 가장 잘 아는 그들의 행동은 너무도 역설적이다.

이 의사는 멍청한 로봇은 아닌 듯했다. 짧게 끝나는 상담도 있었지만, 다리를 심하게 떨던 머리가 헝클어진 중년의 여성은 30분이 넘도록 상담을 했고 그녀가 상담을 마친 후 처방전을 기다릴 때는 다리를 떨지 않았다.

"김도윤 님."

두 시간 정도의 대기시간이 흐른 후 젊은 여간호사가 내 이름을 불렀다. 아담한 상담실은 난 화분 하나와 작은 크기의 마주보는 소파, 나란히 놓인 환자용 의자 2개 정도가 전부였다. 의사의 뒤로는 어려워 보이는 책들이 수없이 꽂혀 있었다. 뻔한 상담실이다. 흰머리의 이 할아버지 의사는 가까이서 보니 그 세월의 크기가 실감났다. 나이는 70대에 가까워 보였고 얼굴의 검버섯은 그가 얼마나 세월을 직통으로 맞았는지 보여주었다. 그의 외모는 가는 귀가 먹지는 않았을지 걱정이 될 정도였지만 분명 그는 고즈넉함을 풍기는 사람이었다. 딱 돌아가신 우리 할아버지 같았다.

"반가워요, 사토 타츠로라고 합니다."

사토라…… 뻔한 이름이다. 나는 그의 밝은 인사에 45도 정도로 고개 숙여 답했다. 정신과 의사들에게 밝은 인사성은 필수이다. 난 자리에 앉아 품에서 흰 봉투를 꺼내 슬며시 건넸다. 사토 선생님은 목에 걸고 있던 돋보기로 추정되는 안경을 코끝에 걸쳐 쓰고 천천히 그 편지를 읽었다. 영어 필기체를 읽을 수 있나 걱정이 들었지만, 그는 금세 편지를 덮으며 잘 알겠다는 표정을 지었다.

"지금 급한 도움이 필요한가요? 편지에 쓰인 그……."

사토상은 내게 조심스럽게 물었고 나는 가볍게 고개를 저었다.

"괜찮다면 이야기를 좀 나누고…… 어디보자 도…… 윤…… 윤상께 맞는 약을 지어줘도 되겠죠?"

그는 차트의 내 이름을 확인하며 물었고 나는 동의했다.

"대학생인가요?"

"네."

"○○○대학교?"

"네."

"머리가 아주 좋은가 보군요, 어떤 공부를 하죠?"

"문학이요."

"어려운 학문을 공부하고 있네요, 글을 쓰나요?"

어떤 작가를 좋아하는지 일본 문학과 한국 문학의 차이점이 무엇인지 등 의미 없는 질문들이 쏟아졌지만, 그것들에 거부감은 전혀 묻어나지 않았다. 대화는 나름 즐거웠고 나는 돌아가신 우리 할아버지와 대화하는 듯 편해졌다. 그는 보면 볼수록 우리 할아버지를 닮아 있었다. 그의 나긋나긋한 목소리는 내게 어떤 이야기를 해도 괜찮다는 뉘앙스를 풍겼다.

"근데 어쩌다가 도쿄까지 공부하러 왔나요?"

"한국, 일본, 중국 여기저기 다녔는데 한곳에 오래 머무르지 못했어요. 여기도 지나가는 길 중의 하나인 거죠."

"왜 오래 못 머물렀어요?"

"음…… 살고 싶지 않아서랄까요. 어느 곳에서 열심히 공부하다가 살고 싶지 않은 마음이 터지면 무서워서 죽지는 못하니까 제가 버릴 수 있는 가장 큰 학교를 버리는 거죠."

"왜 살고 싶지가 않아요?"

멍청한 질문이다. 난 대답하기 위해 자리에서 일어나 창가로 걸어갔다. 처음 가는 병원에서는 강한 약을 타기 위해 내가 얼마나 미쳤는지 보여줘야 한다. 물론 강제 입원을 피할 수 있을 정도로만.

"저기 있네요, 살기 싫은 이유."

난 길거리의 머리가 벗겨진 양복 차림의 중년 남성을 가르켰다. 그는 추운 날씨에도 마이를 벗어 팔에 걸친 채 멍하니 신호를 기다리고 있었다.

"네?"

나를 따라 창가에 선 사토상은 의아한 표정을 지었다.

"저 사람, 너무 슬프지 않아요?"

내가 말했다.

"슬프다뇨?"

"젊은 시절 열심히 공부해서 대학에 입학했겠죠. 대학 공부는 힘들었지만 해야죠, 뭐. 다들 하는데. 졸업 후에는 힘든 경쟁 속 취업하고 결혼하고 아이를 낳고 저 나이가 먹도록 한 일이라고는 아침 일찍 출근해서 밤까지 회사를 위해 일한 것뿐이에요. 한 달에 몇 백만 원 벌어 보려고요. 노예랑 다름이 없죠. 아름다운 아내와 사랑스러운 아이는 분명 그에게 행복이겠지만 그 행복을 지키려고 자존심을 버린 채 윗 사람들 눈치를 봐야 하고 비위도 맞춰야겠죠. 술을 먹으며 거래처 접대도 해야 하고요. 가끔 부도덕함이 가족에게 도움이 된다면 저질러버리죠. 그도 젊은 시절에는 꿈이 있었을 거예요. 하고 싶은 일 말이에요. 하지만 잃어버렸죠. 아니, 잃어버려야만 했죠. 아름다운 꿈을 꾸기는커녕 살아가기도 바쁜 세상이라고 빠르면 중학생, 늦으면 어른이 될 때쯤 깨달았겠죠. 슬픈 수긍과 자기합리화로 저 자리에 서있는 거예요. 앞으로는 어떨까요? 치고 올라오는 젊은이들과 경쟁해야 하고 나이가 들수록 회사에서는 그를 압박할 거예요. 시대에 뒤떨어진 늙은이는 회사에 해가 되고 버려질 수밖에 없어요."

난 잠시 숨을 고르고 말을 이었다. 사토상은 뒷짐을 지고 있었다.

"힘겹게 정년을 맞이할 수도 있겠지만 그럼 이제 그의 사랑스러운 아이가 바빠지고 얼굴 한번 보기 힘들어지겠죠. 아이를 비난할 수는 없어요. 아이는 남자가 견딘 고통뿐인 세상을 이제 막 시작한 거니까요. 아내가 있겠지만 그녀도 많이 쇠약해졌겠죠. 모아둔 돈으로 해외여행도 생각 못 할 만큼. 그러니 그냥 모아둔 돈은 애 결혼할 때 보태자고 결정해버릴 거예요. 그들의 부모도 그랬으니까요. 그래도 이제 일을 하지 않으니 쉴 수가 있을까요? 아니요. 그는 이미 노예의 삶에 적응되어서 일을 하지 않으니 자기는 쓸모없는 인간이라는 생각에 빠지고 뭔가 하러 밖으로 나가겠죠. 형광 조끼를 입고 동네 쓰레기를 줍든가 아파트의 경비원 같은 일 말이에요. 그렇게 그는 천천히 죽을 날을 기다려요. 바빠진 아이는 얼굴도 안 비추고 쓸쓸한 시간이 흐르죠. 시간은 그에게 병을 선물할 거예요. 치매일 수도 있고, 당뇨나 암일 수도 있죠. 평생을 노력으로 바친 그에게 기다리는 건 고통스러운 죽음뿐이에요. 그럼에도 그는 죽을때 '아, 그래도 나는 정년퇴임도 하고 정말 열심히 살았어'라고 자기합리화를 하겠죠. 노예 중에 조금 나은 노예에 불과한 게 그의 삶의 성공의 전부에요. 비극뿐이었던 자기 삶을 밝게 해석하게 되는 거죠. 누구든 자기 삶을 비관하며 죽고 싶지는 않을 테니까요. 정말 시시한 삶이 아닐 수가 없어요. 그도 분명 아름다운 미소를 가진 아이였겠지만 이 세상이 그걸 망친 거죠. 근데 더 최악인 건 저 사람이 저렇게 노력할 동안 가진 놈들은 편하게 살고 있는 거죠. 그의 노력을 비웃으면서요."

사토상의 눈은 휘둥그레졌다. 그는 "흐흠" 하고 헛기침을 했다.

"어떠세요? 이상하지 않아요? 저 멋없는 삶이 당연한 게 이 세상이에요. 왜 살기 싫냐고요? 제가 물어보고 싶네요. 사토상. 도대체 선생님은 왜 이런 세상에서 살고 싶은 거죠? 왜 저 처럼 죽고 싶지 않은 거예요? 당연하지 않아야 할 것들이 당연해지고 사랑이나 배려 같은 당연한 것들은 결핍되어 있는 이런 말도 안 되는 세상에서요. 전 그 당연한 것들의 결핍이 너무 아파요."

그는 잠시 창밖을 바라보며 생각에 잠겼다.

"우선 앉을까요?"

난 먼저 자리에 앉았고 그는 뒤돌아 종이 컵에 미지근한 물을 따라 내게 건넨 후 자리에 앉았다.

"죄송해요, 엄청 오만하죠? 병 때문이라고 생각해 주세요."

내가 말했다.

"아니에요, 괜찮아요. 어느 정도 맞는 말이기도 하고요. 당연한 것들의 결핍이라……."

그는 또 말을 멈췄다.

"요즘 뭐 다른 관심 가는 건 없나요? 이성친구라든지."

뜬금없는 질문이지만 원래 뜬금없는 질문은 정신과 의사들의 주특기이다.

"알고 싶은 친구는 하나 있어요, 나츠코라고."

"알고 싶다라…… 어떤 분이에요?"

"모르겠어요, 그냥 묘한 어두움이 느껴져서 호기심이 생겨요. 또 예쁘기도 아주 예뻐요. 웃는 것도 저와 다르게 순수하고요."

내 입꼬리가 슬며시 올라갔고 사토상은 흐뭇한 미소를 지어 보이며 질문을 이어갔다.

"듣기만 해도 아주 아름다운 친구일 것 같네요. 근데 그럼, 윤상은 순수하지 않다는 말인가요?"

"네, 나츠코의 미소는 어린아이의 것과 닮아 있는데 제 미소는 그렇지 못해요."

"음…… 그럼 윤상 역시 어린아이였을 텐데, 왜 그 미소가 바뀌었을까요?"

난 잠시 고민했다. 순수를 잃는 이유가 너무 많아 짧게 대답하기 어려웠다.

"아까 말했듯이 잘못된 세상 때문에 시간에 더럽혀지는 거죠. 아픈 일이 많아지고 그 상처에 모두 바뀌는 거예요."

사토상은 또 잠시 혼자 생각했다.

"그럼, 연애는 이전에 해본 적 있나요?"

내가 좋아하는 주제는 아니지만 정신과 의사들은 환자의 애정선을 매우 중요시 한다.

"도쿄에 처음 왔을 때 한인 누나와 연애를 했죠."

"그때도 윤상이 먼저 좋아했나요?"

난 모든 질문에 정성껏 답하려 했다. 우리 할아버지와 이야기하는 것 같았기에 최선을 다한 것이다.

"아니요. 그분이 먼저 다가와줬죠. 누가 좋아도 표현을 잘 못 하거든요. 늘 그런 식으로 연애를 했죠."

"연애하면 기간은 얼마나 돼요?"

"전에는 늘 짧았지만, 그 한인 누나는 길었어요. 1년 정도요. 꽤 깊은 관계였어요."

"깊은 관계라면?"

"서로 많이 좋아했죠."

"어쩌다가 헤어졌어요?"

"이번에도 제 정신이 문제였어요. 이유 없이 찾아오는 우울함은 늘 여자친구를 아프게 했고 여자친구는 버티지 못했죠. 이해해요."

난 깍지를 낀 내 손을 내려다봤다.

"그때는 아프지 않았나요? 윤상은."

"아프긴요. 저 때문에 고생한 그분한테 미안하기만 했죠."

"흠…… 윤군은 참 신사로군요. 약을 안 먹으면 어떤 증상이 있죠?"

"우선 손이 많이 떨리고요. 많이 울고 또 많이 슬픈 꿈을 반복해서 꿔요."

"슬픈 꿈? 어떤 꿈이죠?"

"기억 안 나요. 그건."

내 반복되는 '그' 꿈은 당연히 생생히 기억을 한다. 비디오 플레이어처럼 버튼만 누르면 그 장면이 머리에 완벽히 그려진다. 하지만 그에게 말하고 싶지 않았다. 누구에게도 말하지 않을 것이다.

시간은 이미 30분 가까이 흘러 상담은 마무리됐다. 사토상은 상담 내내 단 한 번도 자신의 의견을 피력하지 않았다. 마치 우리 할아버지처럼. 분명 그는 실력 있는 의사이다. 잠시 후 선생님은 내게 처방해줄 약에 대해 설명해주었다.

"원래 이렇게 강한 약은 처음 온 환자에게 처방해주지 않지만, 윤상에게는 특별히 주죠. 똑똑하니까 제가 걱정할 일은 없겠죠? 약은 2주 치를 줄 테니 다음다음 주 토요일에 들러줘요. 윤상 이야기가 아주 재미있어서 마음 같아서는 일주일 후에 와달라고 하고 싶지만 돈 밝히는 의사로 보이기는 싫어서."

이런 사탕발림은 마음이 아픈 환자에게 아주 효과가 좋지만, 한끝의 실수로 추해 보일 수 있다. 그만큼 환자들은 예민하니까. 그럼에도 사토상은 한끝의 실수도 용납하지 않았다.

"아 그리고 앞으로는 '타츠로'라고 불러 줄래요? '사토'는 너무 딱딱해서."

"그렇게 할게요."

나는 웃으며 답했다. 생각지도 못하게 만난 실력 있는 타츠로상과의 다음 만남이 조금 기다려졌다. 권 원장님께는 방학 전까지 이곳에 다녀 보겠다고 말했다. 원장님은 내게 부족할 약에 우려를 표했지만 정 힘들면 급하게라도 귀국하겠다고도 말했다.

2월

***

얼굴의 상처가 완전히 아물어갈 무렵, 학기는 끝을 향하고 있었다. 시험은 모두 끝났고 위에 말한 세미나 수업만 몇몇 발표자들이 남아 마지막 수업이 남아 있었다. 나는 이 강의를 앞두고 애가 타기 시작했다. 이제 방학을 하면 2달 동안 나츠코를 못 볼 테니 그전에 방학 때 밥이라도 먹자고 이야기해볼 참이었지만 용기를 못내 전전긍긍하고 있었다. 나 같은 겁쟁이는 나츠코에게 용기를 내기 위해 타당성이 필요했다. 그 아이도 내게 마음이 있다는 타당성이. 그래서 난 때때로 인터넷으로 일본 여자들의 특징을 검색해보았다. 내가 이렇게까지 해야 하나 생각이 들어도 손을 멈추지는 못했다. 원래 감정은 사람을 바보로 만드니까. 물론 내가 일본 여성의 특징을 굳이 검색하지 않아도 주변에 자신을 연애 고수로 칭하는 멍청이들에게 물어보면 간단히 들을 수 있지만 자존심이 상하기도 했고 내 감정은 그들

것처럼 지저분한 게 아니라고 생각했다.

오랜만에 내가 지독히도 싫어하는 유튜브 페이지를 켰다. 메인에는 연예인 누구누구에 대해 몰랐던 10가지 따위의 영상들이 올라와 있었다. 멍청이의 몰랐던 10가지 같은 건 당최 왜 보는지 모르겠다. 다들 옆에 있는 친구에 대해 몰랐던 10가지나 물어보시길. 바로 인터넷 창을 닫고 싶은 욕구가 밀려왔지만 내 목적은 달성해야 했다. 인터넷으로 본 일본인들의 특징은 대부분 나를 우울하게 했다. 일본인들은 모두에게 친절하기에 그 당연한 친절을 관심이라고 오해하면 안 된다고 한다. 넌지시 알고 있던 사실이지만 이렇게 들으니 더욱 와닿았다. 한 일본인 유튜버는 '그 여자, 너 좋아하는 거 아니야!'라는 자극적인 제목을 붙여 영상을 올리기도 했는데 그 영상을 보진 않았지만 제목이 마치 내게 말하는 것 같았다. 내 상상력은 나를 갉아먹었고 난 그 어디서도 타당성을 찾는데 실패했다.

마지막 수업 날에는 눈이 내렸다. 겨울에도 눈이 거의 내리지 않는 도쿄지만 그날은 아키타(일본 도호쿠 지방 서부에 위치한 도시; 눈의 도시) 못지않게 눈이 내렸다. 눈이 오면 늘 똑같은 거리가 근사한 볼거리로 바뀐다. 주차장의 차들은 자연을 입어 그 딱딱함이 사라지고 주택들의 지붕 역시 그 낡음을 감출 수 있다. 도시가 연예인처럼 두꺼운 메이크업을 받는 것이다. 늘 보던 익숙한 거리의 새로운 풍경은 눈의 선물과도 같다. 이런저런 풍경을 보며 천천히 학교에 갔고 하얀 하늘은 내게 용기를 내라고 말하고 있었다.

눈에 정신이 팔려 수업에 늦었다는 것을 강의실 앞에 와서야 깨달았다. 복도가 썰렁했다. 조심히 문을 열고 들어가 문에서 가장 가까운 자리에 앉았다. 마지막 수업이고 이미 대부분이 발표를 끝냈기 때문에 강의실은 빈자리가 더러 보였다. 앉자마자 나츠코가 어디에 있는지 찾아봤지만 나츠코는 보이지 않았다.

'아…….'

아쉬움이 밀려왔다. 수업 마지막 날에는 많이들 학교에 오지 않는다는 것을 생각하지 못했다. 나는 앞으로 방학 동안 혼자 우울하게 지낼 날들이 떠올라 기분이 좋지 않았다. 또 아무 용기도 내지 못하고 의미 없이 이번 학기가 끝난 것 같아 실망스러웠다. 그사이 그리도 아름다운 나츠코에게 다른 남자가 생길지도 모르는 일이다. 하지만 어떻게 보면 나츠코와 내가 이어지지 않을 운명이라는 생각이 들기도 했고 긴장이 많이 풀리며 차라리 잘된 일이라고 생각했다.

그때 가볍게 숨을 헐떡이며 나츠코가 강의실로 들어왔다. 발표자들을 방해하지 않을 정도의 소리를 내며 슬며시 들어온 나츠코는 문에서 두 번째로 가까운 내 옆자리에 앉았다. 나는 파병 갔다 돌아온 가족을 만난 듯 기뻤지만 티 내지 않았다.

"왜 이렇게 늦었어?"

나츠코에게만 들릴 작은 목소리로 내가 물었다.

"눈 때문에 열차가 멈춰서 내려서 택시 타고 온 거야."

나츠코의 정성 어린 대답에 나는 가볍게 고개를 끄덕였다. 나츠코는 그 후 택시에 내려서 뛰어오다가 넘어질 뻔한 이야기를 해주었다. 아주 우스꽝스러운 모습이었지만 요즘엔(학기 말이라서) 캠퍼스에 사람이 얼마 없어 아무도 못 봤을 거라고 했다.

"누가 봤으면 엄청 창피했겠다."

"그러니까. 어? 윤군 상처 거의 다 나았네. 연고 잘 발랐어?"

"응. 나츠코 덕에 빨리 나았어."

"다행이다."

적당한 대사를 고민하며 나츠코와의 시간은 빠르게 흘렀다. 잘 될지 안 될지도, 또 다시 고통이 될지 어떨지도 몰랐지만 가만히 이 감정을 유지하고 싶지는 않았다.

"나츠코, 이…… 이번 방학 때 우리 만나서 밥이라도 같이 먹지 않을래? 점심……."

젠장. 분명 말을 더듬었다. 이토록 나 자신이 창피한 적이 없었다. 찌질하게 점심이란 말을 뒤에 붙인 것은 혹여나 나츠코가 나를 밤에 둘이 술을 먹자는 흑심을 품은 놈으로 생각할까 걱정이 됐기 때문이다. 나는 최대한 자연스레 말하려 했지만 그러지 못했다. 또래 친구들과 비교해 이성 경험이 얕다 못해 가뭄과도 같은 내가 자연스레 말하려 한다고 그게 자연스러울 리가 없었다. 모르긴 몰라도 나는 그 순간 세상에서 가장 찌질했고 역설적으로 순수했다. 우석이가 이 상황을 봤다면 분명 나츠코는 평생 내게 교생선생님 시즌 2가 되었을 것이다. 나츠코는 조금 놀란 듯 나를 바라보았다. 약간의 침묵이 이어졌다. 분명 3초도 안 되는 시간이었지만 내겐 30분 같았다. 창피함과 후회의 주마등이 내 머리를 스쳤다. 이내 나츠코는 세상에서 가장 아름다운 미소를 지어 보였다.

"좋아!"

나츠코는 바람이 날릴 정도 대차게 고개를 두세 번 끄덕이며 말했다.

학기의 마지막 수업이 끝난 후 우리는 라인 아이디를 주고받았다.

"그러고 보니 아직 윤군 라인도 모르고 있었네. 언제든지 연락해!"

라며 보인 나츠코의 미소는 이 말이 어울릴지 모르겠지만 인자해 보였다.

'아, 다행이다.' 속으로 안도했다. 그 순간에는 긴장이 풀려 풀썩 주저앉을 뻔했다. 이렇게 간단한 일이라면 조금 일찍 해볼 걸 하는 경솔한 후회도 조금은 들었다. 나는 이번 학기 중 가장 큰 일을 끝낸 듯 마음이 홀가분했다. 집으로 오는 길, 도쿄는 완진히 히얗게 변해 있었다. 흰 세상이 호미 대신 나를 축하해 주었다.

2月 5日 日記 雪 名前 :

奇跡(기적!)

!

***

종강을 맞아 단체로 전생에 술을 먹지 못한 귀신이 붙은 듯한 한인들은 또 '종강기념 파티'라는 거창한 핑계를 만들어 크게 술자리를 갖는다고 했다. 난 당연히 참석하지 않고 혼자 집에서 책을 읽고 있었다. 나츠코에게 밥을 먹자고 이야기한 나는 오랜만에 마음에 내려앉은 평화를 즐기고 있었다. 또, 그 주에는 운 좋게 도서관에서 좋은 책을 발견해 시간 가는 줄 모르고 읽고 있었다. 첫사랑의 풋풋함을 잘 녹여낸 책이었는데 그 속 여주인공은 작가의 의도대로 천사같이 묘사되었다. 난 자연스레 그 주인공을 나츠코에 대입하며 책에 더욱 몰입할 수 있었다. 새벽 2시가 조금 넘은 시간이었다.

"따르릉."

기분 나쁜 벨 소리가 내 평화를 방해했다. 평소였으면 절대 전화를 받지 않았을 테지만 그날은 나츠코 덕에 기분이 좋았는지 술 취한 누군가의 푸념도 마냥 들어줄 수 있을 것만 같았다.

"여보세요."

"도윤, 자냐?"

한인들 술자리에 참석한다는 서준이었다. 예상과 다르게 목소리에는 전혀 취기가 없었다.

"자면 전화를 어떻게 받아, 이제 자려고. 왜?"

"신오쿠보인데, 지금 올 수 있어?"

우리 학교 한인들은 대부분 신오쿠보 한인타운에서 회식을 가진다. 한 병당 900엔 가까이 되는 비싼 한국 소주를 마실 수 있어서 그렇다.

"잘 거라니까. 2시잖아."

나는 짜증 섞인 대답을 내놓으며 전화를 받은 것을 후회했다.

"아니…… 근데 네가 와야 할 것 같은데……."

"뭔 소리야?"

"오늘 술자리에 혜리 누나도 왔거든, 근데 혜리 누나가 많이 취해서 너 찾아, 많이 울어서 네가 좀 달래줘라."

금방이라도 전화를 끊으려던 나는 전 여자친구의 이름에 마음이 흔들렸다.

"내가 뭘 어째, 다른 누나들 있을 거 아냐. 택시 태워서 보내."

"야, 혜리 누나 너무 서글프게 운다."

난 정말 눈물에 약하다. 아마 내가 지독한 울보라서 그런가 보다. 나 때문에 고생한 사람이 슬피 울고 있다고 하니 외면할 수가 없었다.

"하…… 어딘데?"

난 전화를 끊고 검은 코트를 챙겨 입었다. 꾸밀 것까지는 없었지만 거지꼴을 하고 전 여자친구를 마주 하고 싶지는 않았다. 신오쿠보는 택시로 10분도 안 되는 거리지만 일본 택시에서 할증이 붙으면 이 거리도 2,000엔 가까이 나온다. 서준이와 문자를 주고 받으며 가게에 도착하니 그가 앞에 나와 있었다. 난 택시에서 내리며 담배에 불을 붙였다. 신오쿠보의 거리는 늦은 시간에도 시끌벅적했다.

"야, 미안하다."

서준이도 담뱃불을 붙이며 말했다. 회식이 끝났어도 두 번은 끝났을 늦은 시간이었지만 서준이는 하나도 취해 보이지 않았다. 하긴, 원래 한 명이 많이 취하면 주변인들은 잘 안 취하는 법이다.

"누구누구 있어?"

"거의 다…… 20명은 될 걸."

"거기서 울고 있어?"

"응, 그래도 지금은 좀 가라앉았는데. 자리에서 안 일어나려고 그래."

2층에 있는 한국 포차로 향했다. 새해를 맞은 지 한 달이 넘었지만 가게는 아직도 크리스마스 분위기가 물씬 풍겨왔다. 카운터 앞 작은 트리는 다이소에서 사 온 듯 허접했지만 은은한 불빛의 전구들은 썩 마음에 들었다. 가게는 늦은 시간에도 붐볐지만 그녀는 바로 눈에 들어왔다. 구석진 자리에 엎드려 있던 그녀 옆에는 눈물을 닦은 건지 쏟은 술을 닦은 건지 모를 휴지들이 쌓여 있었다. 옆에 그녀의 친구들은 그녀를 토닥이고 있었다. 테이블에 거의 다다랐을 때 모두 흠칫 놀라는 눈치였다. 나와 눈을 마주치는 이들에게만 말없이 고개를 끄덕여 인사했다. 그녀와 연애를 할 때는 가끔 어울렸던 사람들이지만 휴학 후에는 그들이 내게 연락한 적도 내가 그들에게 연락한 적도 없었다. 복학 후 몇몇 사람에게 연락이 왔지만 내가 죽은 이들에게 답장하는 일은 없었다. 난 곧바로 그녀에게 다가가 어깨를 두드렸다.

"괜찮아?"

나를 보고 흠칫 놀란 그녀는 눈을 어디 둬야 할지 모르는 눈치였다. 오랜만에 가까이서 본 그녀는 많이 변해 있었다. 늘 밝은 갈색을 유지하던 그녀의 긴 머리칼은 단발에 먹물 같은 검은색으로 바뀌어 있었다. 단발은 그전보다는 아니지만 제법 잘 어울렸다. 그녀도 분명 작고 예쁜 얼굴을 가졌기에 어떤 머리를 해도 잘 어울릴 것이기는 하다. 난 다른 사람들에게 그녀의 코트와 핸드백을 건네받고 말없이 그녀를 일으켰다.

"잘 데려다줘라."

서준이가 아직도 미안해하는 표정으로 말했다.

"너도 일찍 들어가."

난 밖으로 나와 그녀에게 코트를 건넨 후 1층 패밀리마트에 들렀다. 그녀는 원래 담배를 피우지 않았지만 나와 사귀면서 담배를 배워 술을 마실 때만 피운다. 그녀는 멜론 향이 나는 약한 담배를 좋아했기에 그 담배 하나와 내가 피우는 독한 담배 그리고 알로에 주스를 하나

샀다. 그녀는 늘 과음했을 때 이걸 마시면 속이 편해진다고 한다.

난 밖에 나가 음료와 담배를 건넸다. 그녀는 말없이 받아 천천히 주스를 마셨고 나는 담배를 피웠다. 추운 날씨에 그녀의 입에서는 자연적 입김이, 내 입에서는 인위적 담배 연기가 퍼져 허공을 칠했다. 난 담배를 금방 태운 후 택시를 잡았다.

그녀는 나와 헤어진 후 이사를 했다고 한다. 물론 서준이에게 들은 이야기이다.

"학교 근처야. 같이 타고 가자."

그녀는 기는 듯한 목소리로 말했고 우린 함께 택시에 올랐다.

난 택시에 타 창밖을 바라봤다. 그녀가 나를 보고 있는지, 반대편 창밖을 보고 있는지는 알 수 없었다. 실로 오랜만에 같은 장소에서 같은 풍경을 공유했지만 우리가 바라보는 곳은 분명 달라졌다. 뭐 처음부터 달랐는지도 모르겠다.

잠시 후, 택시는 그녀의 집 앞에 도착했고 내 집은 걸어서 5분 거리였지만 그녀를 내려주고 난 그대로 택시를 타고 집까지 갈 생각이었다.

"조심히 들어가."

택시 문이 열렸고 난 고개만 돌려 말했다.

"도윤아, 잠깐 들어갔다 갈래?"

"아니, 괜찮아. 오늘은 너무 늦었다."

난 잠시 망설였지만 여기서 그녀의 집에 들어가면 후회할 일을 할 것 같았다.

"그럼…… 카페라도 갈래?"

난 그녀의 두 번째 제안은 거절할 수 없었다. 사실 헤어진 후 그녀와 이야기해보고 싶기도 했다. 우리는 기사님께 학교 역 주변으로 가달라고 부탁했다.

학교 앞은 종강을 맞아 새벽 3시에도 술에 취한 학생들로 어느 정도 붐볐다. 이 시간에 문을 연 카페가 없어 24시간 운영하는 패스트푸드점에 들어갔다. 이 시간에 이곳에 있는 건 우리와 역 근처에서 생활하는 노숙자들뿐이었다. 더러 보이던 밤새워 공부하는 학생들도 올 시기가 아니었다.

"잘 있었어?"

그녀가 먼저 입을 열었다. 이제 그녀는 술기운이 완전히 가신 듯 보였다.

"응."

"우리 헤어지고 처음 만나서 이야기하는 거네."

"그렇네."

난 희미하게 미소 지으며 대답했다. 이렇게 앉아 있으니 옛날로 돌아간 것 같았다.

"누나는 잘 있었어?"

나는 연애할 때에도 그녀를 누나라고 불렀었다.

"응."

"다행이네."

"아직도 약 먹어?"

"응."

그녀는 아직도 내가 약을 먹는지 안 먹는지가 걱정되는 듯했다.

"미안해……."

그녀가 들릴 듯 말 듯한 작은 목소리로 말했다.

"뭐가?"

"그냥 마지막에……."

마지막에 내게 이별을 고한 것을 이야기하나 보다.

"아니, 미안해할 거 없어. 내가 더 미안하지. 나 때문에 고생 많이 했잖아. 정말 미안해."

잠시 침묵이 이어졌다.

"우리 그래도 둘이 진짜 재밌었는데, 그치?"

이번엔 그녀가 웃으며 말했다.

"맞아. 되게 옛날 일 같다. 겨우 일 년 전인데."

그녀는 한참을 뜸들이다 입을 열었다.

"저기 도윤아, 넌 나를 정말 사랑했어?"

난 잠시 생각했다. 아니, 이 질문에는 생각하는 척만 했다.

"응, 그런 것 같아. 많이 좋아했어."

그녀는 내 대답이 마음에 안 들었는지 고개를 잠시 떨궜다.

"나 사실 아직도 네가 많이 생각나. 새로운 사람을 만나도 자꾸 네 생각만 나는 거 있지. 그래서 취하면 너 찾기도 하고. 오늘은 정말 미안해. 그냥 자꾸 그런 생각이 들어. 내가 도윤이한테 정말 사랑 받은 건가. 나는 진짜 사랑했는데…… 자꾸 그런 생각이 들어서 많이 슬퍼지고 또 내가 좀 더 잘할 걸 하고 후회도 돼. 사실 오늘 너 왔을 때 붙잡아보려고 했어. 확 방에 데려가서 덮쳐버릴까도 했는데. 그냥 포기했어."

시원시원하게 하고 싶은 말을 하는 그녀의 당돌함은 분명 내가 그녀를 좋아했던 이유 중 하나이다. 나와 다르게 그녀는 여전할 수 있는 사람이다.

"집에 갔으면 큰일 날 뻔했네. 근데 왜 포기했는데?"

"네 눈을 보니까. 예전하고 똑같아서. 너한테 사랑받을 자신이 없네."

눈이 똑같다라…… 그녀의 한마디 한마디는 날 생각하게 만들었다.

"도윤아, 너 나랑 있을 때 행복했어?"

"응."

난 짧게 답했다.

"칫, 거짓말."

"진짜야."

"내가 널 모르냐? 거짓말하는 거 다 티나."

그녀는 나를 잘 알고 있다. 미안하지만 난 그녀와 연애할 때에도 살고 싶다고 생각한 적이 단 한 번도 없다.

우리는 잠시 후 자리에서 일어나 가게를 나왔다.

"난 이쪽."

내가 말했다.

"응, 나는 이쪽."

그녀가 말했다.

난 인사를 한 뒤 뒤돌아서 걷기 시작했다.

"저기 도윤아."

그때 그녀가 나를 부르며 내게 달려와 내 품에 파고들었다. 그녀는 곧 흐느끼기 시작했다.

"도윤아, 잘 지내. 아프지 말고. 누나가 행복하게 못 해줘서 미안해."

나는 내 턱 정도 오는 그녀의 작은 머리를 쓰다듬으려 손을 올렸다가 다시 내렸다. 그녀의 머리를 쓰다듬을 수 없었다.

"아니야, 누나 덕에 충분히 행복했어."

난 또 거짓말을 했고 공허한 바람이 우리 주위를 불어갔다. 잠시 후 그녀는 고개를 들었고 그녀의 눈물 고인 눈과 내 눈이 마주쳤다.

"사랑해."

그녀가 말했다.

"고마워."

내 대답에 그녀의 입술은 부드럽게 내 입술에 잠시 닿았다 떨어졌다.

"너 정말 너무해. 끝까지 사랑한다는 말은 안 하네."

난 그녀에게 허전한 미소를 띄워 보였다.

"그래도 오늘 정말 고마워. 데리러 와줘서. 앞으로는 이런 일 없을 거야. 나 이제 가볼게. 아 참, 누나 담배 끊었어."

그녀는 메론향 담배를 내게 건네며 살며시 웃어 보였다. 곧 그녀는 내 품에서 빠져나와 씩씩하게 거리를 걷기 시작했다. 언제 울었냐는 듯 보인 그녀의 미소 역시 그 아름다움이 여전했다. 난 떠나가는 그녀의 뒷모습을 바라봤고 그녀는 뒤돌아보지 않았다. 그저 새벽녘의 달처럼 슬며시 내 시야에서 사라져 갔다.

난 담배를 받아든 손을 그대로 올린 채 잠시 그 자리에 서 있었다. 몸이 움직이지를 않았다. 그리고 눈물이 조금 났다. 이 눈물은 어떤 의미일까. 아마 내 마음속 죽은 줄 알았던 그녀가 아직 살아 있었나 보다. 도대체 언제쯤 죽어주실 건지.

집에 돌아온 내게 서준이의 문자가 도착했다.

도윤, 오늘 진짜 미안하나. 잘 들어갔어?

응, 집에 왔어.

둘이 무슨 일 없었어?

그냥 집에 데려다주고 왔어. 너도 빨리 들어가라

난 대충 문자를 보내고 다시 책을 읽으려 했지만, 페이지는 넘어가지 않았다. 그녀를 보니 소설 속 여주인공을 나츠코에 대입할 수 없었기 때문이다. 난 우울함에 부심하며 이틀치 약을 한 번에 들이켰다.

그의 눈물을 닦아 주는건 호미밖에 없었다. 그는 호미와 '우리'의 숲에 눈물을 묻기로 했다. '우리'는 검은 대지를 손으로 파헤쳤다. 하지만 어느 곳을 파도 기괴한 뿌리 같은 것이 튀어나와 묻을 곳을 찾지 못했다. 그렇게 고민하던 차에 호미가 색깔없는 호수를 가리켰고 그는 웃음을 지었다. 그 후 '우리'는 조용한 시간을 보냈다. 이 숲 속, 시간이란 존재하지 않지만 시간이 많은 것을 치유한다는 것을 알았기에 그는 없는 시간을 믿기로 한 것이다. 그는 분명 행복할 수 있었다. 행복할 수 있었나? 기억이 잘 나지 않는다.

2月19日 日記 晴れ 名前 :

오늘은 그 사람을 만났다. 방학이 시작되기도 했고, 또 원래 한 번은 만나야지 하는 생각이었다. 제 아무리 피한다 한들 정리가 필요한 우리만의 이야기가 있었다.

그와의 시간은 여전히 즐겁고, 아늑했지만 현재의 한순간 순간 과거의 띠를 두르고 있었다. 그 띠는 우리의 시간에 현실성을 지웠다. 그는 씩씩해 보였지만 목소리의 떨림을 감추지는 못했다. 달라진 그의 모습에 괜시리 눈물이 날 것 같았다. 오늘 우리는 옛날처럼 꼭 껴안고 울지는 못했지만 그도, 나도 서로가 없던 계절에 배운 자기만의 방식으로 울었고 슬픈 두 번째 헤어짐을 담담히 받아들였다.

우리의 만남은 비극이었을까? 우리는 분명 서로 많이 좋아했다. 마음속 부도덕성을 이겨내지 못한 걸까? 아니, 내면의 죄책감 보다는 남들의 시선에 졌다는 것이 맞다. 그리고 내가 내 마음에 확신이 없었다는 것도 문제이다. 난 너무 어렸고 내 마음속 확실한 문장은 '확실한 것은 없다'는 것뿐이었다.

***

그 후 며칠 동안은 슬픔이 지속됐다. 그녀가 보고 싶지도, 그립지도 않았지만, 마음은 한없이 아프기만 했다. 나츠코에 대한 생각은 전혀 나질 않았다. 매일 혼자 방에서 싸구려 양주를 들이켰다. 마음 클리닉에서 받아온 약은 평소 복용하던 것보다 확실히 약해 약만으로는 호미를 확실히 만날 수 없었기 때문이다. 얼음은 없이 스트레이트로 물컵에 따라 마셨다. 얼음이 든 컵에 위스키를 따르는 소리는 공포스럽다. 무언가 무너지는 듯한 소리이다.

혼자 있는 시간은 느린 듯 빠르게 흘렀고 약은 금세 바닥이 나 다시 마음 클리닉을 찾아야 했다. 예약은 토요일 오전 11시였지만 난 10시에 병원에 도착했다. 전날에 잠을 못 이뤄 최대한 빨리 약을 받아야 했다.

"윤상, 잘 지냈어요?"

우리 할아버지를 닮은 타츠로상은 오늘도 내게 밝은 인사를 건넸다.

"네, 안녕하세요."

"약은 괜찮았나요?"

약에 관한 질문은 늘 정신과 상담의 첫번째이다.

"아니요, 제가 평소에 먹던 것보다 너무 약해요. 더 강한 약이 필요해요."

"흠…… 그것도 꽤나 강한 약인데…… 뭐 조율해 봅시다."

그는 천천히 차트에 무언가 적었다.

"이번 주는 어땠어요?"

"최악이었어요. 뭐 매주 그렇기는 하지만요."

나는 고개를 떨구며 말했다.

"무슨 일 있었어요?"

"전 여자친구와 만나서 이야기를 했어요. 아무렇지 않을 것 같았는데 마음이 좀 아프더라고요. 이럴 때 보면 저는 참 예상 가능한 사람이네요."

그는 내 대답에 살짝 미소를 보였다.

"그런 예상 가능한 슬픔은 그래도 좋지 않나요? 그리움이라는 아름다운 감정이잖아요."

"그리 아름답지는 않던데요. 그리움도 아니고요."

"그 친구가 뭐라고 하던가요?"

"제가 사랑해주지를 않았대요. 뭐 인정하지는 않지만, 그 마음을 이해할 수는 있어요."

그는 이 타이밍에 가볍게 고개를 끄덕였다.

"인정하지 않는다면?"

"전 분명 그녀를 많이 좋아했어요. 그렇게 좋아해 본 사람이 없죠. 하지만 사람마다 기준은 다르니까요."

"이 시점에서 안 맞는 질문일 수 있지만 나츠코 양하고는 진전이 없었나요?"

확실히 이 시점에 안 맞는 질문이었지만 난 의사들의 뜬금없는 질문에 어느 정도 적응이 되었다.

"아…… 나츠코…… 연락처를 교환하고 방학 때 만나기로 했어요. 근데 전 여자친구와 이야기하기 전 일이에요. 아마 안 만날 것 같아요."

"전 여자친구 생각이 많이 나서 그런 건가요?"

"아니요…… 그건 아니고…… 저 때문에 힘들어했던 전 여자친구를 보니까 연애할 마음이 싹 가시네요."

"그럴 수 있겠군요."

그는 다시 차트에 무언가 적었다.

"그럼 윤군은 이성 말고 인간적으로 좋은 사람은 있나요?"

"인간적으로……."

'인간적으로' 좋은 사람이라…… 난 잠시 고민했다.

"배울 점이 있다던가. 같이 있으면 좋은 사람 말이에요."

그가 재차 물었다.

"제 사촌동생 하율이요. 제가 가장 좋아하는 사람이죠."

"흠…… 역시. 그럼 어른이나 또래 중에는 좋아하는 사람이 있나요?"

"어른이요?"

몹시 어려운 질문이었다. 지저분한 어른들 사이에서 내가 좋아하는 사람이 있을 리 없다. 하지만 예의상 잠깐 고민하는 척했다.

"어른 중에는 없어요, 전혀."

타츠로상은 잠시 턱을 쓸며 질문을 멈췄다.

"그럼 질문을 바꿔서 가장 덜 싫은 사람은 누구에요?"

나는 확실히 전보다 쉬워진 질문에 빠르게 답했다.

"흠…… 쿤상이라고 저희 집 앞 술집 사장님인데 아주 친절한 분이에요."

"술집 사장님이요? 친한 사이인가요?"

그는 의아한 표정을 지으며 물었다.

"아니요. 이름도 확실히 몰라요."

"윤상은 그런 사람이 가장 좋은 거예요?"

"네, 서로 잘 모르니 아직까지는 완벽한 관계인 거죠. 전 이런 관계가 편해요. 쿤상도 더 알아버리면 분명 싫어질 거예요."

그는 턱을 쓸었다.

"그럼 부모님은요? 부모님은 좋지 않나요?"

부모님의 질문에 난 표정이 어두워졌다.

"좋아해야겠지요. 부모님인데."

"안 좋아하는군요. 부모님."

"아니에요. 그렇지 않아요."

난 목소리를 조금 크게 내어 말했다. 난 부모님이 싫다고 인정하지 못한다. 아니, 할 수가 없다. 그것을 인정해버리면 내 처량한 부모님은 더욱 처량해진다. 그들의 가슴에 꽂힌 대못을 뽑아 새빨간 피를 내뿜게 할 수는 없다.

타츠로상은 내 불편한 기색을 눈치챘는지 잠시 질문을 멈췄다. 그 후 그는 주제를 멀리 있는 것으로 돌렸다. 담배를 피우냐는 둥 스포츠를 좋아하냐는 둥 그의 아무 의미없는 질문들에 답하는 것은 재미있는 일이다. 말하는 행위 자체가 은근히 재미있는 일인지도 모르겠다.

"왜 스포츠를 싫어해요?"

나는 낭만주의 시대 영국의 곰 사냥 같은 예를 들어 현대 스포츠가 얼마나 엇나가고 있는지 설명했다. 또한, 그들이 파생시키는 잘못된 돈의 척도에 대해서도 매우 자세하게 그에게 말했다. 나아가 노동이 얼마큼 무시당하는지도 그에게 설명했다. 이럴 때 무식한 유튜버들은 좋은 예시가 된다. 하고 싶은 말들을 오만히 신나서 떠들었다. 어쩜 진짜 우리 할아버지가 듣고 있다고 생각하면서.

"흥미롭네요."

그는 옅은 미소를 띤 표정으로 적당한 타이밍에 고개를 끄덕이며 내 말을 들었다. 정말 우리 할아버지와 비슷하다고 생각했다.

"세상은 정말 저를 우울하게 만드는 걸로 가득 차 있어요."

"그래서 윤상은 그 잘못된 노동을 하고 싶지 않은 거예요?"

그가 장난스레 목소리를 깔고 물었다.

"사실 전 할 필요가 없어요. 부모님이 그 정도는 되거든요. 정말 최악이죠? 혁신주의자인 양 떠들어대지만, 사실은 자기도 이 부조리한 세상의 이득을 취하고 있어요. 힘들어하는 많은 이들과 함께 싸워주고 싶지만 저같은 한심한 정신병자가 할 수 있는 게 있겠습니까. 전 혁신주의자가 아니라 돈키호테예요."

"하하, 그 말 재밌네요."

그는 의자의 등받이가 뒤로 조금 젖혀질 정도로 웃음을 터뜨렸다. 그 반응은 과하지 않고 딱 적당했다.

"혹시 그래서 그런 부모님이 싫은 거예요? 그렇다면 돈키호테만큼 미칠 만할 텐데."

"싫지 않다니까요. 하지만 어느 정도는 맞아요. 그런 부모님 밑에 있으니 제가 더 역겨워지긴 하죠. 하지만 그렇다고 부모님을 미워하면 부모님이 너무 불쌍하잖아요. 부모님은 잘못이 없어요. 모든 건 제 선택이었고 가장 역겹고 미운 건 저예요."

즐거운 시간은 빠르게 흘렀고 상담은 마무리됐다. 약도 그전보다는 조금 강한 것을 받을 수 있었다. 집에 돌아와 타스로싱이 나를 입원시키려고 이렇게 미친 이야기를 듣고만 있는 건 아닐지 조금 의심이 들었지만, 우리 할아버지와 닮아 있는 그가 그런 속내를 숨기지 않고 있을 거라고 믿기로 했다. 우리 할아버지를 의심하고 싶지 않다.

***

방학은 시작됐고 지방 출신 학생들은 고향으로 한인들은 한국으로 돌아갔다. 나 역시 원래 같았으면 한국에 있었겠지만, 부모님을 보기가 힘들어 도쿄에 머물고 있었다. 이때까지도 난 엄마, 아버지의 전화를 한 번도 받지 않았다. 고독에 갇혀 하루하루를 보냈다. 나츠코의 미소는 자꾸만 떠올라 휴대폰을 들어 봤지만, 그때마다 호미가 나를 잡아주었다. 호미 덕에 난 다시 온전히 혼자가 될 수 있었고 '우리'의 숲을 견고히 했다. 내가 좋아하는 사람은 늘 나로 인해 아파하지만 나는 내가 좋아하는 사람이 아픈 것이 지독히도 싫다. 그렇기에 좋아하는 마음을 참는 것이다. 초등학생도 이해할 수 있는 간단한 기회비용 이론에 의거한 결론이다. 너무도 간단해 재미가 없을 정도이다.

그런데도 밀려오는 허무함은 피할 수 없었다. 나도 모르게 또 이번만은 다르지 않을까 기대했던 것이다. 이번 관계도 빙글빙글 돌아 다시 제자리였다. 난 여전히 혼자였고 그게 모두를 위한 것이라는 결론에는 변화가 없었다. 몰려오는 허무함을 피하려 술을 계속 마셔댔다. 가끔 우석이나 대학 친구들에게 연락이 오기는 했지만 이럴 때의 나는 그 누구와도 통화하지 않는다. 마음이 약해진 내가 누군가에게 의지하게 될 수도 있기 때문이다. 술에 취해 신사를 가는 수가 늘었고 내 기도는 좀 더 간절하고 버릇없어졌다. '제발 저 좀 죽여달라고요.'

거의 집에서 혼자 술을 마셨지만, 그날은 텐동이 먹고 싶기도 했고 말동무가 필요해 킨타로로 향했다.

"윤군? 오랜만이야."

난 고개 숙여 인사하고 늘 먹는 메뉴를 주문했다.

"학교 방학 아닌가? 한국 안 갔어?"

쿤상이 술병을 꺼내며 말했다.

"네, 근데 그냥 안 갔어요. 귀찮아서요."

"그럼 뭐 하고 있어? 공부하나?"

"그냥 시간 낭비 중입니다. 평소처럼."

난 무거운 한숨을 내쉬었다.

"시간 낭비 중이라면 술은 피해야 할 텐데."

하며 쿤상은 내게 술을 따라주었다.

"그러게요……."

난 천천히 술을 마셨고 쿤상은 요리에 집중했다. 곧 텐동이 나왔고 나는 오랜만에 식사다운 식사를 할 수 있었다.

"배가 고팠구만."

쿤상이 흐뭇한 표정을 지으며 말했다.

"그때 이야기하던 부모님 일은 잘 해결됐나?"

내가 언젠가 쿤상에게 부모님 이야기를 했었나 보다.

"해결되긴요. 평생의 숙제 같은 고민입니다."

"그렇게 복잡한 게 아니야. 자네가 행복하면 된다니까."

"어떻게 하면 행복해요?"

너무도 진부한 질문이었지만 쿤상의 의견을 듣고 싶었다. 쿤상이 돈 따위라고 대답하지는 않으리라 생각했다.

"흠…… 어려운 질문인데…… 사람마다 다르지만 나는 즐거움이 중요한 것 같아."

역시 쿤상도 멍청한 대답을 내놨다.

"즐거운 일이라…… 뭘 하면 즐거워요?"

난 그에게 조금 더 깊이 있는 무언가가 있기를 기대했다. 떠들기보다 어떤 말이든 듣고 싶은 기분이기도 했다.

"윤군 나이라면 역시 친구 아니겠어? 같이 자주 오는 준군 있잖아. 그런 친구랑 술 마시면 즐겁지 않아?"

쿤상은 내게 새 술을 건넸다.

"전혀요. 시간 때우기죠. 뭐."

"허허, 준군이 들으면 아주 섭섭해하겠구만. 친구가 아니면 여자는? 여자친구를 만나면 행복하지 않나?"

쿤상도 여자 이야기를 한다. 그만큼 이성은 사람들 삶의 큰 부분인가 보다. 그게 아니라면 가장 재미있는 안줏거리인지도 모르겠다.

"짝사랑하던 여자애가 있었는데 포기했어요."

"왜?"

"음…… 결과가 뻔하니까요?"

"칫, 그런 게 어딨어? 일어날 일이 무서워서 포기해?"

"그러게요…… 근데 그 일어날 일이 너무 무서워서 또 포기가 되네요."

난 하이볼을 빠르게 마셨다.

"그렇게 포기하면 나중에 후회할 거 아니야?"

"후회라…… 고백하면 더 후회할 것 같은데요. 고백해서 '좋아'라는 답을 들어도 후회할 거고 '싫어'라고 답을 들어도 후회할 것 같아요."

"좋다고 하는데 왜 후회를 해?"

"그런 게 있습니다."

왠지 더 이상 쿤상과 이야기하고 싶지 않아졌다. 행복에 대한 그의 생각이 너무도 실망스러워서였을까? 그가 조금 싫어졌다. 아니, 어쩌면 그날의 난 싫어할 사람이 필요했는지도 모르겠다. 난 그 자리에서 말없이 하이볼을 서너 잔 더 마셨고 적당히 취한 채 가게를 나왔다. 그 후 잠시 취기가 가시도록 도쿄의 추운 겨울 거리를 거닐었다. 평소라면 술 취한 학생들로 떠들썩했을 학교 주변이지만 방학을 맞은 거리는 한산했다. 허전하다 못해 을씨년스러워 보이는 거리는 그 고요함이 썩 아름다웠다.

***

2월이 끝나갈 즈음 난 아주 독한 감기에 시달려야 했다. 난 원래 감기에 잘 걸리는 체질인데 올겨울은 유난히 조용했다. 그래서인지

늦겨울에 찾아온 감기는 더럽게 매서웠다. 감기는 정말 잔인한 병이다. 사람을 죽이지는 않고 잊을 만하면 나타나 고문만 해댄다. 이 병은 특히, 사람을 지독히도 외롭게 만든다.

혼자 사는 사람들이 가장 서글픈 순간은 몸이 아플 때이다. 혼자라서 더욱 서럽고, 혼자라서 더욱 춥고, 혼자라서 더욱 아프다. 약은 늘 구비해 놓는 터라 잘 챙겨 먹었지만 효과가 없었고 나는 일주일 가까이 혼자 고생하고 있었다. 병원에도 가지 못할 만큼 몸이 안 좋았다.

사람이 이리도 처량해질 수 있을까. 난 나도 모르게 휴대폰을 열어 메신저를 확인했다. 도움을 원하는 건 아니었다. 그냥 이럴 때에는 누군가에게 말하고 싶어진다. 나 지금 너무 아프다고. 나 아픈 것 좀 알아달라고. 읽지 않은 메시지는 수두룩했지만 역시 내가 연락할 만한 사람은 없었다. 난 마음을 굳히고 휴대폰을 내려놓았다. 이럴 때 사람들에게 의지해서는 안 된다.

"따르릉."

그때 휴대폰이 울렸고 난 재빠르게 휴대폰을 집어 들었다.

'엄마' 저장된 이름이 보였다. '엄마'라는 글자를 보자마자 눈물이 날 것 같았다. 아들은 두 달 가까이 전화를 받지 않고 있지만, 엄마는 버릇처럼 또 내게 전화를 건 것이다. 이건 정말 반칙이다. 몸이 아파 약해진 내게 전화하는 것은 반칙이다.

"여보세요? 도윤아 잘 있어?"

엄마의 목소리와 노이로제 같은 '잘 있어?'라는 말이 들렸고 난 울음이 터질 것 같았다.

"응."

난 힘겹게 쉰 목소리를 냈다.

"목소리가 왜 이렇게 안 좋아? 또 기분 안 좋니?"

"아니, 좀 아파, 감기 걸렸어."

정말 미안했다. 너무, 너무 미안했다. 아버지의 한마디에 토라져 두 달 동안 전화를 안 받던 나는 몸이 아프다고 또 엄마에게 기대려 하고 있다. 내가 더 나은 사람이었다면 몸이 좀 더 좋을 때 엄마 전화를 받았을 텐데. 일부러 형편없는 목소리만 들려주는 듯한 내가 너무 싫다.

"어떡해, 약은 먹었어?"

"응."

"밥은? 그럴 때 밥 잘 챙겨 먹어야 해."

엄마의 똑같은 패턴이 오늘따라 자꾸 날 울컥하게 만든다.

"응."

"병원은? 병원은 갔다 왔어?"

"아니, 밖에 나가지도 못하겠어."

"친구들은, 주변에 친구들한테 부탁해서 같이 병원이라도 가야 하는 거 아니야?"

정말 미안하지만, 엄마 아들에게는 아프다고 달려와 줄 친구가 하나도 없다. 정말, 정말 미안하다.

"아니, 그 정도는 아니고. 좀 더 쉬면 괜찮아지겠지."

"일본에서 상담 받는다며. 그건 좀 괜찮아?"

"응. 피곤하게 비행기도 안 타도 되고 편해."

"다행이다. 도윤이 편한 대로 하면 돼. 그때 아빠 때문에 화났었지? 엄마가 미안해."

제발 엄마 맘대로 내게 미안하다고 하지 않았으면 한다 미안한 건 나고, 못된 것도 나다. 하지만 엄마에게 미안하다고 말할 줄도 모르는 나니까 제발 맘대로 미안해하지 말아달라.

"아빠가 그냥 한 말이니까 신경 쓰지 말고. 한국 들어오고 싶을 때 들어와."

눈물이 쏟아져 손으로 휴대폰을 덮어 엄마에게 소리가 전해지지 않도록 했다. 세상은 더럽게 불공평하고 신이 있다면 정말 장난꾸러기 같은 놈이다. 왜 나 같은 불효자가 이리도 착한 우리 엄마 아들로 태어난 걸까.

"그래 도윤아, 잘 쉬어. 병원 꼭 가고. 엄마는 늘 네 편이야."

"응."

난 우는 것을 들키지 않게 짧게 대답한 후 전화를 끊었고 잠에 들었다. 눈물 젖은 베개에 얼굴을 묻었다. 감기는 깊은 잠을 선물했고 난 그 어떤 꿈도 꾸지 않았다. 반나절 가까이 자고 일어나니 내 몸은 이상하리만큼 나아져 병원에 갈 필요가 없었다. 창밖에 해는 길어지

고 따스한 봄이 찾아온 듯했지만 난 혼자만 계절의 오고 감을 느끼지
못하는 듯했다.

2月28日 日記 晴れ 名前 :

방학 때문에 바쁜 일상은 잠시 모습을 감췄다. 그로 인한 허전함은 생각보다 크다. 한없이 무료하고 나태하다. 외로운 나날을 이겨내는 것이 힘들지는 않다. 늘 그래 왔으니까. 끝없이 외롭고 그립기만 해도 나는 괜찮다. 하지만 가끔 안주한다는 것에 반항심 같은 것이 생긴다. 그를 만난 후 생각했다. 난 새로운 시작이 필요하고 시작은 늘 어려운 듯 간단하다.

가만히 있는다고 달라지는 것은 하나도 없다. 앞으로 나아가야 한다.

***

2월의 마지막 날. 방학 내내 조용하기만 하던 내 휴대폰이 가벼운 진동과 함께 울렸다.

좋은 아침! 나, 나츠코. 윤군 잘 지내고 있어?

약 기운이 남아 어떤 기분도 느끼지 못했다. '얘가 왜 나한테 문자 보낸 거지?'라는 생각만 잠시 들었다가 말았다. 더 잠을 자려 했지만 머리만 아플 뿐 더는 잠을 잘 수가 없었다. 베란다에 나가 담배를 피우며 문자를 곱씹어 보았다. 잠시 후 제정신을 차린 나는 어제까지의 고뇌와 고통은 잊은 채 환희를 느끼기 시작했다. 세상에서 가장 아름다운 여자가 내게 문자를 보내주었다! 나는 적당히 심사숙고한 뒤 답장을 보냈다.

나츠코! 좋은 아침. 나는 잘 있어, 너는?

자연스럽고 평범했다. 좋았어.

다행이다. 나도 잘 있어. 요즘 아르바이트하고 동아리 활동도 하고 아주 바쁘네. 윤군은? 뭐 하고 지냈어?

나는 정말 아무 일도 하지 않고 있었지만, 책을 읽는다는 둥, 친구들을 만났다는 둥, 나츠코에 맞게 적당히 바쁜 체했다. 바쁨은 언제나 타인의 평가에 긍정적이다. 대화는 무척 자연스러웠고 나는 자신감이 생겼다.

나츠코, 시간 괜찮으면 내일 점심 먹지 않을래?

좋아! 내일 시간 있어.

뭐 먹고 싶은 거 있어?

나 한국 삼겹살 먹어보고 싶어! 한 번도 안 먹어 봤거든.

나는 도쿄에서 가장 맛있는 삼겹살집에 데려다준다고 자신감 넘치게 답했고 우리는 다음날 오후 1시에 만나기로 약속했다.

오! 기대하고 있을게!

'그녀가 왜 내게 먼저 연락을 했을까?' '혹시 그녀도 내게 마음이 있는 것은 아닐까?' 나츠코의 귀여운 문자에 나는 간단한 기회비용적 결론은 잊은 채 또 이번에는 다르지 않을까 하는 멍청한 기대를 하기 시작했다. 하지만 이 멍청한 기대 덕에 나는 전에 느끼지 못한 계절의 오고감을 느낄 수 있었다.

3월

***

백 년 전 선조들이 민족의 이념을 담아 일본의 식민통치에 항거하며 땀방울을 흘렸던 이 날, 난 세상에서 가장 아름다운 일본인과의 데이트에 긴장해 땀방울을 흘리고 있었다. 전날 잠을 전혀 이루지 못한 나는 나츠코를 만날 때 입을 옷만 한 시간 넘도록 고민했다. 꾸민 듯 안 꾸민 듯한 옷이어야 했다. 나는 검은 캔버스에 세미 와이드 슬랙스, 하얀 셔츠 위에 니트 베스트를 입었다. 첼시 부츠를 신을까 했지만 부츠는 너무 힘을 준 것 같았다. 3월의 바람은 아직 매서워 추울 수 있는 복장이었지만 그날 난 날씨 따위를 신경 쓸 여유가 없었다. 난 오늘 세상에서 가장 멋져야 했다. 세상에서 가장 아름다운 여자와 데이트를 하는 날이니까. 오랜만에 꾸미고 나니 최근 죽지 않을 정도로만 먹고 전날에는 한숨도 자지 못해 야윈 내 얼굴도 썩 괜찮아 보였다. 약속은 1시였지만 나는 신오쿠보역에 12시부터 도착해 있었다. 한 시간은 빠르게 흘렀고 나츠코는 12시 55분에 도착했다.

"많이 기다렸어? 미안."

'젠장! 니가 뭐가 미안해 와준 걸로 감사하지!'라고 말하고 싶었다. 일본인들은 무슨 말을 하든 '스미마셍'을 붙인다.

"전혀, 나도 방금 왔어."

뻔한 대사이지만 분명 이 상황에서 남자가 여자에게 할 수 있는 가장 이상적인 대답이다. 선행을 베푼 후 "당연히 해야 할 일을 했을 뿐인 걸요" 하듯이 말이다.

나츠코는 하늘하늘한 흰 블라우스에 우아한 맥코트, 진한 색 청바지를 입고 있었다. 귀에는 학교에서는 한 번도 보지 못한 크고 화려한 귀걸이를 끼고 있었다. 옆으로 매는 검은 가죽 백에 높은 굽의 구두를 신고 어른인 체했지만, 얼굴은 앳되고 귀여웠다. 평소와 다르게 푼 머리에는 웨이브도 들어가 있었다.

"나츠코는 머리 푼 게 더 예뻐."

난 지난번부터 하고 싶었던 말을 할 수 있었고 나츠코 얼굴에는 벚꽃이 피었다. 나츠코는 오늘도 아름다웠고 분명 어제도 아름다웠을 것이고 내일도 아름다울 것이다. 봄의 시작을 알리는 오늘이 이리도 미칠 듯 화사한 건 그녀가 내 옆에 있어서인 듯했다.

우리는 신오쿠보에서 유명한 삼겹살집을 찾았다. 내가 한인들과 한 번 와본 곳이다. 나는 원래 삼겹살을 좋아하지 않아 어디 가서 먹어도 똑같다. 하지만 다른 이들은 이곳이 도쿄에서 가장 맛있다며 늘 엄지를 치켜세웠던 기억이 나 서준이에게 오랜만에 연락해 가게 이름을 알아냈다. 가게 안에는 많은 한국인과 일본인이 적당히 섞여 인산인해했다. 원래 4명 이상부터 예약이 가능한 식당이라 어쩔 수 없이 우린 대기 명부에 이름을 쓰고 카운터 앞에 놓인 의자에 앉아 자리가 나기를 기다려야 했다.

"윤군, 방학 때 학과 친구들 많이 만났어? 서준이라든지."

나츠코가 나와 나란히 앉은 채 말했다.

"아니, 나츠코가 처음이야. 서준이는 한국에 갔어."

"오, 영광인데?"

"그러면 나츠코는 누구 만났어?"

"나는 네네랑은 같이 한 번 놀았고 사야랑은 같은 동아리라서 매주 만나."

둘 다 누군지 모르겠다. 아마 학교에서 나츠코와 잘 붙어 다니는 둘이겠거니 생각했다. 나츠코와 인사할 때 몇 번 인사한 적이 있긴 하지만 난 원래 사람의 얼굴과 이름을 잘 외우지 못하니까.

"요시다랑은 안 만났어?"

내가 물었고 왠지 모르겠지만 나츠코의 눈동자가 조금 흔들리는 것 같았다.

"요시다랑은 안 만났어."

"그래? 둘이 친하잖아."

"어, 요시다랑은 같은 고등학교를 나와서 친하지. 근데 이번엔 스케줄이 잘 안 맞아서……."

"김도윤 님."

점원이 내 이름을 불렀고 우린 자리로 안내되었다. 신오쿠보에 대부분의 한식당은 점원들이 한국인이다. 이들은 기가 막히게 한국인과 일본인을 구분해 손님에 맞추어 언어를 써댄다. 나츠코 앞에서 어설픈 일본어로 주문하고 싶지 않았기에 한국어가 가능한 신오쿠보로 온 것도 있었다. 나츠코는 메뉴판을 보고 내게 이것저것 물어봤고 난 삼겹살에는 된장찌개가 맛있다고 말해주었다. 삼겹살과 된장찌개, 음료를 주문한 후 곧 음식이 나왔다.

"오! 삼겹살!"

평소에는 질색하는 일본식 오버액션이지만 나츠코가 하니 사랑스러웠다. 나츠코의 한국어 삼겹살 발음은 감히 하율이의 것과 견줄만할 정도로 귀여웠다. 나츠코는 조그마한 몸에 비해 아주 잘 먹었다. 작은 얼굴과 작은 입으로 열심히 먹는 그 애 모습에 정신이 팔려 나는 음식에 거의 손을 대지 못했다. 나츠코가 밥을 먹다가 가끔 "너는 안 먹어?" 하면 그제야 조금 먹는 시늉을 할 뿐이었다.

"나츠코는 쉬는 날에는 뭐해? 취미라든가."

식상한 질문이었지만 나츠코의 취미는 늘 알고 싶었던 것이다.

"나는 음악 듣는 거 좋아해. Shishamo라고 나 중학생 때부터 좋아하던 밴드야."

처음 들어본 밴드였지만 후에 알아보니 일본에서 아주 인기있는 여성 밴드였다. 뭐 사실 밴드 같은 거 한국이든 일본이든 전혀 관심이 없어 하나도 모르지만.

"밴드? 록 음악 좋아해?"

"응! 나 사실 그 밴드 오타쿠일 정도야. 앨범도 다 샀어."

하면서 나츠코는 휴대폰을 켜 Shishamo 밴드 앨범을 모아 찍어둔 사진을 보여줬다.

"엄청나네."

"윤군은? 뭐 좋아해?"

"나? 음…… 확실하게 이게 '좋다'하는 건 없는데. 산책을 자주 해."

"산책?"

"응. 지하철 타고 어디든 가서 혼자 막 걷는 거야. 처음 보는 거리를."

"뭔가 재미있는 취미인데. 여행을 좋아하는 거야?"

"아니, 내 산책은 여행보다는 도망같은 느낌이지."

"풋. 도망? 그게 뭐야."

"마음이 편하고 싶을 때마다 아는 사람 하나 없는 곳으로 도망치는 거지."

"음…… 왠지 그 느낌 알 것 같아."

식사를 마친 후 우리는 역시 한국인이 운영하는 카페에 가서 커피와 팥빙수를 먹었다. 신오쿠보의 가게는 대부분 한국인이 운영한다. 나는 평소라면 절대 마시지 않을 아메리카노를 마셨다. 솔직히 커피는 왜 마시는지 모르겠지만 나는 나츠코에게 잘 보이고 싶은 마음에 커피를 꾸역꾸역 마셨다. 참으로 미련했다.

"나츠코는 캐나다에 있었다며?"

"응, 나 10살까지는 캐나다 온타리오에서 살았어. 아빠가 캐나다 분이거든."

"온타리오면 나이아가라 폭포?"

"응! 아주 가까워서 자주 보러 갔어. 어떻게 알아?"

"국제학교에 다녀서 미국 교과서로 공부했거든 미국하고 캐나다 주는 지리 시간에 다 배웠지."

난 힘겹게 무너져버린 기억의 바닥에서 잔해를 주웠다.

"한국에서 국제학교?"

"아니, 난 이곳저곳 다녔어. 중학생 때는 중국, 고등학생 때는 후쿠오카."

"대단해!"

나츠코가 이번에도 일본식 리액션을 해댔다. '나츠코 리액션이 더 대단해'라고 생각했다.

"캐나다에서 이사 온 거야?"

"응, 아빠가 거기서 일하시거든. 아빠는 아직 거기 계셔."

"그러면 나츠코는 어머니랑 둘이 사는 거야?"

"아니, 엄마랑 외할머니랑 10살짜리 남동생. 동생 태어날 때 엄마랑 일본으로 돌아온 거야."

"그렇구나."

1m 남짓 작은 테이블 사이, 나와 나츠코는 취조하듯 서로의 정보를 공유했고 작은 공통점을 찾을 때마다 손뼉을 치며 좋아했다.

"우리 할머니 엄청 재밌다? 엄청 젊은 척하고 맨날 무슨 일 있었는지 꼬치꼬치 캐물어."

"나도 할아버지랑 엄청 친했는데. 고민이 있으면 다 할아버지한테 말했지."

"나도! 나도! 할머니한테 내 고민 다 이야기해."

"우리 친한 줄 알았는데 서로 모르는 게 많네?"

나츠코가 웃으며 말했다.

"나 지금 영상 동아리에서 친구들하고 좋아하는 노래 뮤직비디오도 만든다?"

나츠코는 내게 그 영상을 틀어주었다.

"멋져!"

영상은 딱 대학생이 만든 만큼 끔찍했지만 나는 일본식으로 정성을 다해 리액션 해주었다. 분명 그 카페에 대부분에 사람들은 그 리액션을 듣고 내가 일본인이라고 생각했을 것이다. 나츠코는 졸업 후에도 영상과 관련된 일을 하고 싶다고 했다. 또 나츠코는 좋아하는 영화감독이나 작가 등을 거침없이 말했는데 나와 다르게 자신 있게 좋아하는 것을 나열하는 그녀가 무척 대단해 보였다. 나츠코는 즐겁게 이야기를 했지만 나는 더 이상 내 이야기를 들려줄 수 없었다. 내게는 나츠코의 '좋아하는 것' 같은 밝은 대화 주제가 많지 않다. 살면서 자퇴를 4번 한 이야기는 좋은 안줏거리이지만 좋아하는 여자 앞에서 할 이야기는 아니다. 하지만 나츠코의 이야기를 듣는 것만으로 나는 아주 즐거운 시간을 보냈다.

"윤군 주말에 시간 있어?"

나츠코가 물었고 당연히 스케줄이 텅텅 비어있는 나였지만 핸드폰 달력을 들여다보는 시늉을 했다.

"음…… 토요일 오후에 좋을 것 같아."

"잘됐다! 내가 좋아하는 영화감독 신작이 토요일에 개봉하는데 괜찮으면 같이 보러 갈래?"

"좋아!"

난 고개를 세차게 흔들며 답한 후 그날에 맞춰 휴대폰 알람을 맞췄다. 절대 잊어버리면 안 되는 일정이다.

우린 잠시 후 신오쿠보역에서 아쉬움을 뒤로한 채 헤어졌다.

"토요일에 봐!"

"응! 잘 가."

우리의 첫 만남은 자연스레 다음을 기약할 만큼 성공적이었던 것 같다. 집에 오는 길에는 날씨가 어떤지, 구름이 어떤 모양을 하고 있는지 하나도 보지 못했다. 나는 마라톤을 완주한 사람처럼 지쳐 집에 돌아왔다. 평소에도 음침한 내 자취방은 화사했던 나츠코와 대비되어 더욱 음침해 보였다.

나 지금 도착! 잘 들어갔어?

나츠코에게 문자가 와 있었다. 나는 잘 도착했고 오늘 즐거웠다, 그리고 토요일의 영화가 무척 기대된다고 심혈을 기울여 한 문자에 담아 전송했다. 분명 오늘의 나는 많이 지쳐 있었다. 전날 잠을 못 잔 것도 있지만 나츠코에 대한 방대한 정보가 내 머릿속에 한 번에 들어왔기 때문일 것이다. 집에 와 간단히 샤워를 마치고 이른 저녁부터 누웠지만, 커피 때문인지 잠이 오지를 않았다. 난 한참을 뒤척이다 수면제를 발렌타인 한 잔과 들이킨 후 잠에 들 수 있었고 그 밤에는 처음 보는 꿈을 꾸었다.

어렸을 적 내 모습이 보였다. 나는 호미를 가지고 놀고 있다. 이름을 왜 호미라고 지었는지는 기억나지 않는다. 그때의 나만 알고 있을 것이다. 3인칭 시점에서 보이던 나는 금세 1인칭으로 바뀌어 있다. 내가 내가 되었다. 어떻게 바뀌었는지는 표현할 수 없다. 꿈은 원래 그러니까. 내 시선은 현관으로 향했고 지금보다 훨씬 젊어 보이는 엄마가 현관으로 들어왔다. 나는 기쁜 마음에 엄마에게 달려가 안겼다. 내가 울고 있다는 느낌은 받지 않았지만 나는 울고 있었다. 기쁨의 눈물임에 틀림이 없었다. 잠시 후 나는 내 손에서 호미가 사라진 것을 알게 되고 엄마 품에서 잠시 벗어나 호미를 찾아 나섰다. 호미를 찾아 집을 뒤졌다. 우리 집, 동네 대형마트, 중학교 시절 친구네 아파트, 중국에서 살던 끔찍한 기숙사, 전 여자친구가 살던 도쿄의 맨션, 돌고 돌아 나는 지금의 내 자취방으로 돌아온 후 잠에서 깼다.

악몽의 기준이 존재하지는 않지만 난 자고 일어난 후의 기분이 기준이 되곤 한다. 가령 큰 멧돼지가 나를 쫓아오는 꿈을 꾸어도 잠에서 깨면 그 안도감에 기분이 나쁠 일이 없어 악몽이라고 생각이 들지 않지만 옛 애인과의 추억 같은 달콤한 꿈을 꾼 후에는 그것이 다시 돌아올 수 없는 현실이라는 허망함에 악몽이라고 느껴진다. 이날의 꿈은 분명 내게 악몽이었다. 설명할 수 없는 상실감은 내가 잠에서 깼음에도 한동안 나를 감싸고 있었다.

새벽 3시 20분.

습관적으로 휴대폰을 확인했다. 나츠코에게 문자가 와 있지만 이미 5시간 정도 지난 후였다. 꿈이 현실이 아니라는 것을 머리는 금방 알아차리지만, 마음은 그것을 알아차리는 데 시간이 걸린다. 꿈속 내가 느낀 감정은 오래 남는다. 분명 꿈속 슬픈 감정을 표현할 수 있는 예술가가 있다면 비극적 예술의 거장이 될 것이다. 이런 안 좋은 꿈은 나를 정신적으로 죽인다. 남아있는 감정을 없애기 위해 베란다에 나가 떨리는 손으로 담배만 연거푸 피울 뿐이었다. 새벽의 공기는 아직 계절의 아늑한 변화를 인정하지 않은 듯 차갑고 냉소적이었다.

***

토요일까지의 시간은 천천히 흘렀다. 나츠코와의 만남을 기대해 시간이 천천히 갔다고 할 수도 있겠지만 약 효과가 부족해 자는 시간이 일정해지지 못한 내 하루가 이틀처럼 흐른 것이다. 내 손은 이상하리만큼 많이 떨리기 시작했다. 이름 모를 일본 알약의 수는 늘었지만 내가 전에 복용하던 정도는 되지 못하는 듯했다. 그럼에도 토요일은 찾아왔고 나는 나츠코를 만나기 전 나츠코가 좋아한다는 영화감독에 대해 알아보았다. 일본식 '가족' 이야기의 거장으로 일상적인 줄거리에서 관객들의 상업적 눈물을 잘 뽑아내는 감독이었다. 일본식 억지 감동을 좋아하진 않지만 나츠코가 좋아하는 감독이라고 하니 좋아해 보려 노력해야지 싶었다. 또, Shishamo 밴드의 음악을 유튜브로 몇 개 들어 보았다. 나츠코가 추천한 〈나의 새벽(私の夜明け)〉은 우울한 가사가 솔직히 조금 마음에 들었다.

난 이날 리넨 소재의 검은색 쓰리버튼 블레이저를 입고 나츠코를 만나러 갔다. 신주쿠역 X자 교차로의 많은 인파 속에서도 나츠코의 화사함은 빛이 났다. 따뜻해진 오후를 즐기기 위해 밖으로 나온 이들은 셀 수 없었지만 봄의 햇살은 나츠코만을 비추는 듯했다. 꽃무늬가 조화롭게 박힌 흰 원피스는 머리를 풀고 온 나츠코와 어여쁜 조화를 이뤘다. 혼자만의 시간 속 가뭄이 일었던 내 마음에도 나츠코 덕에 꽃이 피는 듯했다. 영화는 생각만큼 끔찍하진 않았다. 한국에 수출된 일본 영화에서 자주 보아서 얼굴이 익숙한 배우들도 몇몇 보였다. 일본 일용직 노동자들의 일상을 그린 영화는 좌절 속 은은한 아름다움을 잘 표현해냈다. 나츠코는 영화 후반부에 눈물을 찔끔 흘리는 듯했다. 영화가 끝난 후 이번에는 나츠코가 신주쿠에서 제일 가는 카츠동(돈까스 덮밥)을 먹으러 가자며 내 팔을 잡아끌었다. 첫 만남 때 일본 음식 중 좋아하는 게 무엇이냐는 질문에 특별히 좋아하는 음식이 없는 나는 갑자기 떠오른 카츠동이라고 답했고 나츠코는 그것을 기억하고 있었던 것이다.

"맛있겠다!"

내가 오버스럽게 말했다.

"그치? 여기 진짜 유명한 곳이야. 맛있게 먹어. 여기 젓가락."

나츠코가 내게 젓가락을 건넸다.

"아, 나는 숟가락으로 먹을게."

나는 떨리는 손이 티 날까 봐 젓가락을 쓸 수 없었다.

"맞다. 한국인들은 덮밥 먹을 때 숟가락 쓰지? 나도 숟가락으로 먹어야지."

하며 나츠코는 점원에게 숟가락 두 개를 부탁했다.

튀김 음식에도 취미가 딱히 없는 나는 이 카츠동의 특징을 전혀 느끼지 못했지만 나츠코 앞에서는 일본식 리액션을 남발하며 한 그릇을 뚝딱 비웠다. 이번에는 나츠코가 많이 먹지 않고 뿌듯한 표정으로 내가 먹는 모습을 바라봤다.

"오늘 영화 어땠어?"

나츠코가 물었다.

"재밌었어. 꽤 감동적이기도 했고."

"그치? 난 울음 참느라 혼났다니까. 그 여주인공 정말 예쁘지?"

"응. 그 배우 한국에서도 유명해."

그 여배우는 한국에서도 팬층이 두터운 편이다.

"그 사람 나츠코를 닮았어."

"칫, 거짓말."

"아니야, 정말이야. 그 사람 특히 눈이 나츠코를 닮았어."

난 나츠코 기분을 띄워주기 위해 거짓말을 하는 게 아니었다. 둘의 맑은 눈이 비슷하다고 영화를 보는 내내 생각했다.

"풋, 근데 웃기네."

"뭐가?"

"보통 '너 그 연예인이랑 닮았어'라고 하지 않아? 윤군은 그 배우가 나랑 닮았다고 하네."

"그런가? 나는 원래 이렇게 말하는데. 왠지 '너 누구랑 닮았어'라고 하면 그 유명한 누가 내 앞에 있는 사람보다 더 위에 있다는 느낌이 들어. 어른이 아이한테 '저 위인처럼 되어라' 하는 것처럼. 그래서 반대로 말하는 게 맞다고 생각해. 나한테는 나츠코가 그 배우보다 위에 있으니까."

"풋. 뭐야 그게. 내가 그 사람보다 위야?"

"응. 넌 나랑 가까이 있는 사람이니까."

"잘 이해는 안 되지만 기분이 나쁘지는 않네."

나츠코가 웃으며 말했다.

"저기 나츠코 다음 주에 우에노 공원으로 벚꽃 보러 안 갈래?"

벚꽃축제는 전 여자친구와 질리도록 보러 다녔고 사람 많은 곳은 전혀 흥미가 없지만 나는 벚꽃축제를 한 번도 안 가본 사람처럼 설레하는 눈으로 제안했다. 이번 만남은 나츠코가 제안했으니 다음은 내가 제안해야 하는 게 응당 맞다고 생각했다.

"너무 좋아! 벚꽃!"

내 제안에 나츠코는 손뼉을 치며 좋아했다. 일본인들이란.

"그럼 우에노 공원에 저녁에 만나서 하나미(벚꽃을 보며 술을 마시는 것) 해보자!"

나츠코가 덧붙였다.

흠칫 놀랐지만 이번에도 티 내지 않았다. 나츠코가 술을 마시는 줄 모르고 있었다. 그러고 보니 나츠코와 만나서 술에 관한 이야기는 한 번도 꺼내지 않았다. 위에도 말했지만 나츠코에겐 조심스러웠으니까.

"좋아! 근데 나츠코 술은 마실 줄 알아? 15살처럼 생겼으면서……."

내 입에서 이런 농담도 나오는 것을 보니 이제는 나츠코가 조금 편해진 듯하다.

"흥! 나도 부모님하고 몇 번 마셔봤어!"

나츠코가 발끈하며 말하는 모습이 귀여워 이번에 나는 소리 내어 웃었고 나츠코는 웃지 말라고 귀엽게 반발했다. 나츠코는 휴대폰으로 다음 주중 언제 벚꽃이 가장 예쁜지 검색하여 우리는 다음 주 목요일 저녁에 우에노 공원에 가기로 했다. 이날도 나츠코와 디저트까지 먹고 헤어졌다. 나츠코의 이런저런 이야기는 늘 내 관심사는 아니었지만 재미있었고 대화의 내용보다 함께한다는 것이 좋았다. 그녀 덕에 긍정적인 무언가가 내 마음에도 피어나는 듯했다.

'우리'의 숲에는 새벽의 실안개 같은 것이 일었다. 그는 호미와 함께 그것을 잡아보려 했지만 손에 잡힐 듯 잡히지 않았다. 팔을 내리고 천천히 실안개의 움직임을 지켜봤다. 그곳에는 보라색 이슬이 맺혀 있었고 그것은 그와 호미를 천천히 적셨다. '우리'의 발 밑 꽃들은 그 보라색에 시들어 버렸다. 코스모스, 동백꽃, 해바라기, 튤립, 모두 힘없이 시들어 버렸다. 호미가 꽃들을 마구잡이로 뽑아 몇 송이 손에 들었다. 호미는 사랑스런 눈빛으로 시든 꽃을 바라봤다. 움직이지 않을 것 같던 그 시선은 곧 그에게 쏠렸다. 호미의 눈동자에는 변화가 없었다.

***

내 하루하루는 지옥과도 같았다. '그' 꿈을 자주 꾸었고 '우리'의 숲에서도 나는 행복할 수 없었다. 호미와 무엇을 했는지 전혀 기억나지는 않지만 남아있는 감정이 내 행복의 결핍을 호소했다. 내 마음은 그 요동이 너무 심해, 아무 이유 없이 환희와 좌절이라는 파도가 일었다. 눈을 감았다 뜨면 내 삶은 무의미와 허무가 가득 차 있는 쓸모없는 시간에 지나지 않았고 또 눈을 감았다 뜨면 내 삶은 축복과 희망이 가득한 듯했다. 내 마음에는 말 그대로 내가 너무 많았다. 손은 공중에만 올라가면 떨려댔고 손가락 마디마디가 아팠다. 심할 때는 엄지손가락이 손바닥 안쪽으로 들어가는 느낌을 받았다. 설명하기 어렵지만 그런 느낌이다. 마약 중독자들이 몸 위로 벌레가 기어가는 느낌처럼 알 수는 없지만 그렇다고 느낀다. 우울함이 너무 심해져 내가 바닥을 기고 있던 밤(어느 요일이었는지도 기억이 나지 않는다), 나츠코의 문자 빼곤 조용하던 내 휴대폰이 울려댔다.

"이 정신병자 새끼 또 혼자 청승 떨고 있지? 뭐해, 한국 안 오고."

우석이였다. 녀석의 정겨운 욕을 들으니 바닥까지 가라앉았던 내 마음도 조금 나아지는 것 같았다. 정확히는 저 녀석 욕을 받아치는 욕을 해야 했기에 저절로 힘이 났다.

"니가 무슨 상관이야, 폰팔이 새끼야."

참 이상하다. 내가 거의 죽어갈 때면 이 망할 놈의 휴대폰이 울려댄다. 어딘가에 있는 신이 내 죽음을 허락하지 않아 누군가의 머릿속에 내 생각을 집어넣는 듯하다.

"뭐야? 왜 또 우울해, 병신이."

첫사랑과 헤어진 동네 형 앞에서 까불다가 턱주가리를 얻어맞을 정도로 눈치가 없는 이놈이 이럴 때는 또 기가 막히게 눈치가 빠르다. 이래서 함께한 세월은 무시 못 하나 보다.

"뭔데 그 나츠미인가 걔 때문이냐?"

"나츠코야."

"잘 안 되고 있어? 내 그럴 줄 알았지, 어떤 여자가 너 같은 놈을 좋아하겠냐?"

"아 좀 닥쳐, 그런 거 아니야, 나츠코 때문도 아니고…… 그냥 우울해서, 좀 왔다 갔다 하네. 일본 약이 나랑 잘 안 맞나봐."

"어? 야 그럼 빨리 한국 들어와야지……."

녀석이 안 어울리게 목소리를 내리깔았다. 어려서부터 나를 봐온 우석이는 내 약 이야기만 나오면 진지해진다. 귀여운 자식.

"나츠코도 목요일에 만나기로 했고 조금 더 버텨보려고."

우석이의 걱정에 내 목소리는 한층 정상적으로 돌아왔다.

"오, 잘 돼가나 보내? 사귀는 거야?"

"아니, 아직 사귀는 건 아니야."

"그럼 고백하려고?"

"고백?"

그러고 보니 고백할 생각을 한 번도 안 해봤다. 고백 같은 건 평생 해본 적도 없을뿐더러 요즘 내 복잡한 머릿속이 그런 깜찍한 생각을 할 틈이 있을 리 없었다. 또 아직 내가 나츠코와 사귀어도 될지 몰랐다. 내 병이 그녀를 아프게 할 수도 있으니까.

"어…… 그래, 해야지."

"야 고백하려면 빨리해, 늦어서 후회하지 말고. 자고로 여자란……."

우석이는 틈만 보이면 여자에 대해 잘 아는 체한다. 아까 귀엽다는 말 취소. 여자 이야기에 신나서 떠드는 우석이는 또 병신 같지만, 그 정도 개소리는 얼마든지 들어줄 수 있을 만큼 난 우석이에게 정이 들어 있다. 그날 나와 우석이는 1시간이 넘도록 통화를 했다. 예전에 연애를 할 때에도 여자친구와 10분이면 이야기할 거리가 없어 전화를 끊던 나지만 우석이와는 한 시간이 우습고, 또 아쉽다. 전화를 끊고 나니 나츠코에게 문자가 와 있었다.

내일 우에노역에서 보면 되겠지? 몇 시가 좋아?

그날은 수요일이었던 것이다. 시간은 참 이상하다. 때에 따라 빠른 듯 빠르고, 느린 듯 느리며, 빠른 듯 느리고, 또 느린 듯 빠르다. 이번 주는 느린 듯 빠르다. 나츠코와 오후 6시에 약속을 잡고 내일이 기대되는 듯한 이모티콘을 잔뜩 보낸 후 베란다에 나가 담배에 불을 붙였다. 떨리는 손 때문에 몇 번 시도한 끝에 불을 붙일 수 있었다.

'고백이라……. 해도 되려나……? 근데 내가 고백을 하고 싶긴 한 건가……?'

3月9日 日記 晴れ 名前:

그 아이와의 모든 시간은 완벽했다. 공감대도 서로에 대한 관심도 적절했다. 배려가 묻은 용기도 둘 다 있었다. 걱정이 들 정도의 알맞는 조화이다. 당연하지 않지만 당연하게 그 아이도 내게 같은 마음일 거라는 생각이 든다. 고백을 해야 할까? 하지만 그런 건 해본 적이 없어 생각만 해도 얼굴이 붉어진다. 그 아이가 용기를 내주지 않을까? 아니, 내가 용기를 낼 차례인가? 어떻게 해야 하지?

***

다음날 오후 6시. 우에노역에서 나츠코를 만났다. 나츠코는 흰 테니스 치마에 베이지색 가디건을 입고 있었는데 그 모습이 꽤나 우아했다. 나는 그날 진한 청바지에 검은 가디건을 입었기에 우리는 제법 커플 같아 보였다. 우리는 역 근처에서 저녁을 간단히 먹었다. 나츠코가 라면을 먹자고 제안했지만 난 카레라이스를 먹고 싶다고 말했다. 나츠코에게 덜덜 떨리는 손으로 힘겹게 라면을 먹는 모습을 보여줄 수 없었기 때문이다. 뭐든 숟가락으로 먹는 음식을 골라야 했기에 순간 생각난 내가 지독히도 싫어하는 카레가 먹고 싶다고 말한 것이다.

우리는 빠르게 식사를 마치고 우에노 공원으로 향했다. 나츠코가 가져온 돗자리를 펼 자리를 찾아봤지만, 사람이 많아 마땅치 않았다. 우에노 공원의 벚꽃은 무척 아름다웠고 그 아름다움이 큰 만큼 차지하고 싶어 하는 사람은 많았다. 어쩔 수 없이 우리는 벚꽃이 잘 보이는 카페로 향했지만, 카페 역시 사람들로 북적였다. 계획대로 되지 않아 아쉬워하는 나츠코에게 난 벚꽃은 조금 적어도 조용한 곳에 가자고 제안했다. 우에노역에서 두 정거장만 가면 아키하바라역이 있는데 거기서 조금 걸어가면 옆으로 하천이 흐르는 예쁜 공원이 하나 있다. 나는 전 여자친구와 가본 적이 있는 곳이다. 공원 중간에는 아주 큰 벚나무 한 그루가 있고 공원 옆으로 흐르는 하천을 따라 각기 다른 멋의 크고 작은 벚나무들이 줄 세워져 있다. 예상대로 그곳엔 사람이 없었다.

"여기 진짜 좋다!"

나츠코가 이번에도 큰 리액션을 해댔지만, 이 공원은 분명 그 리액션에 맞게 아름다웠다.

"윤군, 어떻게 이런 장소를 알았어?"

"비밀이야."

당황한 나는 멋쩍은 웃음을 지으며 대답했다. 우리는 편의점에서 호로요이 두 캔과 과자 한 봉지를 사서 공원 벤치에 앉았다. 우에노 공원의 벚꽃보다는 못했지만, 이 벚꽃들을 독차지하고 있다는 사실에 우에노 공원은 전혀 생각나지 않았다.

"칸-파이!(일본어로 건배)"

과자 봉지를 뜯고 있는 내게 나츠코가 맥주캔을 건넸다. 우린 맥주캔을 가볍게 부딪쳤고 떨어진 벚꽃잎이 주위를 불어갔다.

"나 친구하고 술 먹는 건 처음이야, 너무 설레어!"

나츠코가 아이 같은 순수한 표정으로 말했다. 아, 이 순수한 영혼을 어찌한단 말인가!

"한국말로는 뭐야? 칸-파이?"

나츠코가 물었다.

"건배."

"일본말하고 비슷하네, 곰-배!"

이번에도 나츠코의 한국말은 귀여웠다. 우리는 이런저런 이야기를 나누며 홀짝홀짝 술을 마셨고 도수가 3도밖에 안 되는 호로요이였지만 나츠코의 얼굴은 금세 붉어졌다. 벚꽃 아래 붉어진 그녀의 얼굴은 순정만화 주인공 같았다.

술은 빠르게 바닥을 보였고 우린 편의점에서 몇 캔 더 사와야 했다. 과자는 인기가 없어 새로 살 필요가 없었다. 술기운이 조금 올라오니 고백이 생각났다. 조용한 공원, 아름다운 벚꽃. 용기가 나지 않을 것은 아무것도 없었다. 술을 마시니 없는 용기도 날 상황이었다. 그러나 확신이 없었다. 분명 난 나츠코가 좋다. 너무 예쁘고 함께 있는 시간이 즐겁다. 하지만 그렇기에 쉽사리 입이 떼지지 않는 것이다. 내가 좋아하는 사람이 나 때문에 아파지는 게 싫으니까. 앞에서는 나츠코와 다음 학기에 들을 수업 이야기를 하고 있었지만 내 머리는 다른 생각으로 가득했다. 머리가 복잡했던 내 대답은 점점 간결해졌고 대화 소재가 떨어진 듯한 나츠코도 벚꽃에 눈을 돌리며 꽤나 긴 침묵이 이어졌다. 고민하던 나는 오늘은 아니라고 생각하며 휴대폰을 켜 시간을 확인했다. 시간은 이미 밤 10시가 지난 후였다. 도쿄의 막차는 12시까지 운행하지만 나츠코는 가족들과 살기에 슬슬 일어나야겠다고 생각했다. 내가 막 침묵을 깨고 말하려 할 때 나츠코가 벚꽃에서 눈을 떼지 않고 내게 물었다.

"윤군, 우린 어떤 사이야?"

순간 귀를 의심했다. 난 쉽사리 대답을 못 한 채 나츠코의 옆얼굴을 바라봤다.

"역시 친구인가?"

나츠코는 조용히 중얼댔다. 처음 대답할 타이밍은 놓쳤지만 두 번째도 놓칠 만큼 멍청이가 나는 아니었다.

"어……. 어…… 친구인데…… 아직은 친구인 느낌……?"

오랜만에 나츠코 앞에서 말을 더듬었다.

"아직? 왜 아직이야?"

일본 여자들은 한국 여자들보다 적극적인 편이다. 주변인들에게 익히 들어 알고 있었지만 내게 이런 일이 닥치니 어쩔 줄을 몰랐다.

"윤군, 윤군은 왜 처음에 나랑 밥 먹자고 한 거야?"

나츠코는 이번에는 내 쪽으로 얼굴을 돌리고 물었다. 저런 질문을 할 수 있다니, 술기운 때문일 수도 있겠지만 나츠코의 이런 용기는 칭찬받아 마땅했다.

"나츠코에 대해 알고 싶어서."

"왜?"

일백 번의 고민 끝에 내뱉은 내 대답은 나츠코성에 차지 않았나 보다. 이 순간은 내가 지난 학기 내내 그토록 바랐던 상황이다. 난 그녀에 목말라했고 갈망했다. 내가 어리석기에 짝이 없는 유튜버들의 일본인 특징에 귀를 기울였다니 더 이상의 설명이 무의미하다. 그런데 내 정신이 문제이다. 다시 한 번 말하지만 내 마음에는 병이 있다. 남들이 당연하다 여기는 것이 당연해지지 않을 때가 있는 것이다. 이 자리에서 도망치고 싶었다. 설명할 수 없는 어둠이 내 마음에 휘몰아쳤고 내 몸에는 가시가 돋기 시작했다. 순간 내가 누군지 모호해졌다. 내 눈빛은 빠르게 흔들리다가 이유도 모르고 얻어맞은 개처럼 초점을 잃었다. 모르긴 몰라도 마주 보고 있는 상대를 바보로 만드는 표정임에는 틀림없다. 세상을 모두 잃은 듯한, 모든 일에 흥미가 사라진 듯한 내 눈빛에 나츠코의 표정이 약간 일그러졌다.

"그만 들어갈까? 늦었네……."

맥주캔과 과자 봉지를 정리하는 나츠코의 목소리는 떨리고 있었다. 쓸쓸함이 묻어나는 나츠코의 표정은 비련의 여주인공 같았다. 그녀의 쓸쓸함에 벚꽃도 생기를 잃었다. 나츠코는 더는 내 얼굴을 보지 않았고 나는 얼어붙은 듯 앉아만 있었다. 나츠코가 일어서 쓰레기를 버리러 가는 뒷모습이 너무 가냘파 보였다. '내가 뭘 하고 있는 거지?'라는 생각이 머리를 스쳤다. 하, 그냥 다 잊어버리자.

"좋아하니까……."

난 들릴 듯 말 듯한 목소리로 말했다. 나츠코가 내 쪽을 바라봤고 나는 나도 모르게 눈을 피했다. 나츠코는 버리려던 쓰레기를 그대로 들고 내 옆에 와서 앉았다. 한순간에 밝아진 나츠코의 얼굴은 밝다 못해 빛이 났고 벚꽃도 순간 제 힘을 되찾았다.

"내가 좋아?"

나츠코가 내 앞에 얼굴을 들이밀며 말했다. 이렇게 가까이서 봐도 나츠코는 사랑스러웠다. 나는 고개를 끄덕이며 나츠코 얼굴을 피했다.

"저 보고 얘기해주세요."

나츠코가 내 머리 양옆을 살포시 잡고 내 고개를 돌렸다. 일본인들은 친구에게도 가끔 이렇게 존댓말을 섞어 쓴다. 나츠코와 나의 거리는 10cm도 채 되지 않았다. 가까이서 웃는 나츠코의 얼굴을 보니 나는 간이고 쓸개고 떼어 주고 싶었다. 이건 정말이다. 설령 동성애자가 그 자리에 앉아 있었어도 그 동성애자는 나츠코와 백년가약을 맺었을 것이다. 나츠코의 미소는 그만큼 아름답고 때 묻지 않았었다.

"나츠코가 좋아요."

나도 존댓말로 대답했고 나츠코의 얼굴에는 슬며시 벚꽃이 피어났다. 그녀의 미소는 활짝 핀 벚꽃 같았다.

"처음부터 좋았어. 학기 초에 캠퍼스에서 나츠코가 처음 인사했을 때부터, 환경운동 강의에서 네가 내 앞자리에 앉았을 때는 얼마나 긴장했는지 몰라. 이번에 밥 먹자고 이야기할 때도 너무 긴장해서……."

"풋."

나츠코가 웃음을 터뜨렸다. 뒤늦게 술기운이 올라왔는지 얼굴에 열이 올라왔지만 내 대사는 성공적이었다. 난 그녀의 밝은 표정에 안도했다.

"걱정했잖아. 나 혼자 이게 데이트라고 생각하는 줄 알고."

나츠코가 자기를 닮은 벚꽃을 올려다보며 말했다.

"나 사실 윤군이 처음에 밥 먹자고 했을 때 할머니한테 가서 말했다? 과에 엄청 멋있는 한국인 남자애가 밥 먹자고 했다고. 사실 그때 무지 기뻤어. 윤군이 밥 먹자고 해줘서."

나는 다행이라는 듯 참았던 숨을 뱉었다.

"그 다음부터 윤군이랑 있었던 일 다 할머니한테 이야기했는데 할머니가 윤군이 아주 좋은 사람 같다고 했어. 오늘같이 벚꽃 보러 간다니까 할머니가 윤군이 고백할 것 같다고 해서 혼자 엄청 기대한 거 있지. 주책맞게…… 근데 윤군은 먼저 고백도 안 하고……."

"아니야, 하려고 했어. 했는데……. 나츠코가 싫다고 할까 봐."

"그럼 정식으로 말해."

"뭘?"

"좋아하면 정식으로 사귀자고 말해야지."

"아……. 그렇지. 근데……. 나 이런 거 한 번도 안 해봐서……. 꽃이라도 꺾어와야 하나."

난 어색함에 개소릴해댔다.

"아니! 그냥 말만 해."

나츠코가 당차게 말했다.

"저기, 우리……. 아 못 하겠는데."

난 머리를 쓸었다.

"그럼 나도 몰라."

나츠코가 귀엽게 고개를 돌렸고 난 나츠코 쪽으로 자리를 옮겨 이번에는 말했다.

"저기 나츠코, 우리 사귈까……? 와 이거 진짜 엄청 창피하네. 다들 이런 걸 어떻게 하는 거야."

난 자리에서 훽 하고 일어나 잠시 낯간지러움에 몸서리쳤다. 내 평생 첫번째 고백은 이토록 멋없었다.

"풋. 하나도 안 로맨틱해."

"미안."

"그래도, 사귈게. 윤군이랑."

나츠코가 말하며 보인 민망한 미소에는 그 아이의 풋풋함이 그대로 녹아 있었다. 시간은 이미 자정을 향하고 있었고 우린 벚꽃을 뒤로

하고 급히 역으로 향했다. 나츠코가 타는 지하철이 먼저 도착했고 우린 일 년이라도 헤어지는 커플처럼 아쉬움에 손을 대차게 흔들었다.

"집에 도착하면 연락할게!"

"응! 나도 연락할게!"

하지만 나츠코가 떠나자마자 내 손은 미친 듯이 떨려오기 시작했다. 갑자기 우울감이 밀려왔지만 늘 그렇듯 그 이유도 원인도 부재했다. 곧 내가 탈 지하철이 도착했지만 나는 타지 못했다. 시간이 늦어 사람이 듬성듬성 앉아있는 지하철이 공포를 풍겼다. 터덜터덜 역에서 빠져나온 나는 도쿄의 비싼 택시에 올라탔다. 라디오에서 처음 들어 보는 서글픈 일본 노래가 흘러나와 라디오를 꺼달라고 부탁했다. 그 간단한 기타 코드에도 울음이 터질 것 같았다. 택시에서도 내 손은 멈출 줄을 몰랐고 난 기사님에게 보이지 않도록 손을 주머니에 쑤셔 넣었다. 집으로 가는 길에 보이는 도쿄의 밤거리는 무척 아름다웠지만, 그 아름다움은 나를 죽였다. 웅장한 도쿄돔에도, 불이 꺼진 관람 차에도, 캠퍼스의 오오쿠마 강당에도, 나는 괴로워했다.

집에 도착해 간단히 샤워를 마친 후 소설책을 편 내게 나츠코의 정성 어린 문자가 도착했다. 오늘 정말 즐거웠고 고맙다는 등 새빨간 하트까지 두 개 붙어 있는 이 문자는 형식적인 듯했지만, 애정이 마구 담겨 있었다. 한숨이 나왔다. 답장은 했지만 내 문자에는 하트도, 애정도 없었다. 호미가 보고 싶었다. 이런 내가 이해가 되지 않아서였을까? 아니, 그냥, 그냥 호미가 보고 싶어져 난 약을 잡히는 대로 들이켰다. 하지만 나를 기다리는 것은 호미가 아닌 '그' 꿈이었고 나는 작아진 호미를 품에 안고 울부짖었다.

3月24日 日記 曇り 名前 :

우리는 연애를 시작했다. 특별한 듯 평범히 우리의 관계는 다른 국면으로 접어들었다. 하지만 너무 완벽하게 시작된 게 문제였을까? 분명 행복해야 맞는 지금 나는 조금 불안하다. 사귀기 전에도, 후에도 그 아이는 나를 불안하게 만든다. 그게 그 아이의 매력인지도 모르겠다. 하지만 늘 그렇듯 불안한 건 내 마음이고 그 속에 이유는 내게 있다. 역시 말하는 게 낫겠지? 하지만 그 아이가 나를 싫어하는 건 죽도록 싫다.

***

"왜 증상이 심해진 것 같아요?"

타츠로상이 내게 물었다. 2주가 지나 병원에 오는 날이었다.

"모르겠어요. 미칠 듯 우울하고 죽고 싶어요."

"무슨 일이 있었던 건 아닌가요?"

"아니요. 별일……. 아 맞다, 나츠코랑 사귀기로 했어요. 이틀 전에."

이상하도 나츠코와 사귀기 시작한 다음부터 난 마음의 심연을 건고 있다. 우연의 일치이다, 분명히.

“그것 참 잘됐네요. 윤상이 먼저 사귀자고 했나요?”

“뭐 그런 셈이죠.”

분명 그런 셈이다.

“윤상이 먼저 말하지 않았죠?”

그는 내 마음을 읽은 듯 말했다.

“아니요, 먼저 말하려고 했는데…… 뭐 그래도 사귀자고는 먼저 말했어요.”

“예쁜 여자친구가 생겼는데 왜 이렇게 힘이 없어요?”

“나츠코랑은 상관없는 거예요. 이런 우울함이야 저한테 흔하죠. 그냥 한없이 의미 없고 살고 싶지가 않아지네요.”

타츠로상이 혹시 도와준답시고 멍청한 해결책을 늘어놓지 않을까 걱정이 되었다. 상담사는 떠들 필요가 없다. 입은 닫고 귀를 연 채 진정성 있게 고개를 끄덕이기만 하면 된다. 해결책 한두 개로 해결되는 고민을 하고 병원까지 찾는 사람은 없다. 타츠로상이 그런 식으로 멍청한 해결책을 제시한다면 그가 싫어질 것 같았다.

“아이고, 그런 마음으로 연애를 할 수는 있겠어요?”

“힘들죠. 제가 조금이라도 이 아이에게 안 좋은 영향을 끼친다 싶으면 도망가려고요.”

“전 여자친구와도 그래서 헤어진 거예요?”

“아니요. 그때는 지금보다도 더 이기적이어서, 당시 여자친구를 계속 아프게만 했죠. 이번에는 안 그러려고요."

경험 속에서 배운 것이고 또 순수한 나츠코에 대한 죄책감은 너무 클 것 같았다.

"약은 어땠어요?"

"너무 약해요. 더 강한 약이 필요해요. 손 떨림도 점점 심해져요."

"흠흠……. 그러면 조금 더 올려보기로 하고."

그는 잠시 차트를 읽었다.

"윤상은 우울할 때 마음을 털어놓을 수 있는 친구가 있나요?"

"아니요, 딱히 없어요. 친구가 거의 없거든요."

"윤상은 그럼 어떻게 이런 세상을 버티나요?"

"그건 호미가……."

아뿔싸. 내가 10년을 넘게 만난 강 원장님께도 하지 않는 호미 이야기가 나와버렸다. 타츠로상이 내뿜는 편안한 공기가 나를 무방비 상태로 만든 것이다.

"호미? 그게 뭐죠?"

나는 잠깐 고민했지만 왠지 우리 할아버지를 닮은 타츠로상에게는 말해도 될 것 같았다. 호미는 할아버지가 돌아가신 후부터 보였기 때문에 누구에게도 말한 적이 없다. 또 가끔은 호미에 대해 누군가에게 말하고 싶기도 했다.

"호미는…… 제 친구예요."

"친구요?"

"어렸을 때 가장 좋아하던 장난감인데, 언제부턴가 꿈속에 찾아와요."

약을 잘못된 방법으로 들이키면 찾아온다고는 말할 수 없었다.

"호미가 제가 힘들 때면 찾아와서 저를 위로해주니까 전 죽지 않고 버틸 수 있죠."

그는 안경을 벗고 내 말에 더욱 귀 기울이는 듯했다.

"호미는 어떤 장난감인가요? 형상 말이에요."

그는 질문을 하며 차트에 빠르게 무언가 적기 시작했다. 조금 불안했다.

"어…… 원래는 기사 인형이에요. 허리에 칼을 차고 중세시대 갑옷을 두른 기사에요. 근데 그 모습은 바뀌기도 해요, 사슴이나 고양이 같은 걸로요. 하지만 전 호미를 알아볼 수 있죠."

"그 호미가 윤상에게 뭐라고 말해주나요?"

"말을 하지는 않는 것 같지만 그 마음이 제게 느껴져요. 제가 꿈속에서 울고 있으면 찾아와서 제가 가장 아름답다고 또 제가 세상에서 가장 착하다고 알려줘요. 뭐 제가 미쳤다고 말할 수도 있겠지만 전 이게 제 방식이라고 생각해요. 암울한 삶에서 버티기가 힘들거든요."

난 내게 입원이 필요하지 않다는 것을 돌려 말했다.

"호미 이름은 왜 호미죠?"

"모르겠어요. 그때의 저만 알겠죠."

"흠흠."

그는 자꾸만 차트에 무언가를 내가 안 보이게 열심히 적었고 잠시 침묵의 시간이 내려앉았다.

"아주 흥미롭네요."

상담은 곧 마무리됐다. 그와의 상담으로 내 우울감이 사라지지는 않지만 타츠로상과의 만남은 긍정적인 편이다. 우린 치료보다 대화를 하니까. 난 조금 더 강한 새 약을 열흘치 받았고 다음주 토요일에 예약을 했다.

난 집에 잠시 들렀다가 나츠코를 만나러 캠퍼스 앞으로 갔다. 우리 학과는 방학 동안 다음 학기의 강의 계획을 위한 전공 교수님과의 상담을 제공한다. 방학마다 한국에 있던 나는 한 번도 해본 적이 없지만 이번 방학은 도쿄에 있고 할 일도 없기에 학교에 왔다. 사귀기로 한 후 처음 만난 나츠코는 아주 빛났지만, 그 빛은 자그마한 내 빛을 앗아갔고 난 그녀가 조금 미워 보였다. 뭐 원래 우울할 때에 나는 모두가 미워 보인다. 우린 과 건물 앞에서 요시다와 마주쳤다.

"윤군! 오랜만이야."

요시다가 밝게 인사했지만 난 짜증이 났다.

"요시다, 안녕."

내 어두운 표정을 눈치챈 나츠코가 나 대신 밝게 인사했다.

"어, 나츠코도 있었네. 근데 둘이 뭐해?"

"어, 우리 교수님 상담 때문에."

"둘이?"

요시다는 뭔가 마음에 들지 않는 듯 인상을 찌푸렸다.

"응……. 요시다는 끝나고 나오는 거야?"

"어. 이제 집에 가려고. 아 맞다 나츠코, 미츠키는 잘 지내?"

처음 듣는 이름이었다. 우리 학과 사람은 아닌 듯했다.

"어? 연락 안 한 지 오래 돼서…… 잘 모르겠네. 우리 이제 가야겠다."

나츠코는 발걸음을 재촉했고 난 쓰러질 듯 비틀거리며 그녀를 따랐다. 고등학교 동창이라는 둘의 대화를 처음 들었지만 둘은 상당히 사이가 나쁜 듯했다. 뭐 내가 상관할 바는 아니지만.

의미 없는 상담을 마친 후 우린 캠퍼스의 카페로 향했다. 온종일 내 몸 주위에 퍼져 있는 우울감을 느낀 나츠코는 내게 연거푸 무슨 일이 있냐고 물었지만 나는 그냥 조금 피곤하다고 답할 뿐이었다.

"윤군 다음번에 나 윤군집에 놀러 가면 안 돼? 내가 맛있는 거 해줄게. 나 요리 잘해."

"응, 다음번에."

"그럼 이번 주에 어때? 다음 주에 개강하니까 그 전에."

"좀 천천히 생각해보자."

난 집에 서준이도, 전 여자친구도 들인 적이 없다. 나만의 공간이기도 하고 그냥 그게 누구든 내 집에 오는 게 싫다.

"그래……?"

"아니, 집이 지저분하고 또 좁기도 해서……."

나츠코의 시무룩한 표정에 난 없는 이유를 댔다.

"윤군, 디즈니랜드 가본 적 있어?"

나츠코가 화제를 돌리며 내게 물었다.

"아니, 가본 적 없어."

"그럼 우리 다음 주 토요일에 가지 않을래? 나 남자친구가 생기면 꼭 같이 가보고 싶었어. 어렸을 때 말고는 가본 적도 없고."

나츠코의 눈이 반짝였다. 이 눈을 보면 어느 누가 거절할 수 있겠냐 싶지만 우울할 때의 나는 그 어려운 일을 거뜬히 해낸다.

"아……. 다음주 토요일에는 약속이 있어서, 다음에 가자."

나츠코의 표정에 아쉬움이 가득했다.

"어떤 약속?"

"너 모르는 일."

정신병원에 간다고 할 수는 없기에 말하지 않았다. 물론 다른 적당한 핑계를 댈 수도 있었지만 가시가 돋아나 있는 나는 이렇게 심통을 부려댄다. 나츠코의 잘못이 아니다. 나쁜 건 내 정신이다. 우울감이 내 눈을 가렸기에 눈 앞 나츠코의 모습이 초점을 하나도 맺지 못했다. 또, 난 그 초점을 맞추려고 노력하지 않았다. 그뿐이다. 난 집에 돌아와 새 약을 흡입했다.

그는 아슬아슬 '우리'의 숲에 들어왔다. 자꾸만 흐려지는 숲에서 그와 호미는 말없이 마주앉아 서로의 존재를 확인했다. '우리'는 서로 보고 있다기보다 서로 느끼고 있었다. 건조한 녹색 하늘 아래의 숲은 그날따라 한없이 추상적이었다. 그 위로 다리가 없는 말과 날개가 없는 거위가 떠다녔다. 그들의 추락을 기다리던 호미는 녀석들을 칼로 찔렀다. 이번에도 그는 행복했다. 정말 행복했나? 그의 머리에는 그날도 숲의 기억이 전혀 남지 않았다. 행위는 있었지만 기록은 없었다. 그러나 그는 평소처럼 믿기로 했다. '난 분명 행복했을 거야.' '아니, 난 이곳에서는, 이곳에서만큼은 행복해야 해.'

4월

***

완연한 봄과 함께 또 다른 학기는 찾아왔다. 캠퍼스에는 늘 그렇듯 취업 또는 생존을 위해 비싼 등록금을 내고 쓸데없는 지식을 채워야 하는 연어들로 가득했다. 봄의 따스한 햇살에도 이곳은 낭만적이지 않다. 허나 내게 이번 학기의 시작은 지난번과 조금 달랐다. 전공수업 내 옆자리에는 나츠코가 앉아 있었다. 같은 학과라서 그런 것도 있지만 CC는 대부분 하루종일 붙어 있게 된다.

"도윤! 오랜만이다. 왜 연락이 안 돼, 인마."

서준이가 오랜만에 멍청한 웃음을 지으며 다가왔다.

"미안, 조금 바빴네. 잘 있었어?"

"잘 있었지, 뭐야 나츠코랑 왜 둘이 앉아 있어?"

서준이가 일본어로 물었고 나츠코는 수줍은 얼굴을 하고 고개를 숙였다.

“어, 우리 사귀기로 했어.”

내가 일본어로 말했다.

“대박. 진짜? 언제부터?”

“얼마 안 됐어.”

“누가 먼저 좋아한 건데?”

“내가.”

우린 토종 한국인 둘이서 일본어로 대화를 나눴다. 참으로 우스운 장면이지만 유학생들에게는 흔한 일이다.

“와, 이 엉큼한 자식. 어쨌든 축하한다. 나츠코도 축하해.”

“고마워.”

나츠코는 아직도 고개를 숙이고 있었다. 그 모습이 귀엽기는 했다.

학기의 첫 수업은 대부분 오리엔테이션이기에 난 온종일 창밖만 바라보고 있었다. 날씨가 좋았다. 짜증이 날 만큼. 나츠코는 종일 일본인들 여럿에게 우리 관계를 설명하느라 바빴다. 하굣길에 캠퍼스에서 자꾸 아는 얼굴들이 우리에게 말을 걸었고 우리는 그때마다 자리에 선 채 잠시 대화해야 했다. 물론 난 한마디도 하지 않고 그들이 마지막에 “축하해”라고 말을 하면 고맙다고 답했다. 다들 나를 언제 봤다고 축하하고 말고 하는지. 우리는 해질녘이 되어서야 캠퍼스를 빠져나왔다. 족히 10m는 될 듯한 우리의 그림자가 부드러운 파도처럼 굽이쳤다.

“오늘 엄청 피곤했다. 그치?”

나츠코가 말했다.

"그렇네."

"오늘 고마워."

"뭐가?"

"나 사실 아침에 윤군이 서준한테 우리 사귄다고 편하게 말해서 되게 고마웠어. 윤군이 나랑 사귀는 거 알리고 싶지 않으면 어쩌나 고민했거든."

'뭐라는 거야' 하고 생각했다.

"내가 왜?"

"아니 그냥 그럴 수도 있잖아……. 불편할 수도 있고……."

나츠코가 자신감 없이 말했다.

"너는 불편해?"

"아니, 전혀."

"나도 하나도 안 불편해. 그런 걱정하지 마."

"응."

나츠코는 웃음을 지어 보였다.

"이번 주 토요일에 그 약속 가는 거지?"

나츠코가 물었다. 내가 토요일에 일이 있다고 말했나 보다.

"응."

"어떤 약속이야? 누구랑?"

"그냥 일이 있어."

"말해주면 안 돼?"

"다음에 말해줄게."

우린 지하철역 앞에 도착했다.

"저녁 먹고 갈까?"

나츠코가 말했다.

"오늘은 좀 피곤해서."

"칫……."

나츠코는 서운한 표정을 지어 보였다. 사귀기 시작한 후로 나는 자꾸만 그녀를 이런 표정 짓게 만드는 듯하다.

"일요일에는 같이 밥 먹자."

난 나츠코에게 미안한 마음이 들어 제안했다. 일요일이면 기분이 조금 나아질 수도 있다.

"진짜? 좋아, 좋아."

나츠코는 힘차게 고개를 끄덕여댔다. 이게 그렇게 좋아할 일인가.

개찰구 앞까지 나츠코를 데려다주고 인사를 하려는데 내 손을 나츠코의 작은 두 손이 붙잡았다.

"윤군, 혹시나 힘든 일이 있으면 꼭 내게 말해야 해, 난 윤군 여자친구니까."

"알았어, 오늘은 그냥 피곤한 것뿐이라니까."

너에게 이야기하지 않을 것이다. 한없이 밝은 네게 좋지 않은 영향만 줄 것이 분명하니까. 처음으로 나츠코의 손을 잡는 것이었지만 기분이 좋지 않았다. 나츠코의 깨끗한 손이 내 손에 더럽혀진 것 같았다. 이 아이를 망치고 있다는 죄책감에 시달렸다. 나는 어찌 그리도 아름다운 나츠코에게 이럴 수 있을까? 분명 내 병이 문제이다.

그는 '호미'의 숲으로 향했다. 빨간 나무 주위에 선 호미는 그가 세상에서 가장 아름답다고 그의 귀에 속삭였다. 하지만 왠지 그 말은 그의 마음까지 닿지 못했다. 무언가가 막아버린 듯이. 그게 벚꽃은 아닐까? 하고 그는 생각했다. 코끼리는 날아다녔고 악어 위에 까치가 앉아 있었으며 토끼가 거북이에게 키스했다. 사슴이 그의 옆에 자리를 잡고 누웠다. 토끼는 달님이고 거북이는 별님이다. 사슴은 자연이며 악어는 인간이다. 까치는 문명이고 코끼리는 해님이다. 그 위에 호미가 존재한다. 호미는 '우리'의 숲의 신이다. 전지전능한 신.

***

토요일이 찾아왔고 난 간단히 점심을 먹고 마음 클리닉으로 향했다. 그 사이 나츠코와 여러번 만났지만 연신 괜찮냐고 물어대는 나츠코는 나를 더욱 안 괜찮게 만들었다. 병원에는 내 뒤에 대기하는 사람이 몇 있었지만 나는 간호사님께 마지막으로 진료받을 수 있도록 부탁했다. 긴 상담을 원한 건 아니었지만, 시간의 제약을 받고 싶지 않았다. 타츠로상은 퇴근 시간이 다가와 흰 가운을 입고 있지 않았는데 그가 입고 있던 괴상한 무늬의 스웨터는 정말 우리 할아버지를 떠올리게 했다.

"약은 효과가 있었나요?"

"아니요, 더 강해야 해요. 손 떨림도 안 멈추고 이상해요."

분명 이제는 약이 어느 정도 내게 맞는다. 하지만 이상하다. 우울함이 지속된다.

"손 떨림이 안 멈춘다……."

그는 잠시 턱을 쓸었다.

"이제 학기 시작했죠?"

"네, 또 몇 달을 의미 없는 수업을 들어야겠네요."

"여자친구와는 같은 학과이니 매일 보겠네요."

"그렇죠, 필수과목에 몇 개 겹치는 수업도 있어서 하루종일 붙어 있을 때도 있어요."

난 나도 모르게 한숨을 쉬었다.

"종일 같이 있는 거, 싫은가 보죠?"

"모르겠네요. 전에 연애할 때도 가끔 이랬어요. 그냥 우울한 거죠, 뭐."

"음……. 역시."

역시? 뭐가 역시라는 걸까. 이 질문을 끝으로 그는 한동안 침묵을 유지했다.

"윤상이 왜 나츠코 양이랑 같이 있으면 우울하고 손이 떨리는 줄 알아요?"

난 고개를 갸우뚱했다. 나와 몇 차례의 만남에서 자기 의견을 한 번도 입 밖에 내지 않은 타츠로상의 말투가 조금 바뀌었다.

"그건 윤상이 나츠코를 안 좋아해서 그래요."

"네? 그게 무슨……."

"사실 나도 잠을 많이 설쳤어요. 윤상 때문에. 이제부터는 의사로서 유상 소견을 말해줄게요. 그게 내 일이니까. 괜찮겠죠?"

돌아가신 우리 할아버지의 분위기를 풍기던 이 의사의 눈빛이 날카로워졌다.

"윤상은 참 특별해요. 알고 있죠?"

의사들은 꼭 특이하다는 말보다 특별하다는 말을 쓴다.

"윤상은 우울감도 자살 충동도 아주 강해요. 다른 병원이었다면 바로 입원을 권했을 거예요."

뭐 이미 알고 있는 뻔한 말이었다.

"어떤 병이든 원인을 찾아야 하거든요. 하지만 윤상은 자기 우울함의 원인이 이 세상이라고 말하고 있어요. 더러운 세상 때문에 미치지 않을 수가 없다고. 당연한 것들의 결핍이라. 멋진 말이에요. 한동안 제 머리를 맴돌았죠. 하지만 미안해요. 내 눈에는 더러운 세상은 윤상 문제가 아니에요. 윤상은 그저 탓하고 있을 뿐이에요. 세상을 거창한 핑계로 포장해서. 기분 나쁘게 듣지는 말아줘요, 의사로서 해줄 수 있는 말을 하는 거니까."

기분 나쁘게 듣지 말라는 말이 기분 나쁘지 않을 수가 없었다.

"미안하지만 내 눈에 윤상의 문제는 당연한 것들의 결핍 같은 거창한 게 아니에요. 물론 그것 때문에 힘든 것은 사실이겠지만 그리도 예민하게 반응하는 데는 이유가 있을 수밖에 없어요. 윤상은 아주 여리고 또 어려요. 애정이 결핍된 아이일 뿐이에요."

난 무표정을 유지했지만, 표정에 비해 솔직한 동공은 마구 흔들려댔다.

"호미 이야기도 정말 흥미로웠어요. 아마 윤상이 더 잘 알고 있겠지만 호미는 윤상 외로움이 형상화된 것뿐이에요. 아무도 말해주지 않으니까 자기 자신만이 '난 아름다워', '난 착한 아이야'라고 말하고 있는 거죠. 그런 식으로 평생 자기 자신을 방어해 왔겠죠. 하지만 그 벽이 너무나 단단해서, 윤상을 사랑해줄 사람도 들어올 수가 없어요. 그런 사람이 정상적으로 연애를 해서 사랑을 하고 또 사랑을 받을 수 있을 리 없죠. 순수한 나츠코가 더럽혀지는 게 싫다고 말하고 있지만, 속으로는 평생 지키고 있는 자신의 삶에 누가 끼어드는 게 싫은 건 아닌가요? 그러다가 자신을 잃을까 두려운 것일 테고."

속에서 무언가 와장창하고 무너지는 소리가 들렸다.

"하지만 전 분명히 나츠코를 좋아해요. 처음부터 제가 짝사랑 한 거라고요."

"그것 역시 나츠코를 짝사랑하는 윤상 자신의 모습이 좋았던 거죠. 그 아이를 짝사랑하는 건 좋지만 나츠코도 윤상을 좋아하면 얘기가 달라지죠. 그 순간부터 당신의 삶의 한 부분이 되는 나츠코는 윤상이 원하던 게 아닐 거예요. 사랑받기를 무서워하는 전형적인 애정 결핍 증상이죠."

그가 '전형적인'이라는 말을 썼다. 이것은 의사들이 쓰는 말 중 내가 가장 싫어하는 단어이다.

"분명 이런 문제는 성장 과정에서 파생되었을 텐데…… 아마 부모님……."

"그만 하세요."

"윤상, 힘들어 보여요. 너무 구차하게 자신을 지켜요. 어쩌다 그렇게 혼자가 된 것인지는 모르겠지만 혼자인 건 함께 있는 것보다 나을 수 없어요."

그는 지금 자기가 신이라도 되는 양 떠들어대고 있다. 버럭 소리를 지르고 싶었다. 아니, 마음 같아서는 이 늙은 의사의 스웨터가 늘어나도록 멱살을 잡고 '네가 뭘 알아!'라고 소리치고 싶었다.

"너무 내 이야기만 해서 미안해요. 하지만 더 이상 윤상을 혼자 두면 정말 안 좋은 상황이 올 수도 있어요. 이대로 두있다가는 환각이나 환청이 생길 거고 끝에는 정신 분열까지 갈 수 있죠."

그는 자꾸만 한낱 의사로서의 주제를 넘어댄다. 내가 원한 건 이게 아니었다.

"솔직히 말해줘요, 윤군. 난 윤군을 돕고 싶어요. 호미, 꿈속에만 보이는 거 아니죠? 환각인 거죠?"

나는 급하게 웃옷을 집어 들고 자리에서 일어섰다.

"오늘은 들어가 봐야 할 것 같아요."

"그럼 다음 주 토요일에 와줄래요? 오늘과 같은 시간에."

"제가 스케줄 보고 병원에 연락할게요."

나는 허겁지겁 병원을 빠져나왔다. 호미 이야기를 한 것을 후회하며 다시는 이 병원에 오지 않아야겠다고 생각했다. 그는 실력 있는 의사가 아니다. 환자에 대해 생각도 못하고 떠들어대는 그의 오만함에 치가 떨렸다. 방에 처박혀 다시 으깬 약을 코로 흡입했다. 혼자여야 했다. 아니, 호미가 필요했다. 호미는, 호미만은 내가 얼마나 아름다운지 알고 있으니까. 하지만 호미는 나타나지 않았다. 또 '그' 꿈이다. '그' 꿈은 어둡게 참혹하고, 또, 밝게 참혹하다. 평소와 같이 내 마음의 피부는 한 올 한 올 아주 고통스럽게 찢겨나갔다. 나는 곧 날개 한 짝을 잃은 새처럼 이지러졌다.

***

나의 지속되는 '그' 꿈은 흉측한 괴물이 나오는 두려운 것도, 내가 사랑하는 이가 죽는 가슴 아픈 것도 아니다. '그' 꿈은 단지 나의 가장 오래된 기억과 그것의 반복이다. 나의 가장 오래된 기억, 그러니까 내 첫 번째 기억은 어린이집에 가기에도 전인 어린 시절이다.

지금보다 훨씬 젊은 엄마가 보인다. 우린 함께 블록을 쌓고 있다. 알록달록한 색깔의 그 시절 어느 집에나 있을 법한 그 블록이다. 점심 시간이 됐는지 함께 밥을 먹는다. 요리는 역시 맛이 없지만 엄마와 함께한다는 것이 중요하다. 그 후 엄마는 나를 내 방 침대에 눕힌다. 엄마는 옆에 누워 동화책을 읽어준다. 그 편안함에 나는 엄마 품에 안겨 꾸벅꾸벅 졸기 시작한다. 방에 스며드는 볕은 반으로 갈라져 어두움과 밝음을 동시에 일으켜 세운다. 나는 세상에서 가장 편안한 잠에 든다.

곧 눈을 뜨지만 엄마는 없다. 나는 내가 가장 좋아하던 중세시대 기사 장난감, 호미를 안고 있다. 나는 호미를 집어던진 채 혼자 집을 헤맨다. 최대한 목소리를 크게 내어 "엄마", "엄마" 하고 소리치며 엄마를 찾는다. 헤매고 헤매다 방으로 돌아온 나는 다시 호미를 끌어안는다. 그리고 울기 시작한다. 아주 가냘프고 또 아름답게. 세상의 모든 슬픔을 집어삼킨 듯 애처롭게 울어댄다. 당시 내 세상의 전부를 잃은 슬픔이다. 엄마가 날 버렸다고 생각한다. 내가 예쁘고 착한 아이가 아니라 버려진 거라고. 하지만 난 엄마를 탓하지 않는다. 그녀를 탓하기에는 그 사람이 너무 좋다. 착하지 않고, 아름답지 않은 나를 미치도록 원망한다. 난 엄마가 집으로 돌아올 때까지 듣지 못할 엄마에게 말하듯 "잘못했어요"라고 되뇌며 눈물을 흘린다. 한없는 기다림은 너무도 고통스럽다. 목소리는 쉬고 눈물과 콧물에 호흡마저 힘겨워질 때쯤 어두움이 집을 감싼다. 존재하는 모든 것이 그 어둠에 먹힐 즈음 엄마는 돌아온다.

난 눈물을 뚝 그치고 잃었던 내 세상에게 달려간다. 엄마가 날 버린 줄 알았다고, 혼자 너무 무서웠다고 말하고 싶다. 하지만 말하지 못한다. 그런 어리광을 피우면 엄마가 다음번에는 진짜 나를 버릴 것 같은 생각이 든다. 그렇게 엄마 품에 안겨 다시 눈을 감는다. 모든 슬픔은 그 품의 따스함으로 치유된다.

하지만 눈을 뜨면 난 다시 어두움과 밝음이 공존하는 오후로 돌아간다. 이번에는 놓고가지 않겠다는 엄마의 약속을 받은 것 같지만 이번에도 엄마는 없다. 이 장면은 수없이 반복되다. 나는 '이' 꿈 속 이러한 반복에, 아니, 내 눈물에 갇혀 산산조각 나는 것이다.

이것은 맞벌이 집안 부모들의 너무도 흔한 출근 방법이다. 엄마 역시 출근할 때 내가 울어대면 힘이 드니 이런 방법을 썼던 것이다. 나도 어른이 된 지금, 일이 바빴던 엄마를 원망하지도 미워하지도 않는다. 오히려 이해하는 편이다. 나 역시 자는 하율이를 놓고 나온 적이 있을 정도니까. 하지만 그때의 기억이 생생하다. 어두움과 밝음이 공존하는 늦은 오후의 빈집은 더럽게 쓸쓸하고 더럽게 외로웠다. '그' 꿈의 단순한 반복은 나를 미치게 만들었고 언제부턴가 이런 나를 위로하기 위해 호미가 나타난 것이다. 그는 나를 위로했다. 난 착한 아이야, 난 아름다워, 하며. 호미는 내 눈물을 알고 있다. 호미는 순수함 속 가냘프고 아름답게 울어대는 나를 본 유일한 존재이다. 호미는 내가 얼마나 아름다운지 알고 있다.

우리 할아버지와 닮아 있는 그 의사에게 내 마음을 모두 들킨 후 내 속을 거짓 없이 마주한 채 나온 고통은 평소와는 색깔도, 향기도 달랐다. 그는 내가 마음속 깊이 감춰놓은 초라한 결핍을 드러냈다. 내 마음의 모래성은 그의 말에 간단히 풍화됐다. 내 속은 내가 상상한 것보다 훨씬 비참했으며 또 보기 거북한 단단함이 존재했다. 난 세상의 불의를 못 버티는 영웅도, 태생적 아름다운 슬픔을 지닌 반 고흐도 아니다. 그저 사랑을 받을 줄도 모르면서 사랑해달라고 떼쓰는 아이에 불과하다.

하지만 호미는 내가 얼마나 아름다운지 알고 있다…….

호미는 알고 있다…….

호미만은 내 슬픔을 온전히 이해한다…….

호미가 있으니 나는 괜찮다…….

호미는 내가 얼마나 아름다운지 알고 있다…….

문을 잠그고 좁은 방에 나를 가둔 채 시간을 멈췄다. 학교에 가지도, 그 누구의 연락을 받지도 않았다. 시도 때도 없이 누군가 내 목을 조르는 듯 숨은 턱턱 막혀왔고 서 있는 것도, 누워 있는 것도, 앉아있는 것도 불편했다. 자꾸만 속에서 역함이 느껴져 번번히 변기를 붙잡고 속을 비워내야 했다. 연약한 내 마음의 함락을 몸은 받아들이지 못하는 듯했다. 거울에 비친 내 모습에 비위가 상해 집안의 모든 거울을 깨 버렸다. 손에서는 피가 흘렀다. 하지만 소름끼치는 빨간 물은 아쉽게도 나를 죽이지 못했다. 손에 잡히는 대로 약을 으깨서 흡입했고 꿈과 현실의 경계가 흐릿해졌다.

숲에 불이 났다. '우리'의 행복에 불이 났다. 그는 불을 끄려 손을 허둥댔지만 손에는 고통스러운 뜨거움이 느껴지지 않는 듯 느껴졌다. 숲의 화(禍)는 오일 파스텔에 불이 붙은 듯 빠르게 번졌다. 그는 자신의 초라함을 뼈저리게 느꼈다. 그때, 호미가 보였다. 호미는 멀리서 걸어오고 있었다. 그는 반가움에 호미에게 달려갔지만 중간에 걸음을 멈출 수밖에 없었다. 호미는 평소와 다르게 몸집이 그의 두 배 이상 컸다. 호미의 몸에는 가시가 돋아나 있었다. 호미는 자기 이야기를 남에게 떠벌린 것에 대해 화가 난 것이었다. 호미는 더는 그의 편이 아닌 듯했다. 호미는 천천히 다가왔고 그는 한 걸음 물러섰다. 호미는 허리춤에 칼을 빼들었다. 호미가 칼을 세로로 들고 그를 향해 달리기 시작했다. 그는 아주 빠르게 달렸다.

'…… 철컹'

'…… 철컹'

'…… 철컹'

호미의 갑옷이 서로 부딪치는 소리가 그의 머리를 울려댔다. 한 걸음, 한 걸음 공포가 다가온다. 호미가 그에게 다가올수록 그 공포는 점점 더 커진다. 그는 녹색 하늘 아래에서 도망치기 시작했다. 호미가 그를 죽일 것이다. 아니, 내가 나를 죽일 것이다. 공포 속 그는 도와줄 이를 찾아봤지만 존재하던 모든 색깔은 이미 호미의 칼에 찔려 죽어 있었다. 그는 혼자 달리고 또 달렸다. 호미가 풍기는 공포는 그가 이제껏 맛본 공포를 모두 더한 것보다 잔인하고 무서웠다. 그는 호미에게 잡힐 듯 잡히지 않았고 끝없는 공포만이 지속되는 듯했다. 마치 호미가 일부러 공포의 거리를 유지하는 듯했다. 아니, 그 거리는 그가 직접 유지하고 있었던 것인지도 모른다. 그는 홀로 달리며 되뇌었다. '잘못했어요.' '잘못했어요.'

눈을 떴을 때 난 욕실 앞에 누워 있었다. 옆에는 깨진 거울 조각들이 놓여 있었고 여러 개의 크고 작은 조각마다 역겨운 내가 비쳤다. 산산조각이 나도 나는 존재했다. 그 모습에 나는 다시 눈을 감을 수밖에 없었다. 어느쪽이 지독한 악몽인지 알 수 없었다. 현현하는 끔찍함 속 나는 현실의 몸을 일으켰다.

윤군! 괜찮아? 휴대폰이 꺼져있네…….

이거 보면 바로 전화줘.

어디 아픈 거야? 걱정돼.

내가 잘못한 일 있어? 있다면 내가 미안해, 정말로.

말 안 해서 미안해. 내가 다 설명할게. 윤군이 이러는 것도 이해해.

휴대폰을 켜니 나츠코에게 마흔 통이 넘는 문자와 열 통이 넘는 전화가 와 있었다. '이 아이는 도대체 왜 나 같은 게 좋아졌을까.' '왜 나 같은 거한테 이리도 잘해줄까.' 됐다. 이제 별로 상관없다. 잊어버리자.

난 버릇처럼 엄마 연락처를 눌렀다.

"응, 도윤아. 잘 있니?"

목소리를 채 가다듬을 틈도 없이 엄마는 빠르게 전화를 받았다.

"……."

엄마에게 말하고 싶었다. 너무 무섭고, 너무 죽고 싶다고. 살려달라고. 나 좀 어떻게 해달라고. 나를 태어나게 한 엄마, 아빠를 원망한다고. 또, 정말 미안하다고. 이런 생각을 하는 내가 정말 미안하다고. 그러니 이제 그만 할 거라고. 나 그냥 죽기로 한다고. 없던 걸로 치자고. 나 같은 거 존재하지도 않았던 걸로 하고 살아주면 안 되냐고. 정말 짜증나니까 나 같은 거 때문에 눈물 흘리지 말아 달라고.

"……."

난 말 없이 흐느꼈다. 이번엔 휴대폰을 손으로 막지 않고 울었다. 못난 꽃이 한 송이 지는 것뿐인데 눈물이 났다.

"도윤아……."

말을 잇지 못하던 엄마는 나와 함께 울기 시작했고 난 슬픈 정적 속 전화를 끊었다. 창밖에는 음울한 푸른 빛을 띄는 텅 빈 하늘이 보였지만 그것이 저녁의 것인지, 새벽의 것인지 알 수 없었다. 아니, 이제 내겐 알 필요가 없다.

갓난아기가 죽었다. 아니, 갓난아기를 죽였다.

4月18日 日記 晴れ 名前 : 키무라 나츠코

윤군에게 연락이 닿지 않는다. 학교에도 나오지 않고 전화도 꺼져 있다. 서준도 윤군 행방을 전혀 모르겠다고 한다. 집은 알지만 윤군은 집에 찾아가는 것을 매우 싫어한다고 한다.

내 비밀을 알고 내게서 도망친 걸까? 이번에도 요시다인가 보다. 너무 밉지만 난 누군가에게 마음껏 미움을 주는 일도 서툴다. 윤군은 내게 많이 실망했겠지? 역시 내가 먼저 이야기했어야 했는데……이제 나를 싫어하겠지…….

남자 친구를 사귀고 행복해하는 것은 역시 내게 사치였나 보다. 우울해진다. 끝없이, 끝없이 떨어질 것 같다. 눈물샘이 고장난 듯 눈물도 너무 많이 흘렸다. 이런 내가 밉지만 그가 보고 싶다.

한 번만, 한 번만 더 찌질하고 비참해져야겠다. 윤군에게 변명으로 들릴 수 있어도, 내 진심을 들려줘야겠다. 그러고 싶어졌다. 윤군은 분명 그럴 가치가 있는 사람이다. 이번에도, 가만히 있는다고 달라지는 건 없다.

***

"띵-동"

엔틱한 도윤의 자취방 벨소리가 울렸다. 나츠코는 서준에게 물어 도윤의 주소를 알아낸 참이다.

"띵-동"

"띵-동"

세 번째 벨을 눌러도 인터폰은 조용하다. '집에 없나'하고 나츠코는 생각한다.

"…… 네……."

나는 몸을 억지로 일으켜 힘겹게 인터폰에 대고 말했다. 이 벨소리는 또 어떤 악몽인가 생각하던 참이다.

"윤군."

나츠코의 자그마한 얼굴이 청색 화면에 그려졌다.

"아, 나츠코……."

"윤군, 괜찮은 거야? 이야기 좀 하자."

나츠코는 얼굴을 화면 가까이 들이밀었다.

"어…… 지금은 좀 그런데……."

난 눈으로 손에 흐르는 와인빛 피를 따라가며 말했다.

"지금 좀 나오면 안 될까? 얼굴 보고 이야기하고 싶어."

"……."

"윤군하고 마지막으로 얼굴 보고 이야기하면 화도 안 내고 울지도 않고 윤군 원망도 안 할 테니까 얼굴 보고 얘기하자, 응?"

나츠코가 마지막으로라는 말을 썼다. 이미 마음의 준비를 하고 있었나 보다. 하긴 남자친구가 일주일 가까이 연락을 안 받았으니 요즘 말로 잠수 이별이라도 당한 줄 알았을 것이다.

"어…… 그럼 나가서 왼편으로 돌면 공원 하나 있는데 거기 잠깐 앉아 있을래? 준비하고 바로 나갈게."

확신에 찬 나츠코의 목소리에 난 거절할 수 없었다. 또, 이토록 나를 좋아해 주는 나츠코에게 마지막 예의를 차리고 싶어지기도 했다.

"응, 기다릴게."

나는 급하게 세수만 하고 모자를 눌러쓴 채 밖으로 나왔다. 피가 나는 손은 약상자에 있던 붕대로 대충 감았다. 새벽 1시가 조금 넘은 시간이었다.

집 앞 작은 공원의 몇 안 되는 벚나무들은 모두 그 아름다움을 빼앗긴 상태였다. 멀리서 나츠코가 벤치에 앉아 있는 모습이 보였다. 파자마 위에 얇은 패딩을 겹쳐 입은 나츠코는 벤치에 등을 꼿꼿이 세우고 앉아 있었다. 이런 상황에도 그녀는 귀여워 보였다. 난 말 없이 나츠코 옆에 앉았다.

"벚꽃이 다 졌네. 벌써."

적절한 인사가 생각나지 않은 내가 말했지만 나츠코는 답이 없었다. 그저 금방이라도 터져 나올 울음을 참는 듯한 표정으로 앞만 바라보고 앉아 있을 뿐이었다. 어디서부터 이야기해야 할지 몰라 나도 입을 다물고 나츠코가 보는 곳을 바라봤다. 푸른 잎들의 잔잔한 나부낌은 우리의 침묵에 저항하는 듯했다.

"미안해."

나츠코의 떨리는 목소리가 들렸다. 뭐가 미안하다는 건지. 미안한 건 나인데.

"내가 말 안 해서 미안해, 윤군이 남자친구니까 말했어야 했는데……."

응? 이게 무슨 말인가. 예기치 못한 나츠코의 이야기는 곧 죽을 내게 약간의 호기심을 자극했다. 난 말 없이 나츠코를 응시했다.

"나 부모님이 10살 때 이혼하고 일본에 와서 계속 따돌림당했어. 외국인처럼 생겨서 아이들이 싫어했나 봐. 그래서 늘 친구가 없었어. 자신감도 없었고. 내가 진짜 돌연변이라고 생각한 거 있지? 다 내 잘못인 줄 알았어."

나츠코는 내 얼굴을 쳐다보지 않고 씩씩하게 말을 이어갔다.

"내가 지난번에 생일이 싫다고 한 거 기억나?"

"응."

"생일 때마다 슬퍼져. 생일은 태어난 사람이 주인공이고 축복 받는 날인데. 내 생일은 다른 거 있지. 축하해주는 친구도 없고…… '나는 축하 받을 자격도 없는 사람이구나'라고 늘 생각했어. 바보같이. 그렇게 혼자 조용히 살다가 고등학교에서 미츠키를 만났어. 미츠키는 편견 없이 나를 대해서 금방 친해졌지. 그 애 나한테 꽤 중요했어. Shishamo 밴드도 미츠키가 좋아해서 좋아하게 된 거야."

미츠키? 미츠키가 누구지? 급히 머리를 굴려봤지만 떠오르는 이름이 아니었다.

"서로 집에서도 같이 자고 공부도 같이하고 놀러 다니고 정말 좋았어. 그러다가 어느 날 미츠키가 나한테 사귀자고 하는 거야. 내가 좋다고 나를 사랑한다고. 너무 당황스럽고 무서웠는데 그때 나는 친구나 애인이나 다를 게 없다고 생각하고 좋다고 했어. 나도 미츠키를 사랑한다고 생각했거든. 아니, 어쩌면 진짜 사랑했는지도 몰라."

난 나츠코의 이야기를 경청하고 있었다. 최근 이리도 누군가의 말에 집중한 적이 있었나 싶을 정도였다.

"하지만 크게 달라진 건 아니야. 평소처럼 같이 노는 거였지. 그때 요시다가 소문을 퍼뜨렸어. 우리 동성애자라고. 그 후부터는 학교에서는 모두 우리를 피했고 둘이 완전 왕따가 됐지. 난 별로 상관없었는데 미츠키는 아녔나 봐. 둘만 있는 시간이 많아지면서 미츠키는 점점 연인 같은 관계를 원했어. 걔네 집이 비던 날 평소처럼 함께 자려고 갔는데 미츠키가 나한테 키스를 하려고 하더라고. 난 너무 무서워서 미츠키를 뿌리쳤지. 그러니까 미츠키가 엄청 화를 냈어. '난 너 때문에 학교에서도 혼자인데 너까지 나한테 이러면 어떡하냐고' 미츠키가 화내는 걸 처음 봤는데 정말 무서웠어. 그래서 그냥 도망친 거 있지. 그다음부터 미츠키는 학교에 나오지 않았고 나는 학교에 남았어.

다시 혼자가 됐고 다 나 때문이라고 생각했어. 세상이 지옥 같았지."

말을 흐리며 나츠코는 울기 시작했다. 나는 나츠코가 잠시 흐느끼도록 내버려 두었다. 입고 있던 후드 앞주머니에 일회용 티슈가 있어, 나츠코에게 건넸다. 나츠코는 눈물을 닦았고 조금 진정된 듯싶었다.

"그래서 나도 내가 그런 사람인 줄 알고 살고 있었는데……. 윤군을 만났어. 윤군 나랑 처음 인사한 날 기억해? 저녁에 캠퍼스에서."

"응."

"나 사실 가끔 그렇게 친하지도 않은 사람한테 인사한다? 이따금 우울해서 집에 가기 싫어져, 가서 혼자 있을 시간이 싫거든. 그럴 때 누군가한테 밝게 인사하면 그 사람도 웃어줄 때가 많거든. 그렇게 누군가의 미소를 보면 살 것 같아서, 가끔 그렇게 인사하는 거야. 그날은 윤군을 봤지, 한 번도 이야기 안 해봤지만 그냥 윤군 웃는 얼굴을 보면 집에 갈 수 있을 것 같은 거야."

난 고개를 끄덕였다. 그녀의 살아가는 방식은 분명 나랑 비슷한 듯 달랐다. 나는 강에 떠내려가는 반면 그녀는 강을 거스르고 있었다.

"근데 있지. 윤군이 웃기는 했는데, 울고 있던 것 같더라고. 맞지?"

"그랬던 것 같아."

"그다음부터 윤군을 지켜봤어. 궁금했거든 그날 왜 울고 있던건지. 그렇게 지켜본 윤군은 늘 쓸쓸해 보였고 슬퍼보일 때도 많았어. 그러다가 내 마음에 큰 변화가 일어났어. 언젠가부터 윤군을 보면 가슴이 뛰더라고. 그래서 이게 좋아하는 감정이구나 싶었지……. 나한테 윤군은 너무나 특별해. 특별한 윤군한테 먼저 이야기 못 해서 미안해."

아니 잠깐, 난 이해가 되지 않았다. 이게 왜 나츠코가 내게 미안해하며 눈물을 흘릴 일인가. 난 어안이 벙벙해 아무 말도 못하고 있었다.

"그래도 내가 싫다면…… 괜찮아…… 내가 잘못한 거니까……."

나츠코는 이번에는 꺼이꺼이 울기 시작했다. 정말 어린 아이처럼 울어댔다. 그녀의 슬픔은 시간과 장소에 모두 번졌다. 나츠코의 우는 모습은 집에 혼자 남아 울던 어린 내 모습을 떠올리게 했다. 나도 눈물이 날 것 같았다.

확실하지는 않지만 나츠코는 내가 누군가에게 들어 나츠코를 동성애자라고 생각하고 그녀를 피한 줄 알았던 것이다. 누구나 그렇듯 그녀 역시 혼자 아주 슬픈 소설을 쓰고 있었다. 이것이 그녀의 결핍이리라. 형용할 길이 없는 그녀만의 아름다운 슬픔이리라. 처음으로 마주한 나츠코의 결핍은 내 것과 색깔이나 향기는 달랐지만, 어딘가 친숙했다. 미어지도록 아팠고 마음은 저며왔다.

불현듯, 이 자신은 축복받을 자격조차 없다고 말하는 아이에게서 아름다움이 보였다. 내 눈을 멀게 할 듯한 아름다움이다. 그녀가 사랑스러웠다. 다시 한 번 말하지만 나는 눈물에 약하다. 하지만 이렇게 투명하고 아름다운 눈물에 약하지 않을 이유는 또 무엇인가. 나는 울고 있는 나츠코에 입을 맞췄다. 나츠코의 눈물은 무언가가 녹아 생겨난 듯 뜨거웠다. 나츠코의 눈물은 내 턱을 타고 내렸고 곧 나의 눈물과 섞여 있었다.

***

나는 공원 한구석 자판기에서 따뜻한 차를 2개 뽑았다. 울음을 그친 나츠코는 내가 자판기에 가는 동안에도 따라와 내 팔을 꽉 붙잡고 있었다. 내가 어딘가로 떠날까 걱정하는 눈치였다. 다시 벤치에 돌아온 우리는 푸른색을 띠는 벚나무를 보며 차에 서로의 온기가 서린 입술을 댔다. 전에는 만개한 벚꽃이 나츠코와 닮았다고 생각했지만, 문득, 푸른 잎의 벚나무가 그녀와 더욱 닮아있다고 생각했다. 그녀는 푸른 잎을 닮았다.

"난 전혀 몰랐는데, 그 여자친구 이야기."

내가 먼저 입을 열었다.

"어? 몰랐다고? 요시다한테 들은 거 아니야?"

나츠코가 깜짝 놀라 물었다. '요시다?' 나는 힘겹게 기억을 재생했다. 아, 미츠키는 지난번 캠퍼스에서 요시다가 나츠코에게 안부를 묻던 친구의 이름이다.

"어. 요시다? 그러고 보니 어떤 문자가 왔었던 것 같긴 한데…… 내가 요즘 정신이 없어서 확인을 못 했어. 나 요즘에 나츠코 말고 다른 학과 친구랑 한 번도 연락한 적 없어."

휴대폰 메신저를 확인할 때 요시다 이름이 얼핏 보였었던 것 같다.

"하지만 한 번 사귄 것뿐이야. 이번에 방학하고 그 아이랑 만나서 완전히 정리도 했고."

"설령 양성애자라도 상관없어. 내가 좋다며?"

"윤군은 정말 나 안 이상해……?"

"전혀, 사람들은 다 다르니까."

이 말은 진심이었다. 내가 좋아하고 또 나를 좋아해 주는 나츠코가 동성애자라면 조금 말이 안 되어도 양성애자라면 전혀 내게 문제가 되지 않았다. 난 내가 좋아하고 또 나를 좋다고 하는 사람을 따지거나 하지 않는다. 그냥 혼자 부심했을 나츠코가 한없이 가여웠다.

"사실 대학에 와서 요시다가 있어서 많이 놀랐어. 무서웠고. 요시다가 우리 동기 몇 명들에도 나에 대해서 말했나 봐."

조금 놀랐다. 내게는 그리도 선했던 요시다가 나츠코를 이렇게 아프게 했다니. 요시다의 악함을 인지하지 못한 내가 원망스러웠다.

"요시다가 윤군 좋아한다고 여러 번 말하기도 했고, 지난번에 캠퍼스에서 만난 다음에 문자로 나한테 물어보더라고. 윤군이랑 사귀냐고. 사귄다고 말하니까 답이 없었어. 난 요시다가 윤군한테 이야기한 줄 알았지……."

나츠코도 자신의 상상력에 갉아 먹히고 있었나 보다.

"요시다 아주 나쁜 바보네."

"풋, 뭐야."

난 어설프게 일본어로 욕했다. 바보가 내가 아는 일본어 중 가장 나쁜 욕이었다. 나츠코는 작게 웃음을 터뜨렸다.

"나츠코는 정말 착하고 또 세상에서 제일 예뻐, 그게 중요한 거야. 그런 걸로 널 싫어할 수 없어."

"고마워, 윤군도 세상에서 제일 멋지고 착해."

나츠코가 다시 울먹였다.

"근데 이게 아니면 왜 연락 안 받은 거야?"

나츠코가 의아한 표정을 지어 보였다.

"아……. 그게 그러니까……"

난 잠시 뜸 들였지만 마음을 정했다. 더 이상 그녀를 울릴 수는 없었다.

"나츠코, 나 사실 나츠코랑 이야기하고 어디 높은 곳에 가서 뛰어내리려고 했어. 나츠코보다 훨씬 바보같지?"

난 담담히 말했고 놀란 나츠코가 몸을 움찔거렸다.

"그럼 나도 뛰어내릴 거야."

나츠코는 고집부리는 아이처럼 말했고 그 말에 진심이 느껴져 위로가 됐다.

"안 뛰어 내릴거야. 오늘 나츠코를 만나서 그러고 싶지 않아졌어."

난 잠시 숨을 골랐고 나츠코는 내게서 눈을 떼지 않았다. 그 어떤 말보다 위로가 되는 아늑한 눈빛이었다..

“저기 나츠코, 나는 말이야 매일 집 뒤에 신사에 가서 죽여달라고 빌어. 별로 살고 싶지가 않거든. 세상의 모든 부분이 싫고 그 부분 중의 하나인 나는 더 싫거든. 너무 죽고 싶은데. 그냥 아플까 봐 못 죽고 있는 거야. 12살부터 정신병원에 다녔어. 약이 없으면 남들처럼 평범하게 생활할 수가 없어. 손도 자꾸 떨려서 그날 라면 말고 카레 먹자고 한 거야. 너한테 손 떠는 모습 보여주기 싫었거든. 약을 너무 많이 먹어서 환각도 보여. 호미라고 내가 예전에 어렸을 때 좋아하던 인형인데 약을 많이 먹으면 나타나서 나를 위로해줘. 이렇게 아프니까 늘 부모님 마음도 아프게 하고. 우리 엄마는 나 때문에 좋아하는 일도 그만뒀는데. 나 정말 최악이지?”

나는 쓴웃음을 지어 보이며 말했다. 이번에는 내가 앞에 시선을 고정한 채 말했고 나츠코는 나를 바라보며 이야기를 들었다.

“주변 사람들 마음을 아프게만 하면서 ‘난 아프니까 어쩔 수 없어’ 하고 혼자 생각하고 넘어가 버려. 내가 아픈 이유는 이 세상이 더러워서라고 이러쿵저러쿵 불평만 해대고. 원래는 한 달에 한 번씩 한국에 가서 치료를 받아야 하는데 이번에 이런저런 일이 있어서 못 갔어. 그래서 근처에 병원에 갔는데. 거기서 처음 만난 의사 선생님께 내 마음을 다 들킨 거 있지? 애정 결핍이라고. 사랑 못 받아서 울고만 있는 어린애라고. 근데 그 말이 맞았던 거야. 아마 속으로는 나도 알고 있었는데 외면하고 있었나 봐. 그렇게 들으니까 내가 너무 바보 같고 또 불쌍해 보였어. 구차하게 나를 지키는 내가 너무 아슬아슬해 보이더라고. 환각으로 보이는 호미도 나한테 죽으라고 하더라고. 죽기로 했지."

난 잠시 한숨을 쉬며 말을 멈췄다. 나츠코는 차분한 표정을 유지했다.

"나츠코가 좋지만 내가 분명 너한테 나쁜 영향을 끼칠 테니까 더는 같이 있으면 안 된다고 생각했어. 나랑 사귀면 계속 마음 아플 일이 많을 거야."

목적을 가지고 말을 하는 것이 아니었다. 그냥 하고 싶던 이야기를 털어놓는 것뿐이었다.

"그래서, 너를 위해……."

나츠코는 내 얼굴 양옆을 잡은 후 작은 얼굴을 들이밀었다.

"윤군, 나 좋아?"

"응. 지금은 분명 세상에서 제일 좋아. 하지만……."

"그러면 됐어."

나츠코는 내 얼굴을 놓아주며 내 말을 끊었다.

"정말 미안해, 난 윤군 슬픔이 얼만큼인지 알 수가 없어. 난 겪어보지 못한 일이라서 그래. 그리고 나도 사는 게 힘들다고 이야기해주고 싶지는 않아. 슬픔은 다 다르니까. 하지만 둘 다 힘든 거면 서로 지켜주는 건 어떨까? 나는 윤군을 지키고 윤군은 나를 지키고 그편이 덜 구차하지 않겠어?"

덜 구차하다라. 타츠로상이 내게 이야기한 혼자가 함께 보다 나을 수 없다는 말이 불현듯 떠올랐다. 왜 그랬을까. 나츠코의 말은 내게 지금껏 느껴보지 못한 믿음을 주었고 난 조용히 고개를 끄덕였다. 서로 마음을 다 털어놓아 편했던 걸까. 처음으로 속마음을 내 입으로 털어놓아 편했던 걸까. 아니, 어쩌면 나츠코를 보러 나올 때부터 살고 싶었는지도 모르겠다. 그녀가 나를 구해줬으면 했나 보다. 나는 다시 한 번 나츠코를 힘껏 끌어안았다. 그녀의 숨결을 느끼고 싶었다.

"고마워."

"나도, 고마워."

내가 먼저 말했고 나츠코는 내 등을 토닥여 주며 같은 말을 했다.

"근데…… 나 첫 키스였어. 갑자기 키스하다니, 변태."

"어? 정말? 미안해……."

"괜찮아. 그래도 책임은 져야 해."

"어떻게?"

"내일도 모레도 매일매일 나랑 같이 있어야 해. 난 계속 윤군 옆에 있고 싶어."

"알았어. 내일도 모레도 매일매일 같이 있자."

"응! 근데 윤군 손은 왜 이래?"

나츠코가 대충 붕대로 감아놓은 내 손을 잡으며 말했다.

"아 그냥 조금 다쳤어."

"너 진짜 혼날래?"

나츠코는 귀엽게 무서웠다.

"미안……".

시간은 이미 새벽 3시에 가까웠지만 우리는 서로를 끌어안고 놓지 않고 있었다.

"이제 가자. 너무 늦었어."

내가 나츠코를 안은 채 말했다.

"놓기 싫어. 또 도망칠 것 같아."

나츠코가 아이처럼 말했다.

"절대 도망 안 가. 그리고 할머니가 걱정하셔. 오늘은 너무 늦었다."

"진짜지?"

"진짜야."

우리는 곧 자리에서 일어났다. 벚꽃은 모두 지고 그 아름다움을 잃었지만 나츠코와 나는 분명 벚꽃보다 훨씬 아름답게 개화했다.

집 앞 큰길에는 택시가 많이 지나다녔고 난 택시를 잡았다. 나츠코는 택시 문을 닫은 후 곧장 창문을 내렸다.

"내일 꼭 만나는 거야."

"응."

나는 웃으며 나츠코의 머리를 쓰다듬었다.

"약속."

하며 나츠코는 가느다란 새끼손가락을 내게 내밀었다. 나는 나츠코의 작은 손가락에 내 손가락을 포갰다.

"약속."

집에 돌아온 나는 방을 정리했다. 깨진 유리를 치운 후 싸구려 위스키병들을 모아 재활용 봉투에 넣었고 널브러져 있던 옷들을 빨래통에 넣었다. 방이 크지 않은 탓에 내 방은 실로 짧은 시간 만에 아늑한 변화를 맞았다. 그 후 난 뜨거운 물에 몸을 담갔다. 얼굴까지 물에 담가 흐릿한 욕실 천장을 바라보았다. 번진 물감같은 장면이 눈에 들어왔다. 목욕을 끝마친 난 약없이 잠을 청했다.

불에 타버린 숲에는 남은 것이 하나도 없었다. 그저 무(無)였다. 하지만 호미의 존재는 인지할 수 있었다. 호미는 쭈그리고 앉아 눈물을 흘리고 있었다. 나는 조용히 호미 옆에 앉았다. 그리고 호미의 눈물을 닦아주려 티슈를 찾아봤다. 티슈라고 생각하자마자 나의 손에는 티슈가 들려 있었다. 호미의 눈물을 닦아주기 위해 투구를 벗겼고 그 안에는 울고 있는 나 자신이 있었다.

나는 나의 눈물을 닦아주었고 내가 놀라지 않을 정도로 살포시 나를 안아줬다. 내가 나를 안아줬다.

4月19日 日記 晴れ 名前 : 키무라 나츠코

내 속을 전부 드러내는 것은 생각보다 기분 좋은 일이었다. 그리 창피하지도 거부감이 들지도 않았다. 내 이야기를 들어주던 윤군이 나와 비슷해서 그런지도 모르겠다.
오늘 난 내 이야기를, 윤군은 윤군 이야기를 했다. 대단한 해결책은 누구에게도 없었지만 서로 조용히 이야기를 들어주는 것만으로 너무 많이 위로가 됐다. 우리는 많이 닮아 있다. 둘 다 해결 못할 문제를, 또 어떤 결핍을 짊어지고 있다. 서로의 문제를 해결할 수는 없다. 하지만 내 문제가 '우리'의 문제가 되었고 그것이 중요하다.
나는 내일도 모레도 윤군을 만날 것이다. 그것만으로 내 마음이 안정되고 위로가 된다.
난 이제 그와 함께 앞으로 나아갈 것이다. 그게 어디든 상관없이.

***

그 주 토요일, 난 마음 클리닉을 찾았다. 약이 떨어지기도 했고 우리 할아버지와 닮은 타츠로상이 조금 보고 싶었다. 또, 그에게 물어보고 싶은 게 생겼다. 난 그전 일이 멋쩍어 진료실 문을 열고 고개만 빼꼼 밀어 인사했다. 타츠로상은 조금 놀란 눈치였지만 아주 반갑게 나를 맞이해 주었다.

"어서 와요, 걱정했어요. 윤상."

그가 내게 인사했지만 난 잠시 문앞에 서서 어물쩍댔다.

"저기…… 그…… 함께 있는 게 혼자보다 좋다는 거…… 조금 자세히 들을 수 있을까요?"

그는 내 말을 듣고 아주 크게 미소를 지어 보였다.

"그럼 30분 정도만 기다려 줄래요? 이제 곧 진료가 끝나니까 내 그건 밖을 잠시 걸으면서 이야기해 주죠. 벚꽃은 졌지만, 동네에 예쁜 꽃이 많이 피었어요."

잠시 기다린 나는 그와 밖으로 나가 하천을 따르는 길을 걸었다. 따스한 봄 햇살이 우리를 비췄다. 반팔 차림의 팔이 적당히 데워졌다. 나는 침묵 속 귀를 기울인 채 천천히 바람의 방향을 읽었다. 곧 기분 좋은 산들바람이 내 코를 두드렸다. 푸른 잎의 벚나무들은 벚꽃이 생각 안 날 만큼 아름다웠다. 타츠로상은 별 말 없이 함께 걸으며 동네에 관해 이야기 했다. 나이가 100살이 넘는 느티나무, 성격은 고리타분하지만 잔정이 넘친다는 담뱃가게 할머니, 매일 졸아서 주민들의 빈축을 사는 파출소 순경, 평범해 보이는 것들이 그가 말하니 특별하게 느껴졌다. 그는 내게 봄의 완연을 보여줬다. 돌아가신 할아버지와 동네를 산책하는 느낌이 들었다.

"지난번에는 미안해요. 원래 정신과 의사가 그렇게 직설적으로 말하는 건 잘못된 일이지만 윤상은 이미 알고 있는 이야기 같아서 내 나름대로 충격요법을 써본 거예요."

"아니에요. 도움이 됐어요."

물론 죽을 뻔하기는 했지만.

"절대 윤상을 이해 못 하거나 무시해서 그렇게 쉽게 이야기한 게 아니에요. 누구에게나 결핍은 존재해요. 절대 채워지지 않을 것 같은 결핍이. 윤상 말대로 당연한 것들도 결핍된 세상인데 누구나 하나 정도 결핍은 가지고 있는 거죠. 그 결핍은 평생 채워지지 않을 가능성이 높아요. 하지만 그렇게 결핍이 팽배해 있는 세상에서 죽을 수 없다면 누구랑 같이 걷는지가 중요하지 않을까요? 난 매주 토요일 진료가 끝나면 동네를 산책해요. 토요일만의 편안한 분위기와 냄새를 좋아하거든요. 작년까지는 아내와 걸었는데……."

타츠로상은 말끝을 흐리며 잠시 멈춰서 손수건을 꺼내 눈 주위를 훔쳤고 난 잠시 하천 아래로 눈을 돌렸다.

우리는 금세 동네를 한 바퀴 돌아 병원 앞에 도착했다.

"어때요? 이런 늙은이와 걸어도 나쁘지는 않죠? 뭐 예쁜 아가씨였다면 훨씬 좋았겠지만……."

그는 내게 약 봉투를 건네며 말했다.

"다음 주에도 이 시간에 와줄래요? 나이를 먹으니 젊은 사람들 이야기 듣는 게 아주 재밌어서……."

난 꾸벅하고 감사 인사를 했다.

난 곧장 나츠코에게 향했다. 그날 이후 우리는 매일 만나고 있다. 우리는 함께 수업을 듣고 함께 밥을 먹고 함께 아름다운 풍경을 보러 다닌다.

"오츠카레(수고했어)! 도윤."

집 앞에서 만난 나츠코가 병원에 다녀온 내게 자그마한 손을 내밀었다. 그녀는 이제 나를 도윤이라고 부른다. 한국어 발음이 어색하지만 귀여우니 상관없다. 난 곧 그녀의 손을 마주 잡았다. 요즘에 우리는 만나서 손을 잡고 있는 시간이 놓고 있는 시간보다 긴 듯하다. 오늘은 함께 신메이 신사에 가보기로 했다. 나츠코가 꼭 가보고 싶다고 졸라댔기에 어쩔 수 없었다.

낮에 이곳에 온 것은 처음인데 사람들이 꽤 많았다. 우린 기도를 드리기 위해 잠시 줄을 서야 했다. 내가 새전함에 새전을 넣고 기도를 하려 하자 나츠코가 웃으며 말했다.

"그렇게 하는 거 아니거든."

그전에도 말했지만 나는 신사의 예절을 잘 모른다. 나츠코는 새전을 넣은 후 종을 두 번 울린 후 인사를 두 번 하고 박수를 두 번 치고 기도해야 한다고 내게 가르쳐주었다. 생각보다 훨씬 복잡했다. 그러고 보니 나는 매일 보던 그 종의 용도에 대해 한 번도 생각해본 적이 없었다.

"난 몰랐어. 그럼 지금까지 이상하게 기도 드렸네."

"그럼 지금까지 도윤 기도는 다 무효네!"

나츠코가 활짝 웃으며 말했다.

"그렇네."

나도 웃으며 답했다. 난 이때 어떤 미소를 지었을까.

우리는 함께 종을 울리고 예절에 맞춰 기도를 드렸다.

"어떤 소원 빌었어?"

그녀가 물었다.

"비밀이야. 나츠코는?"

"흥, 나도 비밀."

우리는 신사를 나오며 다시 손을 꼭 붙잡았다. 이제 우리는 함께 내 자취방으로 갈 것이다. 나츠코가 '나츠코 특제 계란말이'를 해준다고 했기 때문이다. 밤에는 함께 킨타로에 갈 생각이다. 세상에서 가장 예쁘고 착한 내 여자친구를 쿤상에게 자랑하고 싶어졌다. 쿤상뿐만 내가 아는 모두에게 자랑해대고 싶다. 누구를 만나든 난 나츠코의 손을 꼭 잡고 있을 것이다. 절대 놓치고 싶지 않은 이 손을.

아, 오늘은 그녀에게 그녀는 푸른 잎을 닮았다고 말해줘야겠다. '말해줄 걸 그랬다' 하고 나중에 후회하지 않게.

정말 내 정신병은 모두 사랑의 결핍이었을까? 확언할 수 없다. 난 아직도 결핍이 현현한 세상이 증오스럽고 이해 못 할 슬픔에 눈물을 흘리기도 한다. 아직도 약이 필요하며 부모님의 전화를 형편없는 목소리로 받아댄다. 앞으로도 부모님의 속을 아프게 하는 일만 가득할 수도 있다. 호미의, 아니 '나'의 숲 역시 내 마음 깊은 곳 어딘가 아직 남아 있는지 모르겠다. 아직도 헤아릴 수 없을 만큼 많은 것이 죽도록 싫다. 하지만 난 지금 나츠코와 손을 맞잡고 있고 그 덕에 조금 행복하다. 죽도록 싫지만 그녀를 위해, 나를 사랑해주는 가족을 위해, 또 무엇보다 나 자신을 위해 정말 죽을 수는 없다.

나는 지금 어디에 있는 걸까? 도대체 언제 있는 걸까? 어떻게 존재하고 있는 걸까? 솔직히 모르겠다. 가까운 미래에 로봇에 일자리를 뺏길까 걱정해야 하고 대학졸업에 대출까지 받는 이들이 있는 것을 보면 전에 없던 시대에 살고 있음은 분명하다. 우리 할아버지 시대처럼 '다른 나라,' '다른 세상'이라는 설레이는 미스터리는 기술의 발달과 세계화로 사라져 버렸고 목숨을 걸고 싸워야 할 침략국이나 독재자 같은 절대 악도 이젠 존재하지 않는다. 전쟁 후의 배고픔도 우리의 이야기가 아니다. 민주화도 이뤘으니 아버지 시대처럼 목숨을 걸고 항쟁할 필요도 없다. 기를 쓰고 갈파해야 할 것이 없는 것이다. 만약 서기 3,000년쯤 역사서를 만든다면 우리의 시대는 가장 적은 비중을 차지할 것이다. 그만큼 우리는 낭만없고 재미없다. 윗 세대가 선물해준 평화만이 존재한다. 하지만 지금도 표면적으로 드러나지 않는 아픔이 서려 있다. 뭔가가 우리를 막고 있고 뭔가가 미칠 듯 답답하다. 하지만 그게 무엇인지 알 길이 없다. 우린 여느 시대처럼 방황하지만 눈에 보이는 이유는 없기에 먼 미래에는 우리의 방황을 배가 부른 사치 정도로 치부할 수도 있다. 우리는 전쟁도 겪지 않았고 배고픔도 없으니 전 시대를 생각하며 현재에 감사해야 한다고 할 수도 있다. 하지만 힘들어하는 이에게 "내가 더 힘들었어."라고 말하는 것은 전혀 위로가 되지 못한다. 모두의 힘듦과 슬픔은 향기도 색도 다르니까. 우리에게는 분명 우리만의 답답함이, 우리만의 결핍이 존재한다. 우리에게도 분명 아파하고 방황할 권리가 있고 혼자 눈물을 흘리는 것은 당연하다.

아는 것도 없으면서 시대를 운운하는 내가 또 오만해 보였나? 미안하다. 이 못난 정신병자를 너그러이 용서해주길 바란다.

"……."

"……."

"여보세요? 도윤아?"

"……."

"도윤아 괜찮아? 잘 있어?"

"……"

"밥은 먹었니?"

"…… 는"

"응?"

"…… 엄마는 …… 엄마는 밥 먹었어?"